KB079361

김일엽의 문학과 사상

송명희

지식과교양

머리말

내가 김일엽(1896~1971)이 쓴 책을 처음으로 접한 것은 1970년대 중반, 아직 이십대 초반에 불과하던 나이였다. 그때 읽었던 책의 제목은 『청춘을 불사르고』였다. 나는 그 책에서 일엽이 B(백성욱)에게 보낸 편지의 내용에 대해서 오래도록 잊지 못했고, B가 어떤 사람인지가 너무 궁금했었다. 나의 궁금증이 폭발했던 이유는 대체 그가 어떤 인물이기에 일엽이 승려로 출가 수도한 지 13년의 세월이 지난 다음에도, 그리고 그와 헤어진 지는 18여 년이라는 더 긴 세월에 흘렀음에도 B가 보낸 책과 선물에 그토록 마음이 흔들리며 성불을 다음 생으로 미뤄도 좋다고 생각하게 만들었던가 하는 점 때문이었다.

이후 문학평론가와 국문학자가 된 나는 우리나라 근대 초기의 1세대 여성문학가인 김일엽을 비롯하여 김명순과 나혜석의 페미니스트로서의 위치와 작가로서의 문학사적 위상에 대한 연구를 나의 학문적 과제의 하나로 삼게 되었다.

그동안 나혜석에 대한 연구서 『페미니스트 나혜석을 해부하다』(2015)와 김명순에 대한 연구서 『다시 살아나라, 김명순』(2019)을 발간했다. 이번에 발간하는 김일엽의 연구서 『김일엽의 문학과 사상』(2022)

도 그 연장선상에서 이루어진 것이다. 이 책으로 근대 여성문학 1세대
인 나혜석, 김명순, 김일엽에 대한 나의 연구는 완료되는 셈이다.

몇 해 전 정년퇴임을 하면서 나는 앞으로 좀 더 시간적 여유를 갖고
근대 여성문학을 집중적으로 연구하겠다고 마음먹었다. 현직에 있을 때
는 대학원생의 지도나 연구 프로젝트 때문에 그때그때의 학문적 동향
에 따라 여러 방향으로 연구를 하지 않을 수 없었다. 따라서 여성문학의
연구만을 집중적으로 수행하기는 어려웠다.

이 책의 제1부에서는 섹슈얼리티, 정절이데올로기, 에로스와 타나토
스 등 일엽의 섹슈얼리티에 대한 급진적 사유를 다룬 글을, 제2부에서는
페미니즘, 자살, 장소 등의 주제를 천착한 글을 수록하였다. 제3부에서
는 신여성과 구여성에 대한 김일엽, 나혜석, 김명순 세 작가의 시각 차이
에 대해서 쓴 글과 『청춘을 불사르고』에 나타난 성적 욕망의 불교적 승화
라는 주제에 대해 쓴 글을 수록하였다. 제4부에서는 김일엽의 시를 대상
으로 봄 이미지, 주체, 욕망, 시간, 불교라는 관점에서 쓴 글들을 수록하
였다.

김일엽을 처음에 연구할 때는 주로 소설을 대상으로 페미니즘의 관점
에서 글을 써내려 갔지만 점차 일엽이 쓴 시의 중요성도 알게 되었으며,
불교 역시 일엽을 파악하는 데 결코 간과할 수 없는 중요한 요소라는 것
을 인정하지 않을 수 없었다. 따라서 소설, 시, 산문 등 전 장르에 걸쳐
일엽이 출가 전에 쓴 글로부터 출가 이후에 쓴 글 모두를 대상으로 하여
일엽의 문학과 사상을 연구하게 되었다.

근대 여성문학을 연구하면서 제1세대 여성작가들의 문학에 대한 뜨

거운 열정과 온몸을 던져 생을 불태운 저항정신과 첨단적 태도가 어떻게 그 시대에 가능했었느냐는 데 대해 불가사의함을 느끼곤 한다. 더욱이 봉건적인 조선조의 끝자락에 태어나서 일제강점의 억압의 시대를 뚫고 김일엽, 김명순, 나혜석과 같은 신념에 찬 여성문학가가 나올 수 있었던 것은 우리의 근대문학, 특히 여성문학의 커다란 성취라고 하지 않을 수 없다.

김일엽은 다른 작가들보다도 자신의 의견과 주장이 확신에 차있었고, 거침이 없었다. 더욱이 페미니스트에서 불교의 승려에 이르기까지의 극적인 생애만큼이나 그 사상의 폭 역시 매우 넓었다는 것도 다른 여성작가와 차별되는 지점이다.

지난 수년 동안 김일엽이라는 작가에 몰두하고 교감하여 왔는데, 올해부터 다음 세대의 작가인 강경애로 글쓰기의 대상을 옮겼다. 아마 다음 저서는 강경애 연구서가 될 것이다.

이번 책은 계간 『문예운동』에 연재를 하면서 전체를 완성할 수 있었다. 『문예운동』의 발행인 성기조 박사님과 학술서 출판의 어려움에도 기꺼이 출판을 기획해 주신 지식과교양의 윤석산 사장님과 편집진에 진심으로 감사드린다.

2022년 여름
월광이 바라보이는 해운대 달맞이언덕 연구실에서
송 명 희 씀

| 차례 |

머리말 • 3

제1부 섹슈얼리티에 대한 급진적 사유   9

  1. 김일엽 소설에 나타난 섹슈얼리티와 정절이데올로기 비판 • 11
    – 「청상의 생활」을 중심으로

  2. 섹슈얼리티에 대한 김일엽의 급진적 사유 • 31

  3. 에로스와 타나토스의 딜레마 사이에서 • 52
    – 김일엽의 「희생」, 「X씨에게」, 「애욕을 피하여」를 중심으로

제2부 페미니즘 · 분노 · 장소   77

  4. 복종과 인내의 에토스에서 분노의 파토스로 • 79
    – 김일엽의 「자각」을 중심으로

  5. 김일엽의 자살 모티프 소설과 페미니즘 • 102

  6. 김일엽 소설의 장소와 젠더지리학 • 126

제3부 신여성과 구여성 · 성적 욕망의 불교적 승화　　149

7. 신여성과 구여성에 대한 시각 차이 • 151

　－나혜석 · 김명순 · 김일엽을 중심으로

8. 성적 욕망의 불교적 승화 • 183

　－『청춘을 불사르고』를 중심으로

제4부 김일엽의 시적 주체와 욕망　　203

9. 김일엽 시에 나타난 봄 이미지 • 205

10. 김일엽 시의 주체와 욕망 • 224

11. 김일엽 불교시의 시간과 주체 • 245

제1부

섹슈얼리티에 대한 급진적 사유

1
김일엽 소설에 나타난 섹슈얼리티와 정절이데올로기 비판
-「청상의 생활」을 중심으로

1. 청상(靑孀)과 섹슈얼리티의 억압

20세기 초반에 기혼여성(청상과부)의 섹슈얼리티를 본격적으로 다룬 소설 「청상의 생활」(『신여자』, 1920.06)을 김일엽(1896~1971)이 쓴 것은 매우 획기적인 일이다. 이는 근대 일본의 페미니즘 잡지 『세이토』 창간호에 여성작가 다무라 도시코(田村俊子, 1884-1945)의 「선혈」(生血, 1911)이 발표된 것과 비교할 만한 사건이다. 「선혈」은 미혼여성이 혼전 성관계를 통해 여성의 섹슈얼리티(sexuality)에 대한 자각을 보여주는 한편으로 그에 따른 자기혐오와 젠더의식을 다루어 근대 일본사회에 큰 파장을 일으킨 작품이다. 「선혈」의 주인공은 '남성중심의 사회가 혼전관계를 갖은 여성에게 부여한 강요된 죄의식과 순결을 강요받는 젠더로서의 혼란스러운 내면'[1]에 따른 자기혐오를 보여준다. 이와 다

---

1) 박유미, 「다무라 도시코(田村俊子)의 『생혈(生血)』론- 유코(ゆう子)의 '성'에 대한 자

른 차원에서 「청상의 생활」은 기혼인 구여성의 섹슈얼리티에 대한 자각과 그 억압을 다루었다는 점에서 매우 센세이셔널하다.

왜냐하면 남성중심의 가부장제 사회는 여성에 대한 섹슈얼리티의 억압은 말할 필요도 없이 여성이 성을 담론화하는 것 역시 금기시하기 때문이다. 즉 가부장제 사회는 성을 담론화하는 것마저 권력자인 남성의 전유물로 간주하기 때문에 주변자인 여성이 성을 담론화하는 것을 결코 용납하지 않는다.

근대에 신여성들에게 쏟아진 여성 혐오는 바로 신여성들의 성의 주체적 담론화와 무관하지 않다. 즉 '그녀들은 진보적인 남성들까지도 여전히 고수하고 있던 금기시된 섹슈얼리티 문제를 사회적으로 드러냈을 뿐만 아니라 성에 대한 기존의 지배와 피지배의 도식에 항의하고 완전한 평등을 요구하였기 때문'에[2] 혐오의 대상이 되었다.

김일엽은 『신여자』를 일본의 『세이토(靑鞜)』와 같은 페미니즘 잡지로 만들고자 잡지의 제호를 '신여자'로 했던 만큼 「청상의 생활」을 비롯하여 잡지에 실린 그녀의 글들은 페미니스트 일엽이 가지고 있던 여성문제에 대한 날카로운 문제의식을 강하게 표현하고 있다고 할 수 있다. 특히 「청상의 생활」의 경우는 섹슈얼리티 문제를 페미니스트의 관점에서 본격적으로 담론화한 첫 소설이다.

1920년대 우리나라는 "근대에 대한 열렬한 추구 속에 신여성이 출현하였고, 성과 사랑에 대한 이들의 파격적인 주장과 행동은 사회적으로

각을 중심으로」, 『日本文化學報』 61, 일본문화학회, 2014, 133-149면.

2) 이노우에 가즈에, 권희정 역, 「조선 '신여성'의 연애관과 결혼관의 변혁」, 문옥표 외, 『신여성』, 청년사, 2003, 186면.

엄청난 파문을 일으켰다."³⁾ 즉 근대는 신여성을 중심으로 자유연애 등이 사회적 이슈로 떠올랐지만 구여성을 주인공으로 하여 여성의 섹슈얼리티의 자각과 억압을 본격적으로 다루었다는 것은 실로 주목할 만한 일이라고 하지 않을 수 없다. 더욱이 청상과부(靑孀寡婦)를 주인공으로 설정했다는 것 자체가 여성의 섹슈얼리티를 억압하는 가부장제사회의 젠더 권력을 문제 삼은 작가의 주제의식을 강하게 반영한다. 남편이 죽은 청상, 즉 성적 파트너가 부재하는 상황에서 육체적으로 성숙한 여성이 성적 욕망을 표출할 수도 없는 억압적 상황을 이 작품은 본격적으로 그려내고 있다. 필자는 우리 근대소설사에서 남녀작가를 막론하고 여성의 섹슈얼리티 문제를 이토록 본격적이고 세밀하게 그려낸 작품을 읽은 기억이 없다.

2. 김일엽 소설의 구여성과 신여성

본고는 이 작품이 당시 유행적 담론이던 미혼여성의 자유연애가 아니라 구여성의 성적 욕망의 자각과 그 억압을 다루었다는 특이성에 주목한다.⁴⁾ 김일엽은 신여성만을 주인공으로 설정했던 김명순이나 신여성과 구여성을 두루 주인공으로 설정했던 나혜석과도 차별되는 지점이있다. 김명순과 나혜석의 소설에서 신여성과 구여성은 어떤 의미에서든 대립적인 구도로 그 캐릭터가 설정되어 있다. 즉 근대교육을 받고 자신

---

3) 김경일, 『여성의 근대, 근대의 여성』, 푸른역사, 2004, 129면.
4) 이 작품을 쓸 당시 이노익과 결혼상태에 있었던 경험이 작용하였을 것으로 생각된다.

의 인생을 적극적으로 개척해 나가고자 하는 주체적인 모습의 신여성에 비해 구여성은 근대교육을 받지 못한 소극적이고 수동적이며 비주체적인 모습으로 그려지고 있다.

반면 김일엽의 소설에서는 작품이 발단될 처음에는 자각이 없는 구여성이었지만 결말 단계에 이르면 신여성과 동일한 수준의 자각과 주체성을 획득하는 모습으로 그 캐릭터가 변모하는 입체적 인물로 설정된 차별성이 있다. 즉 김일엽의 소설에서 구여성은 발단단계에서 근대적 학교교육은 받지 않아 미자각 상태였지만 작품이 전개되어가면서 근대교육을 받거나 개인적으로 공부를 함으로써 결말에 이르게 되면 삶에 대한 자각과 주체성을 획득하게 된다. 이와 같은 변화는 나이를 먹는다고 해서 거저 얻어진 것이 아니다. 자신의 실존적 삶을 통해서 억압을 온몸으로 치열하게 경험했을 뿐만 아니라 "지금도 밤낮 돋보기안경을 쓰고 책상 앞에 앉아서 내 양자(미국에서 유학하고 온 시질(媤姪))에게 무엇을 배우고 있는 중입니다"[5]처럼 오십대의 고령에도 스스로 삶의 자각을 얻기 위한 공부를 계속했기에 가능해진 것이다. 김일엽의 1920년 작인 「청상의 생활」과 1926년 작인 「자각」 두 작품에서 교육을 통해서 자신의 인생의 주체성을 획득해 나가는 입체적 캐릭터의 구여성을 대표적으로 찾아볼 수 있다. 이는 교육이 인간을 변화시킬 수 있다는 데 대한 강한 믿음을 일엽이 갖고 있기 때문이다.

「청상의 생활」에서 주인공은 작품이 발단할 당시에는 전형적인 양반가의 구여성이었다. 그녀는 경성에서 문벌 있는 김 참판의 막내딸로 태어나서 금의옥식(錦衣玉食)에 싸여서 모든 사람의 칭찬과 뭇 이웃의 부

---

5) 김일엽, 김우영 편, 『김일엽선집』, 현대문학, 2012, 121면.

러움을 받으며 호화롭고 귀엽게 성장한 여성이었다. 양반가의 처자로 태어나 세상의 근심과 슬픔을 헤아릴 필요가 없는 즐거움과 만족스러움에 젖어 있던 16세의 나이에 그녀는 남촌 서 승지의 셋째 아들과 부모의 명에 순종하여 결혼을 하게 된다. 그런데 신랑 된 자는 12세의 소년에 불과한 나이로 "아주 어리고 철없는 선머슴 아이 모양이어서 신부의 미추(美醜)와 태도를 살피고 헤아릴 지각 있을 것 같지 아니"한 인물이었다. 따라서 성적 아이덴티티조차 제대로 형성되지 않은 어린 신랑은 첫날밤조차 치르지 못 한 데 이어 열병에 걸려 14살의 나이에 그만 죽고 만다.

조혼은 본인의 의사를 무시한 채 부모가 결정하는 대로 결혼함으로써 야기되는 주체성의 결여와 소통 부재로 인한 결혼생활의 불행이란 문제를 야기시킨다. 뿐만 아니라 이 작품에서처럼 성적으로 미성숙한 남녀를 혼인시킴으로써 발생하는 친밀성 결여와 성적 소외의 문제들을 일으킨다. 주인공은 40여 년의 세월을 정절이데올로기에 갇혀 성적 욕망을 한 번 제대로 표출하지도 못 한 채 억압되고 소외된 삶을 살아왔다. 그녀의 억압된 삶은 단지 성적 억압에 한정된 것만은 아니었다. 그녀의 미자각의 억압된 삶은 다음과 같이 표현된다.

아아! 완고하고 고집 센- 부모의 숭배하는 인습도덕에 희생된 나의 과거는 참으로 헛되고 헛되고 또 헛되었나이다. 여자로 나서 남의 아내 노릇도 못 하여 보고, 남의 어머니 노릇도 못 하여 보고, 사람으로 나서 사람다운 대우도 못 받고, 사람의 의무도 몰랐고, 사회의 인원(人員)이 되어 또 사회에서는 나의 존재를 몰랐고, 나도 사회에 대한 책임이 무엇인지도 모르고, 또한 봄이 오는지 겨울이 되었는지도 모르고, 다만 안방구

석에서 밥벌레 노릇만 하다가 피가 끓고 정력이 솟아오르는 하염이 있을
청춘 시대를 아무 의식 없이 아무 한 것도 없이 다시 못 만날 과거로 보내
버리고— 이제 근 50세에 노년을 당하여 신경은 무디고 감정은 둔하여져
서 꽃을 보아도 이쁜 줄을 모르고 기쁜 일을 만나도 즐길 줄을 모르는 아
주 냉회(冷灰) 같은 노폐물이 되어버렸나이다.[6]

40여 년을 청상으로 살아온 그녀는 오십대의 노년에 접어들어 비로
소 자신의 인생이 인습도덕의 규범에 희생된 나머지 헛되고 헛되었다
는 자각을 갖게 된다. 한 명의 여자로 태어나서 남의 아내와 어머니로서
의 역할이 없었을 뿐만 아니라 한 명의 사람으로서도 사람다운 대우와
의무를 몰랐고, 게다가 사회적 존재로서 자신의 존재를 자각하지 못했
으며 아무런 사회적 책임을 깨닫지 못하는 존재로 살아왔음을 자각하
게 된다. 이제 계절이 오고가는 것조차 의식하지 못한 채로 안방구석에
서 밥벌레로 살며 피가 끓고 정력이 솟아오르는 청춘시대를 아무런 의
식 없이 아무 한 것도 없이 흘려보내고 노년에 이르러 신경과 감정이 무
디어진 나머지 희로애락조차 모르는 냉회와도 같은 노폐물이 되고 말
았다는 것이 그녀의 지나간 생애에 대한 회고를 통해 획득한 뼈아픈 자
각이다.

초로(草露) 같은 우리 인생은 생명이 있을 그 찰나를 행복스럽게 의미
있게 지내라는 것이 조물주의 본의가 아니리이까? 그런데 나는 어찌하여
일생을 내 자신의 즐거움도 맛보지 못하고 또한 사회와 국가에 대하여
아무 하염이 없이 그저 배고프면 밥 먹고 졸리면 자는 하등동물적 생활

---

6) 위의 책, 119-120면.

을 하다가 이렇게 늙어 쓸데없는 물건이 되어버렸으리이까?[7]

한마디로 구여성으로서의 삶은 성적 쾌락은 고사하고 인간으로서도 아무런 행복과 즐거움과 의미를 발견하지 못한 것이었다. 뿐만 아니라 사회와 국가적으로도 하염없는 하등동물적 삶이었다고 화자는 회고한다. 그런데 그러한 삶으로 이끈 것은 여자 자신의 몰지각과 무지의 죄보다도 사회의 불찰, 부모의 부도덕한 책임이 크다는 것이 김일엽의 사회구성적 시각을 강하게 반영하는 일인칭 주인공 화자의 생각이다. 결말단계에서 비로소 자각을 얻은 화자는 밀려오는 세계사조의 영향으로 자각 있는 여성들이 용맹스럽게 뛰어나와 여자 사회를 개혁하여 여성도 사람으로서의 인권을 가지고 국가사회적 역할을 하자고 희생적으로 앞장서는 여성들, 즉 신여성들에게 응원을 보낸다. 그리고 한편으로는 사회개혁에 앞장서는 신여성을 비난하는 구여성을 향해서는 질책을 가한다.

최혜실은 김일엽이 인습에 대한 무감각으로 구여성을 철저하게 무시하였다고 주장하였지만[8] 이는 옳은 지적이 아니다. 김일엽은 이 작품에서 구여성과 신여성을 대립적 존재로 파악하지 않았다. 오히려 구여성이야말로 교육을 통해 깨닫게 된다면 수적으로 취약한 신여성층의 응원세력이 될 수 있음을 시사하고 있다. 즉 신여성에 대해서 적대적인 근대의 신남성을 포함한 남성집단보다는 자각해가는 구여성이야말로 신여성집단으로 편입될 수 있다고 파악했던 것이다.

이 점은 김일엽이 김명순이나 나혜석과 차별되는 지점이다. 즉 구여

---

7) 위의 책, 120면.
8) 최혜실, 『신여성들은 무엇을 꿈꾸었는가』, 생각의나무, 2000, 300면.

성은 신여성의 적대자가 아니라 우호세력이 될 수 있고, 『신여자』와 같은 잡지는 바로 그러한 여성을 계몽하여 신여성의 응원세력으로 만들어 여성의 인권이 수호되고 여성이 국가사회적 역할을 수행하는 사회를 만드는 데 훌륭한 역할을 할 수 있다는 사명의식에서 발간했음을 알수 있다. 따라서 잡지 『신여자』의 김 주간에게 보내는 서간체 형식을 취하고 있는 이 작품의 내포독자는 겉으로 드러난 김 주간이 아니라 김일엽이 계몽하고자 하는 구여성이며, 응원을 보내고 싶은 신여성, 그리고 변화시키고 싶은 남성들 모두라고 할 수 있을 것이다.

3. 정절이데올로기의 허위의식 비판

「청상의 생활」의 화자는 작품의 발단에서부터 여성에게 강요된 정절이데올로기를 다음과 같이 비판한다.

> 그러면 내가 원치 않는 정절을 지키노라고 인생의 본능적인 성욕을 자연히 솟아오르는 사랑의 샘을 억지로 틀어막으며 허위로 신성하다는 생활을 한 것은 그 이면이야말로 진실로 눈물 나고 애처롭고 참담한 것입니다. 오늘 우리 조선 사회의 반면에 아직도 나의 과거와 같은 비운에 눈물겨운 생활을 계속하는 불쌍하고 가련한 여자를 몇 천 몇 만으로 헤아리지 못할 것입니다.
> 그런고로 지난 나의 반생의 가엾고 아깝고 서러움에 지난 짤막한 눈물의 역사를 독자 여러분에게 소개하여 만분의 일이라도 사회의 반성을 촉(促)하고 조금이라도 여자 자신의 깨달음이 있다 하면 나의 집필한 목적

은 이미 달하였다고 자족할 것입니다.[9]

이 작품의 핵심적인 스토리는 16세에 부모에 의해 12세의 소년과 조혼을 하게 된 여성이 2년 후에 남편의 병사로 인해 청상과부가 되어버린 이야기이다. 위의 인용문에서 드러났듯이 그녀는 여성에게 정절이데올로기를 강요하는 가부장제 사회의 억압적 규범 때문에 재가조차 하지 못하고 본능적인 성욕을 억압하며 수절여성으로 살 수밖에 없었다.

그런데 오십대의 연령에 이른 주인공은 정절이데올로기야말로 "허위로 신성"함을 강요하는 억압적 규범으로 이 억압적 규범은 몇 천 몇 만의 헤아리지 못할 불쌍하고 가련한 조선의 여성들을 "진실로 눈물 나고 애처롭고 참담한" 상태에 몰아넣으며 "비운에 눈물겨운 생활을 계속하"게 만들었다고 비판한다. 즉 정절이데올로기의 허위의식을 비판하며 "가엽고 아깝고 서러움에 지난 짤막한 눈물의 역사"를 공개함으로써 가부장제 사회의 반성을 촉구하고 여자 자신에게 깨달음을 주기 위한 것이 이 작품의 주제임을 천명한 것이다.

사실 여성에게 정조를 강요하는 정절이데올로기야말로 "여성에게 강요된 남성들의 차별적인 육체의 통제요, 성적 억압이자, 가부장제의 통제였으므로"[10] 김일엽이 자신의 소설에서 정절이데올로기의 허위의식을 꿰뚫어보며 이에 대한 비판을 보이는 것은 지극히 당연한 일이다.

여성의 섹슈얼리티를 억압하는 가부장적 가족과 정절이데올로기를 비판한 이 소설의 중요한 메시지의 하나는 여성을 성적 욕망을 가진 존

---

9) 김일엽, 김우영 편, 앞의 책, 91~92면.
10) 송명희, 「이혼을 불사하는 자존심과 인격적 자각-김일엽」, 『여성과 남성에 대해 생각한다』, 푸른사상, 2000, 54면.

재로 인정하고 있다는 것이다. 이 작품의 대부분의 분량이 주인공의 성적 욕망과 그 억압에 관해 할애되었듯이 성적 억압을 자각한다는 것 자체가 이미 여성을 성적 욕망을 지닌 존재로 파악했다는 의미이다. 여성을 성적 아이덴티티를 갖는 존재로 파악했다는 것은 그 자체로 이미 가부장주의에 대한 심각한 도전이며 여성의 섹슈얼리티에 대한 혁명적 시각을 드러낸 것이다.

남성들이 여성의 성을 통제하는 첫 번째 방법은 여성을 성적 욕망이 없는 존재로 규정하는 것이다. 여성의 성은 어디까지나 재생산을 위한 성, 즉 아이를 낳고 기르는 도구적 존재일 뿐으로 여성의 성적 아이덴티티 자체를 부정하는 것이 여성에 대한 성적 통제의 첫 번째 목표이다. 여성들의 성적 욕망을 인정하는 것은 남성들의 지배에 위협이 되므로 여성의 성적 욕망은 철저히 봉쇄되었고, 남성들은 '여성들은 성욕이 없다'는 신화를 만들어내며 이를 통제하였다. 이 작품은 성적 욕망을 철저히 봉쇄당한 존재로 청상과부를 설정하며 남성들이 만들어낸 왜곡된 신화에 대한 도전을 보여준다.

작가는 성 억압의 한 원인으로 조혼의 악습과 폐단을 지적한다. 즉 "저의 어머니 품에서 젖을 주무르고 응석하는 어린 아이라 내 방에는 들어오지도 아니하려거니와 시부모가 들여보내지도 아니하더이다"[11]에서 보듯이 성적 정체성과 욕망이 형성되기 이전의 어린 나이에 결혼하는 조혼의 불합리성으로 인해 주인공의 성적 소외는 초래되었다. 그로 인해 결혼 이후 주인공은 "갑자기 낙원에서 외로운 섬에 귀양살이 온 것 같이 실망되어 공연히 적막하고 신산스러운 회포를 금할 수 없었나이

---

11) 김일엽, 김우영 편, 앞의 책, 96-97면.

다"[12]라고 친밀성의 부재와 외로운 상황에 처하게 된다. 즉 조혼으로 인해 그녀는 사랑의 감정은 고사하고 남편과의 관계에서 전혀 친밀성을 경험하지 못하고 성적으로도 소외되었던 것이다. 그런데 남편이 14세에 열병으로 죽게 되자 "앞길은 아주 캄캄하고 막막하며 아무 희망이 없었더이다. 그래서 이때에 나는 아주 염세주의가 되어 세상이 모두가 귀찮고 시들스러울 뿐이더이다"에서 보듯이 소외를 넘어서서 염세주의에 빠지게 된다. 그뿐만이 아니라 시간이 지날수록 "적막과 비애의 마(魔)"가 순간순간을 지배하는 감정상태에서 이성에 대한 그리움은 갈수록 고조되어 간다.

> 그리고 죽은 남편 외에 나와 같이 살아 있는 그-누구가 그리운 듯하더이다.
> 또한 내게는 무슨 큰-결함이 있어서 반드시 그것을 채워야만 나는 완전한 생명 있는 사람이 될 것 같더이다.
> 그리고 내가 있는 곳이나 내가 가는 곳이나 내 마음속에는 사시(四時)로 냉랭한 겨울바람이 불어서 나의 영(靈)과 육(肉)은 따뜻한 무엇의 품에 안기지 못하면 반드시 얼어 죽을 듯한 느낌이 늘-내 온 정신을 지배하고 있더이다.
> 그리고 나는 재색이 남만 못지않다는 자신은 없지 아니하였나이다.
> 그래서 아침 햇빛이 불그레하게 미닫이에 비칠 때 세수하고 경대 앞에 앉아서 윤이 흐르는 까만-머리에 옥수(玉手)로 빗질하는 양이 내가 스스로 퍽- 이쁘다고 생각하여 한창 피어오르는 꽃봉오리 같은 내가…….
> (중략)

---

12) 위의 책, 96면.

어떤 때는 차고 쓸쓸한 자리에 외로이 누워서 내가 내-가슴에 안긴 탐
스러운 젖을 두 손으로 부둥키고 아아- 이것은 귀여운 어린아이를 영원
히 빨려보지 못할 것인가……. 아아- 청춘에 아름다운 이 봄은 어찌하여
영원히 따뜻한 이성의 품에 안기어보지도 못하고 속절없이 늙어버리나?
하며 다시 하염없이 한숨이 자연히 나오더이다.[13)

이 작품에서 주인공의 성적 충동과 욕망은 무려 7페이지에 달하는 길
고 자세한 묘사를 통해 구체적으로 표현된다. 비록 성적 욕망이 충족되
지 못하는 억압된 경험을 표현하고 있을지라도 이 대목은 여성이 성적
욕망을 가진 존재라는 사실을 역설적으로 증명한 것으로서 이 소설의
가장 큰 의의라고 하지 않을 수 없다. 김동인이 「약한 자의 슬픔」(1919)
에서 미혼여성을 성적 욕망을 가진 존재로 그려냈지만 그것을 조롱하
며 그로 인해 남성의 착취의 도구가 되어버린 것으로 그려낸 것과도 차
이가 있는 설정이라고 하지 않을 수 없다.

작가는 여주인공을 사랑의 감정과 성적 욕망을 가진 존재로 파악하는
근대적 인간관을 표출하고 있다. 하지만 여주인공의 성적 존재로서의 자
각은 남작으로부터의 성적 착취와 유린 , 그리고 혼외의 임신이라는 결
과에 이르게 만들 뿐이다.[14)

미혼여성의 성적 욕망에 대한 자각은 결과적으로 여성의 참된 자유와

---

13) 위의 책, 101-102면.
14) 송명희, 「근대소설에 나타난 신여성 모티프」, 『인문사회과학연구』11-2, 부경대학교
    인문사회과학연구소, 2010, 8면.

인간해방을 위해 기능하지 못하고 성의 유린을 초래할 뿐이라는 것을 아유하듯이 그려낸 김동인……. 하지만 김일엽은 김동인과 근본적 차이가 있었다. 그녀는 내적으로 성적 충동과 욕망을 자각하는 여성 주인공에게 정절이데올로기라는 외적 규율이 어떻게 그녀를 억압하는가를 진지하게 그려냈기 때문이다. 성적 욕망을 자각하는 주인공은 동시에 "그러나 나는 정조의 관념이 이미 깊었고 또한 여자의 약한 마음이라 무서운 부형의 완고한 뜻을 생각하고는- 차마 실행은 못하였나이다"라고 규율에 속박된 부자유한 존재임을 자각한다. 어떤 남자가 있다면 월장이라도 하고 싶은 간절한 욕망이 있었음에도 정절이데올로기의 규율에 억압된 나머지 실행하지 못했다는 고백이다. 주인공은 스스로 성적 욕망을 억압할 수밖에 없는 이유를 다음과 같은 두 가지로 제시한다.

첫째는 온- 정신이 구습에만 젖은 시아버님께서는 여자는 정절(오해된 정절) 외에는 생명도 없다는 주견(主見)하에서 나의 과부된 후로는 나들으라고 옛적에 있던 모든 열녀의 행적을 어디까지나 포창(褒彰)하여 말씀하시고 또한 실절(失節)된 여자의 예를 들어 그들을 제지 없이 타매하고 공격하시며 따라서 나의 수절하는 것을 깊이 동정하시고 가상히 여기사 모든 일에 특별한 사랑과 후대를 하심이오.

둘째는 나의 목전에 큰- 전감(前鑑)이 놓여 있으니 그것은 내- 친정으로 사촌 형 되는 이도 소년 과부로 수절하다가 고독의 비애를 못 이김이던지 우리 집 사랑에 다니던 문객하고 어떻게 연애가 되어서 슬그머니 나가서 둘이 같이 사는데 그때 여자는 사 남매나 낳고 아주 원만한 가정을 이루고 사는데도 우리의 온- 집안사람이 그를 대면도 아니 하고 점잖은 집안에 가문을 더럽혔다고 그를 아주 버린 사람으로 인정하는 것도 본 까닭입니다. 그런고로 그때 나는 이럴 수도 없고 저럴 수도 없이 그저 마음만 상하고 속만 타서 화풀이할 데는 없고 공연히 친정에 가서 친정 어머니 앞에서 푸념을 하고 원망을 하는 때가 많았나이다.[15]

첫째는 시아버님의 열녀에 대한 포창의 말씀과 훼절에 대한 비난 그리고 주인공에 대한 동정과 사랑과 후대가 큰 이유였다. 둘째는 수절을 못 한 친정 사촌 형에 대한 집안의 가혹한 냉대와 질시를 목격했기에 주인공은 이럴 수도 저럴 수도 없는 갈등의 교착상태에 빠지고 만다. 즉 과부의 재가에 대한 엄격한 사회적 통제와 이 통제를 벗어난 여성에 대한 가혹한 제재는 주인공으로 하여금 재가를 통해 성적 욕망을 실현하려는 의지를 무화시키고 만다.

그러나 그러한 억압과 속박 속에서도 이성에 대한 그리움은 더욱 강렬해지는데, 여성으로서 성숙한 23세가 되던 해부터는 둘째 동서의 남동생을 단 한 번 스치듯이 본 후 연모의 정을 키워나가기 시작한다. 하지만 그것은 상대방에게 전혀 전달되지 못한 짝사랑의 감정이었을 뿐이다.

참 세상에 가득한 모든 비애와 고통 중에 가장 알뜰한 고통은 열렬히 사랑하는 연인에게 제 속에서 부글부글 끓는 열정을 알려주지 못하는 그때일 것입니다.

그런고로 그때에 나는 이 좁은 가슴이 터질 듯이 아프고 괴로움을 진정-견딜 수가 없었나이다. 그래서 사랑을 이루지 못함이 이미 정한 운명일 바에는 차라리 치마끈으로 목을 매어서 나의 감각을 끊어서라도 하루

---

15) 김일엽, 김우영 편, 앞의 책, 106면.

바삐 그 고통을 면하고 싶은 생각도 없지 아니하였나이다.[16)]

짝사랑의 감정과 끓어오르는 욕망을 억제할 수 없는 고통으로 인해 주인공은 차라리 자살을 하고 싶은 충동에 휩싸인다. 따라서 무려 십수 페이지에 달하는 '그'에 대한 그리움과 그 연모의 정을 표출할 길이 없었던 비인간적인 억압적 상황은 한마디로 '악마의 작희(作戱)'라고 표현된다.

> 아아! 이것이 무슨- 악마의 작희(作戱)일까요? 어찌하여 영원히 만나지 못할 애인을 유성처럼 내 눈에 잠깐- 띄게 하여서 나의 가슴이 몇 십 년 몇 백 년이 지나도 만나보지 못하게 하였으리이까? 어쨌든 내 동서의 동생 되는 그 사람은 내게 큰- 치명상을 주고 큰- 타격을 준-업원의 사람이었나이다. 내가 청상과부로 40여 년을 외롭고 섧게 지내었지마는 그 때 그를 연모하던 때같이 아프고 쓰린 경험은 다시는 당하여 보지 못하였나이다.[17)]

섹슈얼리티를 지식과 권력의 장 속에서 구성된 사회적 산물로 파악한 미셀 푸코(Michel Foucault)에 의하면 섹슈얼리티는 내적 충동을 통제하는 규율, 권력과 연관되어 있다. 규율과 권력은 섹슈얼리티의 충동을 제한하거나 허락함으로써, 즉 규제받고 통제받는 육체를 생산함으로써 사회통제의 힘을 강화시키는 기능을 담당한다.[18)] 근대에 이르기까지 여

---

16) 위의 책, 117면.
17) 위의 책, 119면.
18) 현택수, 『현대인의 사랑과 성』, 동문선, 2004, 41-42면.

성의 섹슈얼리티를 통제하는 규율과 권력이란 유교적 정절이데올로기라고 할 수 있을 것이다. 게일 루빈(Gayle Rubin)이 '성은 언제나 정치적이다'라고 한 명제처럼 개인의 성적 충동은 사회적 권력의 통제를 벗어나서 실현될 수 없다. 게일 루빈의 말대로 섹슈얼리티는 그 내부에서 정치, 불평등, 탄압의 방식이 늘 존재[19]하기 때문에 섹슈얼리티에 작용하는 유교적 권력을 통찰한 김일엽은 개인의 내적 충동과 그것에 작동하는 정치적 권력의 길항관계를 작품화한 것이다.

　작품 속의 배경이 된 근대는 여전히 조선조의 유교가 생산해낸 정절이데올로기의 규율이 강력하게 작동하던 시기였다. 김일엽은 이 작품을 통하여 유교적 정절이데올로기가 남성들이 만들어낸, 여성의 성적 본능을 억압하는 비인간적이고 폭력적인 허위의식에 불과한 것이라고 주장하고 있다. 그리고 그 억압적 규율이 한 여성의 인생 전체를 얼마나 헛되이 낭비하게 만들었는가를 자세히 묘파하였다. 정절이데올로기로 인해 섹슈얼리티의 억압뿐만 아니라 인생 전체를 헛되게 만들었다는 것을 자각하는 구여성을 통하여 김일엽은 유교적 정절이데올로기를 뿌리까지 비판한다. 그리고 억압적 섹슈얼리티로부터의 해방이야말로 여성의 주체성 실현의 한 방법이 될 수 있음을 설파하였다. 그녀는 자신의 문학을 통하여 정절이데올로기를 비판하고 여성의 주체성을 주장하며 당대 사회와 남성들, 그리고 아직 자각하지 못한 구여성을 변화시키고자 하였다. 나아가 사회 변화를 주도하는 신여성을 응원하고 옹호하고자 하였다.

---

19) 게일 루빈, 신혜수 외 역, 『일탈』, 현실문화, 2015, 282면.

4. 나가며

김일엽의 성담론은 이처럼 1920년부터 여성을 억압하는 유교적 정절이데올로기의 허위의식에 대한 비판으로부터 출발하였다. 여성에 대한 성적 억압은 가부장제를 수호하는 (시)부모와 가족제도에 의해서 가해지며, 그 배후에 정절이데올로기의 윤리적 문화적 폭력이 작용하는 것으로 파악했던 것이다. 김일엽이 「청상의 생활」을 통해 주장하고자 한 여성해방적 성담론은 여성의 성적 아이덴티티를 인정하고, 여성을 억압하는 부모라는 개인과 가족제도라는 억압구조, 그리고 정절이데올로기라는 문화적 윤리적 폭력에 이르기까지를 모두 타파해야 한다는 것이 요체이다.

그리고 그 연장선상에서 남성들이 여성에게 강요해온 육체적 정조관을 초월하여 "정조는 결코 도덕이라고 할 수 없고 단지 사랑을 백열화시키는 연애 의식의 최고절정"[20]으로서 과거에 이성과의 접촉 여부가 정조를 더럽히고 아니고의 여부가 될 수 없음을 분명히 하였다. 그녀는 정조란 물질시할 것도 고정시할 것도 아니라는 것이다. 정조도 연애감정과 마찬가지로 유동하는 것으로서 사랑이 있는 동안만 있는 것으로서, 결코 상대자에 대한 타율적 도덕관념이 아니라는 것을 「나의 정조관」(1927)을 통해서 천명하였던 것이다. 김일엽이 주장한 정신적 정조관은 여성에게 강요된 육체중심의 순결이데올로기를 대체하는 혁명적인 성 모럴로서 이는 당대 사회에 커다란 파문을 일으켰다.

사실 김명순과 나혜석은 김일엽과 함께 가부장적이고 억압적인 성담

---

20) 김일엽, 김우영 편, 앞의 책, 308면.

론의 권력으로부터 벗어난 해방적 성담론을 여성중심의 시각에서 새롭게 수립하고자 하였으며, 그것이 그들의 페미니즘의 중요한 목표의 하나였다. 성해방을 그녀들의 여성해방의 목표로 수립하였다는 점에서 김경일은 근대 초기의 김명순, 나혜석, 김일엽, 윤심덕 등을 급진주의 페미니스트로 간주했다.[21] 나혜석은 정조는 강요된 도덕이나 법률일 수 없고 개인이 선택에 의해서 결정할 '취미'의 문제로 치부하였으며, 김명순은 사랑을 그 핵심에 둔 성윤리를 주장하며 사랑이 없는 결혼은 매음에 불과한 것으로 정신주의적 성담론을 내세웠다. 김일엽은 육체중심의 정절이데올로기의 허위의식을 정면에서 배격하고 정신적 정조를 주장하는 새로운 성 모럴을 제시함으로써 가부장제 사회에 커다란 파문과 혐오를 불러일으켰다.

김일엽이 말하는 정신적 정조는 어떤 의미에서는 앤서니 기든스(Anthony Giddens)가 말한 '순수한 관계'와 상통하는 개념이다. 그가 말한 순수한 관계란 성적 순결과는 관계없는 조작적 개념이다. 즉 관계 그 자체로서 순수하게 유지되는 감정적 인격적 관계를 의미한다. 김일엽, 김명순, 나혜석은 모두 섹슈얼리티를 가족제도를 유지하는 재생산의 개념과 연결시키지 않았으며, 자아의 정체성과 사랑을 표현하는 것으로 인식함으로써 성차별적인 유교적 권력에 대항하여 여성의 성적자기결정권을 획득하고자 했다. 이들 근대 여성작가들은 섹슈얼리티를 결혼이라는 제도와 결부시키지 않았으며 오히려 사랑과 결부시켰고, 자아정체성의 문제와 연관시켰다.

근대의 신남성들은 결혼을 부모의 권력으로부터 독립시키고 대화가

---

21) 김경일, 앞의 책, 125면.

가능한 신여성과 살기 위해 조혼을 반대하고 자유연애혼을 주장하였다. 하지만 신여성들은 여기에서 더 나아가 남성의 권력으로부터 섹슈얼리티를 해방시키기 위해 자유연애뿐만 아니라 여성주체적인 성담론을 주장하였다. 그녀들에게 섹슈얼리티는 자아를 성취할 수 있는 핵심적 관건의 하나였다.

그리고 그녀들은 이를 담론 차원에서만 주장한 것이 아니라 그녀들의 삶을 통해 과감하게 실천하였다. 김명순은 결혼을 하지 않고 평생을 독신으로 살았으며, 나혜석은 폐쇄적인 일부일처제 결혼 규범을 초월하여 최린과의 혼외정사를 추구했다가 이혼이란 대가를 치르게 되었으며, 김일엽은 결혼과 이혼을 반복하며 자유로운 남녀관계를 실천하였다. 그녀들은 모두 다 선구적인 페미니즘 이론가였으며 실천가였다. 하지만 그녀들이 자유와 해방을 위한 이데올로기와 프렉티스(practice)에 가해진 대가는 너무나도 컸다.

김일엽은 권력을 가진 사회구조가 개인에게 더 큰 영향을 미친다고 생각했으며, 개인의 개혁조차도 사회의 구조적 개혁이 없이는 불가능하다고 파악하고 있었다. 권력구조의 한 단위인 가족제도에서는 인습과 도덕에 얽매인 부모가 여성을 억압하고, 사회적으로는 가부장적 사회구조와 이데올로기가 여성을 억압한다고 본 것이다. 따라서 「어느 소녀의 사(死)」(1920)에서는 부모가 강요한 결혼에 자살로써 항거하며 유서를 신문사로 보내 이를 사회 문제화하고자 했다. 그것은 단지 무지몽매한 부모의 자식에 대한 권력에 대한 저항으로 해결될 문제가 아니라 여성이라는 젠더에 가해지는 가부장적 사회의 권력구조와 그 이데올로기를 해체하지 않는 한 해결될 수 없다는 문제의식에서 나온 행동이었다. 섹슈얼리티를 여성해방의 핵심적 관건으로 설정하고 가부장적 권력구조와 그 이데올로기의 해체를 주장하였다는 점에서 김일엽은 급진주의 페미니스트이다. 김일엽은 「청상의 생활」에서 미자각에서 자각으로 변화하는 입체적 인물을 설정함으로써 구여성의 자각과 변화에 교육이 결정적 영향을 미친다는 것을 보여주었다. 개인의 주체성 자각과 교육을 강조한 점에서 김일엽은 자유주의 페미니스트라고도 할 수 있다. 일엽에게 급진주의와 자유주의 페미니즘은 혼재되어 있었다고 할 수 있다.

(『문예운동』 2018년 봄호(137호), 2018.02)

2
섹슈얼리티에 대한
김일엽의 급진적 사유

1. 들어가며

2018년에 우리 사회를 강타한 단어는 '미투(Me Too)'였다. 그동안 남성 권력의 그림자로 은폐되어왔던 권력형 성폭력이 미투운동을 통해 폭로되는 사건들이 이어지면서, 여성의 성적자기결정권이 중요한 인권 문제라는 인식이 폭넓게 확산되었다. 2019년의 버닝썬 사건과 김학의 사건 재조사를 통해 드러나고 있듯이 권력과 부를 지닌 남성들에게 섹슈얼리티(sexuality)는 인격을 가진 주체 간의 성적 상호작용이자 평등한 대화가 결코 아니라는 것이다. 그들 남성들은 필요하다면 언제든지 여성을 성적 도구로 물화(物化)하고, 객체로 아무렇지도 않게 타자화(他者化)하는 권력자의 모습을 보여주었다. 권력과 부가 유착된 가운데 우리 사회에 만연한 여성에 대한 뿌리 깊은 성 착취와 성 접대문화, 물뽕(마약)이 성범죄에 이용되어 여성의 인권을 유린하는 문제, 단톡방에서 일어나는 신종 사이버 성폭력 등….

최근 보도된 일련의 사건들은 성이 본질주의(essentialism)에서 말하듯 인간의 내재적 본능이나 본질이 아니라 사회 세력 간의 권력의 문제로 파악했던 미셸 푸코(Michel Foucault)의 구성주의(constitutivism)의 주장을 확인시켜 주기에 충분했다. 푸코는 성적 정체성, 성적 욕망, 성적 관행과 실천을 결코 가치중립적인 과학의 영역이 아니라 상호 세력들이 각축을 벌이면서 구성되는 정치의 장으로 개념화했다.[1]

우리나라에서 여성의 성적자기결정권과 성적 주체성의 문제는 이미 100년 전에 신여성들에 의해 제기되었다. 근대 초기에 근대여성문학 제1기의 대표적 작가이자 페미니스트였던 김명순, 나혜석, 김일엽은 가부장제로부터 여성이 성적으로 억압되어 왔다는 사실을 공론화하며, 여성해방을 부르짖었다. 즉 그녀들은 남녀차별적인 성의 이중규범에 반기를 들며, 성 평등과 성적자기결정권을 과감하게 주장하였다. 그로부터 100년의 세월이 흐르는 동안 우리 사회는 호주제 폐지와 간통죄 폐지 등 여성해방의 성과라고 할 만한 변화가 분명 있었다. 하지만 다른 한편에서 여성들은 권력과 자본을 가진 남성들로부터의 성폭력과 인권 유린으로부터 여전히 벗어나지 못하고 있다는 것을 위에서 언급한 사건들은 웅변하고 있다.

이 글은 근대 초기의 페미니스트로서 페미니즘을 표방하는 잡지『신여자』(1920)를 발간하며 여성해방에 앞장섰던 김일엽(본명 김원주)의 논설과 소설을 두루 살피며 김일엽의 섹슈얼리티에 대한 사유를 규명해보고자 한다.

---

1) 송명희, 『여성과 남성을 생각한다』, 푸른사상, 2010, 178-180면.

2. 순결이데올로기 비판

인류학자이자 구성주의 이론가인 게일 루빈(Gale Rubin)도 미셸 푸코
와 마찬가지로 섹슈얼리티를 권력의 문제로 파악했다. 그녀는 섹스/젠
더체계는 한 사회가 생물학적 섹슈얼리티를 인간 행위의 산물로 변형
시키고, 그와 같이 변형된 성적 욕구를 충족시키는 일련의 제도라고 주
장했다.[2] 즉 젠더와 마찬가지로 섹슈얼리티도 정치적이며, 따라서 권력
체계를 조직한다고 본 것이다. 그리고 권력체계는 한편에는 보상과 격
려를, 다른 한편에는 처벌과 탄압을 함으로써 권력을 행사한다는 것이
다.

> 젠더처럼 섹슈얼리티는 정치적이다. 섹슈얼리티는 권력체계를 조직한
> 다. 이 권력체계는 어떤 개인이나 행위에 대해서는 보상하고 격려하는 반
> 면, 다른 개인이나 행위에 대해서는 처벌하고 탄압한다. 자본주의가 노동
> 과 보상과 권력의 분배를 조직하듯이, 등장 이래로 진화해온 근대적 성체
> 계는 정치적 투쟁의 대상이 되어 왔다.[3]

생물학적인 성인 섹스(sex), 사회문화적 성인 젠더(gender)와는 달리
19세기 후반에 새롭게 대두한 개념인 섹슈얼리티(sexuality)는 성교나
성행위와 같은 구체적 성행동을 포함하지만 보다 넓고 다양한 성적 욕
망과 실천, 그리고 성적 정체성을 포괄하는 의미로 사용된다.[4] 『페미니

---

2) 게일 루빈, 신혜수 외 역, 『일탈: 게일 루빈 선집』, 현실문화, 2015, 93면.
3) 위의 책, 353면.
4) 송명희, 앞의 책, 177-178면.

즘이론사전』에서는 섹슈얼리티를 성적 욕망을 창조하고, 조직하고, 표현하고 방향지우는 사회적 과정으로 설명하고 있다.[5]

김일엽은 『신여자』를 발간하며 신여자운동을 시작한 1920년에 「신여자 창간사」(1920.03), 「여자교육의 필요」(1920.04), 「우리 신여자의 요구와 주장」(1920.04)과 같은 글들을 통해 사회개조를 위해서 가정을 개조하여야 하고, 가정을 개조하기 위해서는 여자의 해방이 필요하며, 여자를 교육시켜야만 여자가 해방될 수 있다고 주장하였다.

일엽은 여성해방의 핵심적 의제로 여성 일방에게만 요구하는 가부장적이고 봉건적인 순결이데올로기를 정면에서 비판하며 여성의 성적자기결정권을 주장했다. 섹슈얼리티야말로 가부장제 사회가 여성을 억압하고 통제하는 핵심적인 영역으로 파악했던 것이다. 김명순, 김일엽, 윤심덕, 나혜석 등 제1세대 신여성들이 여성해방의 핵심을 성과 사랑으로 파악했다는 점에서 김경일은 그녀들을 급진주의자로 규정한 바 있다.[6] 필자는 이들 여성작가들의 여성해방의 의제는 시기에 따라 자유주의에서 급진주의까지 폭이 넓으며, 분명 성해방의 측면에서 급진주의적 요소가 있다는 점에 동의한다.

일엽은 「우리의 이상」(1924)과 「나의 정조관」(1927) 등의 논설에서 가부장제 사회가 여성의 몸을 통제하고 억압해온 순결이데올로기에 대해 정면으로 반기를 든다. 그리고 육체적 순결의 대안으로 정신적 순결을 주장한다. 그것이 소위 '신정조론'이다. 그녀가 주장하는 신정조론은 육체적 순결과는 달리 사랑이라는 감정에 따라 좌우되는 새로운 정조

---

5) 미기 험, 심정순·염경숙 역, 『페미니즘이론사전』, 삼신각, 1995, 152면.
6) 김경일, 『여성의 근대, 근대의 여성』, 푸른역사, 2004, 125-129면.

개념이다.

일엽의 첨단적 주장은 「우리의 이상」에서 강하게 개진된다. "사랑을 떠나서는 정조가 없습니다. 그리고 정조는 애인에 대한 타율적 도덕관념이 아니고 애인에 대한 감정과 상상력의 최고조화한 정열인 고로 사랑을 떠나서는 정조의 존재를 타(他) 일방에서 구할 수 없는 본능의 감정입니다"[7]라고 정조를 육체적 순결이 아니라 '사랑'이라는 감정과 연결시킨다. 그리고 정조는 사랑을 떠나서는 존재할 수 없는 정신적인 것일 뿐만 아니라 도덕의식과도 상관없는 것이다. "단지 사랑을 백열화시키는 연애의식의 최고절정"[8]일 뿐이라고도 했다. 사랑이라는 감정에 따라 좌우되는 정신적인 정조는 여성 일방에게만 요구하는 타율적인 도덕관념인 순결이데올로기와는 달리 자율적인 감정이다. "구도덕의 입장에서 보면 정조를 물질시하였으므로 과거를 가진 여자의 사랑은 신선미가 없는 진부한 것으로 생각하여 왔습니다. 그러나 우리는 이러한 그릇된 관념을 전혀 버려야 되겠습니다"[9]라는 한마디 속에 봉건적인 가부장제 사회가 여성의 몸을 통제하며 여성 일방에게만 강요해온 순결이데올로기가 불평등한 권력이며, 그릇된 허위의식에 불과하다는 일엽의 비판적 사유가 압축되어 있다. 그녀는 정조는 여성 일방에게 요구하는 타율적인 규율이 아니라 남녀 쌍방 간에 요구되는 자율적인 감정이라는 것을 분명하게 천명하였다.

처녀의 기질이라면 남자를 대하면 낯을 숙이고 말 한마디 못 하는 어

---

7) 김일엽, 김우영 편, 『김일엽선집』, 현대문학, 2012, 288면.
8) 위의 책, 289면.
9) 위의 책, 288면.

리석은 태도가 아니고 - 정조관념에 무한 권위 다시 말하면 자기는 언제
든지 새로운 영과 육을 가진 깨끗한 사람이라고 자처하는 감정입니다.

(중략)

따라서 과거에 한 번만 연애 경험이 있으면 그의 정조 관념은 영구히
더럽히고 말 것입니다. 그러한 여자는 왕왕 자포자기가 되어 - "이왕 한
번 이렇게 될 이상에는" 하고 자기의 정조를 함부로 더럽히는 이도 있습
니다.

처녀 기질을 영구히 보존하려면 위에 말한 바와 같이 감상적 기분을
전혀 떠나야 되겠고 둘째는 정조를 굳게 지켜야 되겠습니다. 사랑 없이
함부로 육에만 빠지는 것은 절대 죄악인 줄 압니다.[10]

그리고 일엽은 인용문처럼 육체적 순결을 의미하는 '처녀성'이라는
단어 대신에 '처녀 기질'이라는 개념도 만들어냈다. 처녀 기질은 과거에
이성을 전혀 접촉하는 않은 육체적 처녀라는 의미와는 달리 새 애인을
만났을 때 과거의 감정을 완전히 벗어나 새로운 영과 육을 가진 깨끗한
사람이라고 자처하는 기질이다. 일엽은 근대의 신여성이라면 순결이데
올로기로부터 자유로운 처녀 기질을 가져야 한다고 본 것이다. 그러나
사랑 없이 함부로 육에만 빠지는 것은 절대 죄악이므로 경계해야 할 것
으로, 영육일치의 사랑을 단서로서 요구했다. 즉 성적 난교에 해당하는
자유연애주의에 대해서는 분명한 거리를 두었다.

일엽은 『조선일보』에 발표한 「나의 정조관」에서도 정조는 고정체가
아니며 "사랑이 있는 동안에만 정조가 있습니다"라고 하며 「우리의 이
상」에서의 주장을 그대로 반복한다. 그녀는 가부장제 사회가 여성 일방

---

10) 위의 책, 289-290면.

에만 강요하는 타율적 규율인 순결이데올로기를 초월하여 새로운 대상을 만났을 때 과거의 대상을 완전히 잊고 순수하고 깨끗한 감정으로 사랑할 수 있다면 그것이 바로 정신적 순결이며, 이러한 태도를 갖는 것을 처녀 기질로 명명했던 것이다.

일엽은 「청상의 생활」(1920)이란 소설에서는 청상이 된 구여성을 등장시키며 여성도 성적 아이덴티티를 지닌 존재라고 주장했다. 그리고 여성을 억압하는 가족제도라는 억압구조와 정절이데올로기라는 유교의 문화적 윤리적 폭력을 비판하였다.[11] 미혼여성을 억압하는 순결이데올로기든 기혼여성을 억압하는 정절이데올로기든 일엽은 불평등한 젠더관계에서 발생하는 여성에 대한 성적 억압을 모두 비판했던 것이다.

이와 같은 일엽의 '신정조론'은 나혜석이 「신생활에 들면서」(1935)에서 "정조는 도덕도 법률도 아무것도 아니요, 오직 취미"라고 한 전복적인 주장으로 이어진다. 즉 여성의 정조는 도덕이나 법률이 강요할 문제가 아니라 그것을 지키든 안 지키든 본인이 알아서 결정할 '취미'의 문제, 즉 외부에서 강요할 타율적인 규율의 문제가 아니라 성적자기결정권의 문제라고 했던[12] 주장과 맥락을 같이한다.

일엽이 말한 영육일치의 정조는 스웨덴의 여성 사상가 엘렌 케이(Ellen Karolina Sofia Key)로부터 영향받은 것이다. 그녀는 당시 신여성들의 연애관 형성에 깊은 영향을 끼친 인물이다. 우리나라에서 엘렌 케이의 수용은 일본을 경유한 것으로, 일엽은 그녀의 사상을 한발 앞서 받

---

11) 송명희, 「김일엽 소설에 나타난 섹슈얼리티와 정절이데올로기 비판」, 『문예운동』 2018년 봄호, 2018.02, 166-182면.
12) 송명희, 「폴리아모리스트 나혜석」, 송명희, 『페미니스트 나혜석을 해부하다』, 지식과 교양, 2015, 278-284면.

아들인 일본의 히라스카 라이초와 그녀가 발간한 잡지 『세이토(靑鞜)』
(1911~1916)의 신여성운동으로부터 깊은 영향을 받았다.[13] 나아가 일
엽은 그녀가 창간한 『신여자』를 일본의 『세이토(靑鞜)』와 같은 잡지로
만들고자 했다.

엘렌 케이의 연애론은 영육일치의 연애관, 연애와 결혼의 일치론, 자
유이혼론, 우생학적 연애관으로 집약된다. 여기서 영육일치의 연애란
독립적 인격을 갖춘 자유로운 남녀의 정신적 · 육체적 결합을 의미한
다.[14] 그리고 영육일치의 연애에 대한 이상은 자유롭게 연애한 상대와
결혼한다는 자유결혼의 이상과 결부되어 있다. 따라서 어떠한 결혼을
막론하고 거기에 연애가 있으면 도덕적이고, 어떠한 법률적 절차를 거
쳤을지라도 거기에 연애가 없으면 부도덕하다. 즉 사랑만이 결혼의 도
덕성을 평가하는 유일한 기준이다.[15]

일엽은 자신의 신정조론이 당대 일본과 조선의 신여성들에게 절대적
영향을 끼쳤던 입센과 엘레 케이로부터 영향을 받았다는 것을 "우리들
의 인격과 개성을 무시하던 재래의 성도덕에 대하여 열렬히 반항하지
않을 수 없습니다. 그래서 우리들 가운데는 입센이나 엘렌 케이의 사상
을 절대의 신조로 알며 좇아서 금후로 성적 신도덕을 위하여 많이 힘써
줄 자각 있는 자녀가 많이 나타날 줄 압니다"[16]라고 밝힌 바 있다.

일엽은 엘렌 케이의 '영육일치의 연애'에서 한걸음 더 나아가 '영육일

13) 송명희, 「신여성의 사랑과 자유이혼-김명순의 「나는 사랑한다」」, 『국어문학』56, 국어
    문학회, 2014, 317-341면.
14) 유연실, 「근대 한 · 중 연애 담론의 형성-엘렌 케이(Ellen Key) 연애관의 수용을 중심
    으로」, 『중국사연구』79, 중국사학회, 2012, 149면.
15) 위의 논문, 150-151면.
16) 김일엽, 「우리의 이상」, 김일엽, 김우영 편, 앞의 책, 288면.

치의 정조'라는 개념, 즉 성경험의 유무를 떠나 과거를 완전히 잊고 어떤 사람을 새롭게 사랑하게 되면 영육이 새로워지며, 사랑의 유무가 정조의 유무를 결정한다는 의미로 그 의미를 확장시켰다. 그리고 영육일치의 정조를 당연히 남녀 쌍방에게 요구했다.

일엽의 신정조론은 가부장제가 여성들의 성을 억압하고 통제하면서도 남성들에게는 허용적이었던 성의 이중규범에 대한 반론을 제기하며 여성의 성적 자유에 대한 선언적 의미를 담고 있다. 그런데 그녀가 이러한 주장을 하게 된 배경에는 근대의 신여성들이 처한 사회적 현실이 중요하게 작용하였다고 생각한다.

3. 신여성이 처한 자유연애의 딜레마와 자유이혼

일엽은 「근래의 연애의 문제」(1921)에서부터 "민적상 아내로 있는 그것이 무슨 그 두 사람 사이의 연애문제에 큰 장애가 될 것입니까. 여자편에서라도 남자의 참사랑만 믿고 보면 도리어 오직 부모가 허락지 않고 상대자의 고집으로 인하여 이혼을 못 하고 있는 남자의 마음을 위로하여 줄 것이라 합니다"[17]라고 하며 민적상 아내가 있는 기혼남성이라고 할지라도 사랑의 감정만 진실하다면 신여성의 연애의 대상이 될 수 있다고 보았다. 즉 결혼이라는 형식상의 제도를 뛰어넘어 사랑이라는 감정이 더 우선시 되어야 한다고 본 것이다. 「우리의 이상」에서도 신여성의 성적 대상자가 불행하게도 기혼자가 될 수밖에 없는 현실을 재차

---

17) 김일엽, 「근래의 연애의 문제」, 위의 책, 264-265면.

언급한다. 그것은 구도덕상으로는 비난을 받을 일이지만 신여성의 인격을 존중히 하는 신사상을 가진 인격자는 불행하게도 기혼자밖에 없기 때문에 인격으로나 사상으로나 연령으로나 그것은 불가피한 선택일 수밖에 없다는 것이다.

이는 조혼의 관습으로 인해 신여성의 결혼 대상자로서 미혼남성을 찾을 수 없었던 사회구조의 모순에서 나온 타협책이라고 할 수 있다. 어떤 의미에서 일엽의 '신정조론'은 신여성이 기혼자를 성적 대상자로 선택할 수밖에 없었던 근대의 특수한 현실, 즉 자유연애가 미혼 남녀의 자유롭고 평등한 관계로 이루어지지 못하는 현실을 인정하는 데서 개진된 측면이 있는 것이다.

> 우리들의 모든 허영을 다 버리고 진실한 성적 대상자를 구하려면 "그래도 기혼 남자 외에는 드문 줄"로 압니다. 인격으로나 사상으로나 연령으로나 우리의 대상자가 될 만한 이는 불행히 기혼남자(물론 민적상으로 처(妻) 된다는 이와 감성상 혹은 성적으로 이론 동양(同樣)이어야만 될 것)뿐이라고 할 만하게 되었습니다.[18]

> 더구나 우리들의 성적 대상자가 대개 기혼남자이니까 따라서 우리의 성적 결합이 구도덕상으로 많은 비난을 받을 것입니다. 그러므로 우리의 인격을 존중히 하는 신사상을 가진 사람을 배우자로 정하는 것이 역경에 있는 우리에게는 제일 상책이라고 생각합니다. 무엇보다도 우리는 인격적으로 살지 않으면 안 되겠습니다.[19]

---

18) 김일엽, 「우리의 이상」, 위의 책, 288면.
19) 김일엽, 「우리의 이상」, 위의 책, 292면.

1920년대 근대성의 지표의 하나로 여겨졌던 자유연애는 이미 조혼으로 결혼제도에 들어가 있던 유부남인 지식인 남성과 미혼의 지식인 여성 사이의 불균등한 관계라는 현실적인 딜레마가 존재했다. 그것은 당시 결혼을 앞둔 신여성들이 처한 불가피한 딜레마였다. 신정조론은 가부장제의 순결이데올로기에 대한 비판적 의미로 제기된 것이지만 다른 한편에서는 신여성들을 매혹시켰던 자유연애의 이상과 그 이상을 실현시킬 수 없었던 사회 현실의 부조화로부터 나온 타협책이기도 했다. 즉 성경험의 유무뿐만 아니라 결혼의 유무를 떠나 순수한 사랑의 감정만 존재한다면 남녀가 자유롭게 새로운 연애를 시작할 수 있다는 의미로 해석되는 측면이 있는 것이다.

더욱이 위의 글들을 썼던 1920년대 초에 일엽은 이노익이라는 이십세 연상의 남성과 결혼했다가 이혼한 처지였다. 즉 그녀는 미혼의 처녀가 아니라 결혼 경력이 있는 이혼녀였던 것이다. 그와 같은 처지에서 '결혼이라는 제도와 사랑이라는 감정' 사이의 불일치의 딜레마를 어떻게 해결할 것인가는 그녀가 처한 실존적 고민이자 당대 신여성 또는 결혼한 신남성이 처했던 갈등의 문제였다.

그러나 생각건대 연애는 가장 자유롭지 아니치 못할 것이외다. 만일 그 남녀가 참마음에서 끓어 나오는 사랑에서 이러한 관계를 두게 되었다 하면 남자도 '자기는 기혼 남자다' 하는 생각보다 그 여자를 사랑하는 생각이 앞을 섰던 것이요, 여자도 또한 그러하였을 것이 아니오니까. 만일 연애는 남자와 여자 사이에 교환되는 것이라 하면, 이미 소박한 아내, 오직 민적상 아내로 있는 그것이 무슨 그 두 사람 사이의 연애 문제에 큰 장애가 될 것입니까. 여자 편에서라도 남자의 참사랑만 믿고 보면 도리어

오직 부모가 허락지 않고 상대자의 고집으로 인하여 이혼을 못 하고 있
는 남자의 마음을 위로하여 줄 것이라 합니다.

　저는 이러한 의견으로 과도기에 선 요사이 조선 청년 남자 간에는 연
애의 자유를 그르다고 할 수가 없으며, 겸하여 그러한 의미로 한 남자가
두 여자를, 어떠한 경우에는 동정할 수도 있고 함부로 이렇다 할 수도 없
습니다.[20]

　기혼 남성과 미혼 여성 간의 자유연애를 함부로 비판할 수 없다는 것
이 그녀의 절충적 입장이었지만 정신적 순결을 주장하는 신정조론은
결혼 경험이 있는 그녀 자신의 새로운 사랑에 대한 이론적 근거가 되었
다고 생각되는 것이다. 또한 일엽의 신정조론은 제2부인이 등장한 사회
의 구조적 요인과도 맞물려 있다.

　신여성들은 자유연애를 통한 결혼을 원했고, 또한 자신보다 연상의 근
대 교육을 받은 신남성을 배우자로 원하였다. 그러나 당시 조혼이 존속하
고 있었으므로, 신여성들의 배우자로 선호된 자들의 80% 이상은 이미 혼
인을 한 상태였다. 이러한 자유연애와 조혼의 혼재 · 신여성과 신남성 간
결혼연령의 불균형은 제2부인 등장의 구조적 요인이 되었다. [21]

　일엽의 성담론은 자유이혼론에 대한 옹호로 확대된다. 그녀는 「회상
기」(1922)에서 "내가 사랑 없는 구부(舊夫)와 아주 작별하고 참말 단독
한 인격적의 생활을 하게 된 때는 재작년부터였다"라고 자신의 사적 상

---

20) 김일엽, 「근래의 연애의 문제」, 위의 책, 264-265면.
21) 이혜선, 「1920~30년대 新女性 '第二夫人' 연구」, 이화여자대학교 석사논문, 2007,
　 11면.

황을 고백한다. 그녀의 이혼은 남편과의 사랑의 부재에서 기인한 것일 뿐 세간에서 오해하듯이 다른 애인이 생겨 한 일, 즉 윤리적으로 비난받을 일은 아니라는 것이다. 사랑 없는 결혼으로부터의 이혼, 즉 자유이혼은 근대 일본과 조선을 풍미했던 엘렌 케이의 자유이혼론에 따른다면 지극히 도덕적인 것이다. 그럼에도 "글로나 말로나 사랑 없는 결합은 죄악이요 이해 없는 결혼은 강간이나 다를 게 없다 하는 저희들이 나의 행동을 비난함을 아무리 생각해도 망평에 지나지 못한다"[22]라고 자신을 향해 쏟아지는 비난, 특히 겉으로 자유이혼론을 옹호해온 자들마저도 일엽을 비난하는 태도를 그녀는 비판한다. 그리고 그녀를 희생물로 유희물로 취급하는 그들 비인격자들에게 단연히 절교를 선언한다. 결혼이라는 제도로부터 분리된 자유연애에 대해서도 당대 사회는 비난하는 분위기가 지배적이었는데 하물며 사랑의 감정이 없다고 이혼하는 자유이혼에 대해서는 어떠했을까? 당시 자신의 이혼을 두고 쏟아진 세간의 비난을 통해서 그녀는 게일 루빈이 말했던 권력체계를 실감하지 않을 수 없었을 것이다.

남편과의 이혼이 사랑의 부재 때문이라는 일엽의 고백은 김명순이 단편소설 「나는 사랑한다」(1926)에서 "애정 없는 부부생활은 매음"이라고 주장한 것과 맥을 같이한다. 김명순이 소설 속의 여주인공이 사랑의 감정이 부재하는 남편과 이혼하고 감정이 소통되는 남성과의 사랑을 합리화하는 논리로 엘렌 케이의 자유이혼론을 끌어왔다면, 일엽은 자신의 실존적 삶에서 직접 일어난 사랑 없는 결혼으로부터의 이혼을 합리화하는 논리로 이를 사용하였다.

---

22) 김일엽, 「회상기」, 김일엽, 김우영 편, 앞의 책, 276면.

실비아 월비(Sylvia Walby)에 의하면 가부장제란 "남성이 여성을 지배하고 억압하고 착취하는 사회구조와 관습의 이데올로기"[23]이다. 근대에도 여전한 가부장제는 여성 일방에게만 순결을 지켜야 한다는 절대적인 금기를 요구하며 여성을 성적으로 억압했다. 따라서 일엽은 구도덕의 '육체적 순결'에 반기를 들며, 소위 '정신적 순결'이란 개념으로 봉건주의와 가부장주의에 사로잡힌 조선사회와 남성을 향해 시원한 일갈을 하였던 것이다.

하지만 소위 자유연애와 자유이혼에 찬성해온 근대의 지식인들마저도 일엽이 정신적 순결과 같은 혁신적 성담론을 주장하며 성의 자유를 행동으로 실천하자 이에 대한 혐오를 나타내며 비난하는 이율배반의 태도를 보였다. 이는 푸코가 말했듯이 여성의 성을 억압할 뿐만 아니라 여성이 제기하는 자유롭고 주체적인 성담론을 결코 허용하지 않았던 남성중심사회의 권력체계를 확인시켜 주기에 충분했다.

가령 사회주의 비평가인 팔봉 김기진(1903~1985)은 「김명순·김원주에 대한 공개장」(『신여성』1924.11)에서 김명순을 불순 부정한 혈액을 지닌 '히스테리'로, 김원주를 이성 간의 성욕 같은 것을 부끄럼 없이 말하는 부르주아 개인주의자로 공개적 인신공격을 하며 혐오증을 표출했다. 그것은 그가 가부장제 사회의 권력자인 남성으로서 특권의식을 갖고 있었으며, 당대 사회가 젠더 불평등의 사회였기에 가능했던 것이다.

하지만 일엽은 그와 같은 남성들의 권력을 인정하지 않고 꾸준히 반론을 제기했으며, 표리부동하고 여성혐오적인 남성들에게 절교 선언을

---

23) 실비아 월비, 유희정 역, 『가부장제 이론』, 이화여자대학교출판부, 1996, 41면.

하며 주체적 길을 걸어갔다. 그녀야말로 남성들의 여성 차별과 혐오에 침묵하지 않고 혐오를 혐오로 되돌려준 최초의 메갈리안(megalian)[24] 여성이 아니었을까. '육체적 순결'을 패러디한 '정신적 순결'과 '처녀성' 을 패러디한 '처녀 기질'이란 신개념을 만들어 남성중심사회를 되받아 친 일엽의 전복적 상상력이야말로 훌륭한 미러링(mirroring)이 아닌가. 당대의 남성들은 일엽에 대해 혐오와 비난을 표출했지만 김명순과 나혜석은 그녀에게 동조하는 주장을 이어나가는 연대의식을 보여주었다.

4. 성의 주체성 확립과 성폭력의 고발

일엽은 단편소설 「혜원」(1921)에서 남성들의 성적 대상이자 타자화된 섹슈얼리티에 대한 비판을 보여주는가 하면, 「순애의 죽음」(1926)에서는 성폭력에 대한 고발을 보여준다. 「혜원」에는 실연의 아픔 속에서 젠더의 권력체계를 자각하며 결혼제도가 갖는 타자화된 섹슈얼리티를 거부하겠다는 여성 '혜원'이 등장한다. 문재(文才)가 뛰어난 혜원은 어느 청년문사와 사랑하는 사이였지만 그가 실업가의 사위가 되고자 그녀를 배신함으로써 실연을 당한다. 하지만 혜원은 실연의 아픔으로부터 빠져 나와 다음과 같은 자각을 보여준다.

24) 메갈리안은 '메르스(mers) 바이러스'와 '이갈리아의 딸들(Egalia's daughters)'의 합성어로서 여성혐오의 프레임을 뒤집어 패러디하여 되돌려주는 여성을 가리키는 신조어이다. 『이갈리아의 딸들(Egalia's daughters)』은 작가이자 여성운동을 펼치고 있는 노르웨이 출신 브란튼베르그의 남성과 여성의 성역할 체계가 완전히 뒤바뀐 가상의 세계 이갈리아의 모습을 그린 작품이다. : 유민석, 「혐오발언에 기생하기 : 메갈리아의 반란적인 발화」, 『여/성이론』33, 여이연, 2015.12, 126-127면.

여자의 인격을 무시하고 자유를 빼앗는 무지한 남자에게 시집가서 현
모양처라는 미명하에 부속물 완롱물(玩弄物)이 되어 한갓 온공유순(溫
恭柔順)을 주장하는 노예적, 기계적 생활을 하며 호의호식하는 것이 도
리어 자유천지에서 거지 노릇하는 것만 같지 못하다 하였다. 인격상 차이
가 없는 사람인 이상 여자 자기도 어디까지나 사람으로 살려 하였다."25)

즉 여자의 인격을 무시하고 자유를 빼앗는 남자와 결혼하여 현모양처
이데올로기의 허위의식에 갇힌 남자의 부속물, 완롱물로서의 삶을 벗어
나 사람으로서 인격적이고 주체적 삶을 살겠다는 자각이다. 그리고 "그
못된 남자들의 육욕을 채워주는 연애적 희롱물은 되지 않으리라고 결
심하였다. 그리고 어디까지든지 자립적 독립생활을 하기로 이미 작정하
였다"26)와 같은 자각은 남성들의 성적 대상이자 타자화된 섹슈얼리티에
대한 거부이다. 실연이라는 사건은 그녀로 하여금 가부장적 결혼이 여
성을 남성의 희롱물이나 완롱물과 같은 성적 대상으로 전락시키고 타
자화시키는 제도라는 것을 자각하고 독립된 주체성을 획득하는 계기를
제공하였다.

일엽은 단편소설 「자각」(1926)에서도 여주인공의 동일한 자각을 그
려낸 바 있다. 「자각」에서 주인공을 배신한 인물은 애인이 아니라 결혼
한 남편이다. 임신 중인 구여성 아내는 신여성과 연애에 빠진 남편으로
부터 이별을 통보받자 곧바로 시집을 나와 아이를 출산한 뒤 시집에 주
어버리고 근대교육을 받아 신여성이 된다. 남편이 후회하며 돌아와 줄
것을 간청하지만 주인공 순실은 이를 냉정하게 뿌리친다. 그리고 "이왕

---

25) 김일엽, 「헤원」, 김일엽, 김우영 편, 앞의 책, 128면.
26) 김일엽, 「헤원」, 위의 책, 129면.

노예의 생활에서 벗어났으니 인제는 한 개 완전한 사람이 되어 값있고 뜻있는 생활을 하여야겠나이다. 그리고 사람으로 알아주는 사람을 찾으려나이다"[27]처럼 종속적 결혼의 노예적 삶으로부터 벗어나 주체적 인간으로 살 것이며, 여성을 주체로서 인정해주는 남성을 찾아보겠다고 선언한다.

단편소설 「순애의 죽음」(1926)은 성폭력의 문제를 강도 높게 비판한다. 신문사 경영자를 자처한 K라는 남성은 문재(文才)가 있는 순애에게 원고를 써달라고 접근하여 마치 자신이 여성해방주의자인 것처럼, 참된 사랑을 추구하는 인격자인 것처럼 행세하며 그녀를 기만한다. 마침내 순애를 일본 요릿집으로 유혹한 그는 그녀에게 강제로 성폭력을 자행한다. 성폭력의 치욕감과 모멸감을 견디지 못한 순애는 친한 언니에게 유서를 남기고 자살을 하고 만다. 이 작품은 성폭력을 당해 자살한 순애라는 인물을 통해 성폭력이 여성에게 얼마나 치욕적인 경험인가를 고발한다.

성폭력은 성차별적인 사회구조와 남성우월적인 이데올로기 속에서 발생하는 성을 매개로 빚어지는 유형, 무형의 폭력에 대한 총칭이다. 협의의 성폭력은 강간, 강제추행, 인신매매, 음란물 제조판매, 성희롱, 음란행위, 성기노출 등의 범주를 포함하며, 광의의 성폭력은 가정폭력까지를 포함한다.[28] 우리 형법은 성폭력의 일종인 강간과 강제추행을 '개인적 법익을 침해하는 죄', 그리고 그 중에 '자유에 대한 죄', '정조에 관한 죄'로 보고 있다.[29]

---

27) 김일엽, 「자각」, 위의 책, 171면.
28) 송명희, 『여성과 남성에 대해 생각한다』, 192면.
29) 강진철, 『남성이 쓴 여성학』, 학문사, 2000, 108면.

하지만 여성계에서는 성폭력을 개인의 성적자기결정권을 침해하는 범죄행위이며, 인간의 성에 대한 폭력 행사이고, 인간의 자율성과 존엄성을 침해하는 인권에 대한 범죄로 보고 있다.[30] 성적자기결정권은 자신의 몸과 성, 그리고 그와 관련된 욕망, 욕구들에 대해 자기 스스로 결정하는 권리를 말한다.

이 작품에서 성폭력은 상대방의 동의 없이 강제적 힘에 의해 행사된 강간이다. 요릿집의 외딴 방에서 술을 마신 K는 돌연 그간의 점잖은 태도를 바꾸어 본색을 드러낸다. "억센 팔은 독수리가 병아리를 움키듯이 순애를 껴안았을 것이었나이다. K의 술내 나는 화끈한 입이 순애의 팔에 닿을 때 순애는 몸서리를 쳤을 것이었나이다"[31]와 "닥치는 대로 물어뜯고 꼬집고 절대의 힘을 다하여 저항하였으나 마침내 순애는 정조로 인격으로 K에게 여지없이 짓밟히고 만 것이었나이다"[32]처럼 여성의 성적자기결정권을 무시하고 물리적 강제력과 폭력에 의해 행사된 강간은 결코 성관계가 아니다. 그것은 여성에게 몸서리 쳐지는 혐오감을 유발할 뿐만 아니라 여성의 몸과 인격을 짓밟은 성폭력이자 범죄인 것이다.

순애의 자살은 여성에게 성폭력이 얼마나 혐오스럽고 치욕적인 경험인가를 폭로하는데 성폭력을 당한 그 순간의 불안과 공포와 혐오감뿐만 아니라 이후의 모멸감과 치욕감은 당사자를 자살로 몰고 갈 만큼 치명적이다. 순애는 유서에서 "더 살아야 야수 같은 남성의 농락이나 한 번이라도 더 받지요"처럼 남성 전체에 대한 불신감에 사로잡혀 자살을 선택한다.

---

30) 송명희, 『여성과 남성에 대해 생각한다』, 192면.
31) 김일엽, 「순애의 죽음」, 김일엽, 김우영 편, 앞의 책, 154면.
32) 김일엽, 「순애의 죽음」, 위의 책, 154면.

이 작품에 등장하는 K는 순애의 글 쓰는 재능을 칭찬하며 원고를 써달라고 접근하여 교활한 언어로 순진한 순애를 유혹했고, 아름다운 그녀를 일회적인 욕망의 대상으로 전락시키며 폭력으로 유린했다. 그는 조선남자 중에 구식은 물론이고 신식을 자처하는 이들도 여자를 무시하여 인격을 인정하지 않는 일이 많다고 비판하는가 하면 입으로는 여성해방을 말하면서도 실제로는 아내를 구속하는 남자, 여자를 성의 대상으로 여겨 농락하는 남자들에 대해서 비판하며 사랑을 대단히 신성하고 고귀한 것으로, 어떤 것이든지 희생하는 사랑이 아니면 참된 사랑이 아니라는 등의 미사여구를 늘어놓으며 순애를 기만했던 것이다. 그리고 강간 당일에는 영육일치가 이상적이지만 다만 사람은 땅에 처하고 육신을 가진 탓으로 먼저 육의 요구가 강렬하여지는 것은 면치 못한다고 말하는가 하면, 남녀가 합하는 데는 혼례식이니 부모의 동의를 얻지 않으면 아니 되느니 하는 것은 형식에 지나지 않는다는 언설로 자신을 합리화하며 순애에게 성폭력을 자행했다.

아마도 근대에는 입으로 지식인을 자처하는 K 같은 위선적인 남성들이 신여성의 여성해방주의에 동의하는 척 접근하여 그녀들을 농락하고 유린한 사례들이 있었을 것이다. 일엽은 바로 그와 같은 사례들을 그려내며 비판하였을 것이라고 생각한다.

이 작품은 순애가 언니에게 자살하면서 보낸 유서가 포함되어 있고, 순애가 언니라고 부른 여성이 S언니에게 보낸 아홉 개의 편지로 구성된 서간체 소설이다. 따라서 성폭력에 따른 서사적 박진감이 떨어지는 아쉬움이 크게 남는다.

「순애의 죽음」에서 살펴보았듯이 여성의 성적자기결정권을 침해하는 성폭력은 결코 성관계가 아니라 폭력을 행사하는 범죄행위일 뿐이다. 성폭력은 개인 차원에서 일어나는 듯하지만 불평등한 젠더관계에서 발생하는 구조적 폭력이다. 성폭력은 여성을 지배하고 통제하기 위해 성폭력을 사용하는 가부장제 사회의 문화적 맥락에서 발생하는 범죄이다.

성은 공격적이고 지배적인 남성이 여성을 성적으로 대상화하는 남성 중심의 욕망이 아니라 대등한 두 주체의 상호 허용과 충족을 통해서 공유해야 할 것이다. 또한 강제적인 폭력으로 소유해야 할 것은 절대 아니다. 그것은 여성에게 혐오감과 분노와 치욕감과 우울감을 유발한다. 그것이 가장 극단적으로 표출된 것이 자살이다. 하지만 남성들은 폭력을 사용해서라도 자신의 순간적인 성적 욕망을 충족하고자 하기 때문에 성폭력은 근절되지 않고 있다.

5. 나오며

김일엽은 근대에도 여전한 가부장적 남성중심사회의 여성에 대한 성의 억압과 통제에 반기를 들며 정신적 순결을 주장하였는가 하면 처녀성 대신 처녀 기질이라는 새로운 개념을 창조하며 가부장제 사회의 순결이데올로기를 비판했고, 여성들의 성적자기결정권에 대한 자각을 촉구하였다.

일엽이 제기한 신정조론은 여성 일방에게 강요해온 남성중심의 타율적 도덕의식과 규율에 대한 비판이다. 그녀는 사랑이라는 감정에 따라 좌우되는 정신적 순결과 처녀 기질이라는 새로운 개념을 대안으로 제시하며 육체적인 순결이데올로기로 여성의 성을 규제하고 억압하는 가부장제 권력의 부당성에 이의를 제기했다.

하지만 그것은 당대 신남성과 신여성이 처한 자유연애의 이상과 현실의 부조화에 대한 나름대로 타협책으로 제시된 측면도 있다고 생각한다. 동시에 그것은 이혼한 처지의 자신의 실존적 고민에 대한 타개책이도 했다. 특히 그녀는 여성에게 성적 순결을 그토록 요구하면서도 여성의 성적 순결을 짓밟고 성적자기결정권을 침해하는 남성들의 성폭력에 대해서 매우 비판적이었다.

일엽은 때로 논설의 직접적인 언술로, 때로는 소설의 서사적 언술로 당대 사회를 향해 혁신적이고 급진적인 성담론을 거침없이 쏟아냈다. 그뿐만 아니라 자신의 이혼을 비난하는 조선사회의 남성을 향해 절교를 선언하며, 재혼을 통해 당대 사회의 순결이데올로기에 저항하는 행위를 과감하게 실천했다. 여성해방주의자로서의 그녀의 용기 있는 주장과 행보는 아쉽게도 그녀의 불교 입문으로 일단락되었다.

하지만 여성에게 '육체적 순결'과 '처녀성'을 강요하는 당대 사회에 '정신적 순결'과 '처녀 기질'이라는 패러디 언어로 가부장제 사회를 되받아친 일엽의 전복적 상상력이야말로 훌륭한 미러링(mirroring)이라고 할 수 있을 것이다. 그녀야말로 근대 최초의 메갈리안이었던 것이다.

(『문예운동』 2019년 가을호(143호), 2019.08)

3
에로스와 타나토스의 딜레마 사이에서
-김일엽의 「희생」, 「X씨에게」, 「애욕을 피하여」를 중심으로

1. 평생을 관통하는 트라우마와 연작소설

김일엽은 일생에 거쳐 여러 명의 남자와 만났다. 1920년에 결혼했던 연희전문의 화학교수 이노익은 일엽에게 『신여자』의 발간 비용을 대줄 만큼 헌신적이었지만 많은 나이 차이에다 그의 신체적 장애를 정신적으로 견디지 못해 일엽은 이혼하고 만다. 이혼 후 일본의 동경영화학교에서 유학할 때 만난 큐슈대학 법학과 학생인 오다 세이조와의 사이에서 그녀는 아들(한국명 김태신)을 낳았지만 일본 명문가인 세이조 집안의 반대로 아이를 낳은 후 귀국할 수밖에 없었다. 이후 세이조는 재결합을 꿈꾸며 총독부의 관료가 되어 조선에 들어왔지만 두 사람의 결합은 이루어지지 못했다. 세이조는 평생을 결혼하지 않고 해방이 될 때까지 조선에서 독신으로 지냈다. 일본 유학 때 만난 적이 있던 임노월과는 1923년에 서울에서 재회하여 1925년까지 동거하였지만 그가 조혼으로 본처가 있는 남자라는 것을 알게 되자 헤어졌다. 그 뒤 동아일보 기자

3. 에로스와 타나토스의 딜레마 사이에서 **53**

국기열과 잠시 연애하였으나 1928년에 백성욱을 만나게 되자 일엽은 그에게 빠져들기 시작한다. 하지만 백성욱이 돌연 이별을 통보하고 자취를 감추어버리자 그녀는 와세다대학 영문과를 졸업하고 보성고보의 영어교사를 하던 하윤실과 결혼한다. 하지만 1933년에 결혼생활을 청산하고 승려의 길을 걷게 된다.[1]

이처럼 일엽은 1920년대에 여러 남자들을 만나 결혼도 하고 연애도 하였지만 그들과는 자의든 타의든 결국 헤어지게 된다. 일엽이 이처럼 여러 남자들과의 만남과 이별을 거듭하였음에도 유독 백성욱과의 이별에 대해서만 평생을 잊지 못하고 집착한 이유는 무엇 때문이었을까?

목사의 딸로서 모태신앙이었던 일엽은 잇단 가족의 죽음을 경험하면서 기독교에 깊은 회의를 품고 있던 중 백성욱과 만나면서 불교에 매혹되기 시작한다. 그리고 마침내 1933년에는 수덕사의 만공스님 문하로 출가하여 불교의 승려가 된다. 일엽으로 하여금 종교적으로 개종까지 하며 승려의 길을 걷도록 만든 백성욱은 과연 어떤 인물인가?

백성욱(1897~1981)은 일찍이 조실부모하여 고모의 손에 키워지다가 1910년에 봉국사에서 최하옹(崔荷翁)을 은사로 하여 수행한 경력을 갖고 있으며, 프랑스와 독일로 유학하기 전인 1919년에 경성불교중앙학림을 졸업했다. 그는 1925년에 독일 뷔르츠부르크대학에서 28세의 젊은 나이에 철학박사학위를 받은 후 귀국하여 불교에 관련한 집필활동과 강연활동, 그리고 사회활동을 왕성하게 전개하였다. 그는 『불교』지의 주필로 있을 때 필진으로 참여했던 일엽과 만나 7~8개월 동안 교제하였으나 돌연 그녀를 떠났다. 그는 동국대학교 총장, 내무부장관, 동

---

1) 김일엽, 김우영 편, 『김일엽 선집』, 현대문학, 2012, 507-508면. : 작가연보 참조.

국학원 이사장 등을 역임한 불교학자이다.[2]

　일엽의 「희생」(1929.01), 「X씨에게」(1929.06), 그리고 「애욕을 피하여」(1932.4)는 연작관계에 있는 작품이다. 이 3편의 소설의 배경에는 일엽과 교제하다 그녀에게 일방적으로 이별을 통보하고 금강산으로 수행의 길을 떠나버린 백성욱과의 이별의 트라우마(trauma)가 작용하고 있다. 즉 3편의 소설은 일엽의 백성욱에 대한 떨치지 못한 미련과 미처 준비가 안 된 이별에 대한 당혹감, 그리고 해소되지 못한 에로스의 욕망과 간절한 그리움 등이 공통으로 작용하고 있다는 점에서 동일한 모티프를 가진 연작소설로 파악할 수 있다.

　　원수의 칼에는 몸이나 상하지만 사랑의 손길에는 몸과 마음에 함께 해를 보는 줄이야 누가 알았사오리까?
　　당신이야 내 영육을 어루만지던 당신의 손길의 변신인 별리(別離)의 칼에 중상을 입은 심장을 안고 사랑의 폐허에서 홀로 신음하고 있는 내고(苦)가 어떠한지 알기나 하오리까?
　　(중략)
　　당신은 "……인연이 다하여서 다시 뵈옵지 못하겠기에……" 하는 마지막 편지를 내게 보내었나이다.
　　"검은 머리 파뿌리 되도록……."이라는 한 토막의 생활을 멀리 초월하며 무량겁(無量劫)으로 영육의 생활을 같이할 굳은 약속을 해오던 당신이 값싼 위로의 말 몇 마디 적은 편지에, 떠나는 이유도 없이, 더구나 행방조차 알리지 않고 인연이 다하였다는 말 한마디를 남기고는 그만 달아나버리는 그런 모진 시간이 내 앞에 닥칠 줄이야…… 마음이 워낙 뜨막

---

2) 『두산백과』, '백성욱' 항목 참조.

한 나는 기절까지는 하지 않았나이다. 그러나 아무리 무상한 세상이라기로 당장 이 눈앞에 이렇듯이 변한 일을 보게 될 때에, 얼결에 베어진 상처처럼 원망도 노여움도 느껴질 새 없이 그저 뜻 모를 눈물만 꿰인 구슬같이 쏟아질 뿐이었나이다.[3]

위의 인용문은 일엽이 수행자의 길로 들어선 지도 30년이 지난, 그리고 일엽의 나이가 60대 후반에 든 1962년에 출간한 『청춘을 불사르고』(문선각)에 수록된 첫 번째 글 「청춘을 불사르고-B씨에게 제일언」의 서두이다. "당신은 나에게 무엇이 되었삽기에 살아서 이 몸도 죽어서 이 혼까지도 그만 다 바치고 싶어질까요"라고 한 「당신은 나에게 무엇이 되었삽기에?」라는 서시에 이어진 첫 대목이다. 서시에서 영육을 다 헌신하고 싶은 '당신'도 백성욱이며, 부제에 등장하는 B씨 역시 백성욱이다.

일엽이 백성욱과 헤어진 것은 1928년 말의 일이며, 『청춘을 불사르고』를 출판한 것은 1962년이므로 무려 35년의 긴 세월이 지난 후에도 여전히 생생한 그리움과 갑작스런 이별로부터 입은 마음의 상처가 "칼에 중상을 입은 심장을 안고 사랑의 폐허에서 홀로 신음하고 있는"이나 "얼결에 베어진 상처처럼 원망도 노여움도 느껴질 새 없이 그저 뜻 모를 눈물만 꿰인 구슬같이 쏟아질 뿐"과 같은 구절에서 절절히 묻어난다.

이별로 인해 일엽이 느꼈을 당혹감, 미련, 여전히 해소되지 않은 애욕과 그리움은 이별 직후인 1929년부터 1932년 사이에 발표한 소설 「희생」, 「X씨에게」, 「애욕을 피하여」에서 반복적으로 그려지고 있다. 즉 백

---

3) 김일엽, 김우영 편, 앞의 책, 391-392면.

성욱과의 이별 모티프는 여러 차례 그녀의 기억과 작품 속에서 반복 소환된다. 심지어 세속의 길을 벗어나 30년이나 수행정진을 한 승려 신분으로 썼던 「청춘을 불사르고-B씨에게 제일언」에서조차 갑작스런 이별의 고통은 다시 소환된다. 그것은 충분히 불태우지 못한 에로스의 끈질김뿐만 아니라 백성욱이 "인연이 다하여서"라는 애매한 편지만 남긴 채 이별의 이유조차 제대로 설명하지 않고 돌연 떠났기 때문이었을 것이다. 그뿐만 아니라 일엽이 여러 남성들을 편력하였지만 백성욱만큼 그녀의 영혼에 심대한 영향력을 미친 남성이 없었다는 것이 가장 큰 이유라고 할 수 있다.

그녀가 출가 전 재가승 하윤실과 결혼했던 것이나 마침내 승려가 되어 본격적인 수행자의 길을 걷게 된 것도 어쩌면 그녀를 버리고 불교의 세계로 떠나버린 백성욱이라는 한 남성을 제대로 이해하기 위한 그녀만의 방식이 아니었을까? 1928년의 이별 이후 그녀의 삶은 떠나버린 연인 백성욱의 정체를 찾아 이리저리 방황하다 마침내 그로 하여금 그녀를 떠나도록 만들었던 불교에 본격적으로 입문하는 과정으로 파악된다. 즉 불교를 제대로 알아야만 백성욱이란 인물을 제대로 파악할 수 있기에 아예 수행자의 길로 나선 것으로 보인다.

프로이트(S. Freud)는 외상성 신경증 환자는 꿈에서 외상을 일으킨 원래의 사건을 반복적으로 경험한다고 했다.[4] 일엽이 3편의 소설에서 백성욱과의 이별 모티프를 반복적으로 그렸다는 것은 프로이트의 관점으로 해석해 볼 때에 이별이라는 외상성 신경증으로 불릴 만한 충격적 사건을 여전히 극복하지 못함으로써 동일 모티프를 반복적으로 소설화

---

4) 베벌리 클락, 박귀옥 역, 『프로이트 심리학 강의』, 메이트북스, 2013, 152면.

한 것으로 파악된다. 프로이트는『쾌락원칙을 넘어서』(1920)[5]에서 아동이 실패놀이를 반복하는 것을 불안을 잠재우려는 시도라고 해석한 바 있다. 즉 충격적이고도 고통스러운 경험을 한 아동은 그 사실을 잊기는커녕 그것을 놀이를 통해서 반복한다는 것이다.[6] 일엽이 백성욱과의 이별 모티프의 소설을 3편이나 썼다는 것은 그만큼 자신이 받은 상처가 깊기에 이를 반복하며 불안을 잠재우려는 무의식의 심층적 의도가 작용한 것으로 파악할 수 있는 것이다.

　프로이트는『쾌락원칙을 넘어서』에서 인간에게는 신비스러운 자기학대적 성향이 있다고 지적했다. 뭔가 기억하기조차 싫은 실수, 가장 고통스러운 기억을 계속 머릿속에서 반복한다는 것이다. 마치 잘못된 인생을 어떻게든 바로잡아 보려는 시도처럼 실수의 고통스러운 기억을 반복하고 지나간 인생을 끊임없이 반추하는 것을 프로이트는 반복강박이라 불렀다. 쾌락을 쫓는 본능을 가진 존재인 인간은 왜 고통의 자리로 되돌아오는 일을 반복하는 것일까? 과도한 스트레스, 감당하기 어려운 에너지, 너무 극심한 충격이라고 일컬을 수도 있는 고통의 자리로 되돌아오는 반복강박은 바로 인간의 마음 안에서 수용하기 어려운 과대한 에너지의 양을 어떻게든 줄이기 위해서라는 것이다.

　나는 이별 모티프를 반복적으로 그린 3편의 연작소설의 창작동기에도 고통스러운 경험을 되풀이하는 반복강박의 원리가 작용하고 있다고 생각한다. 일엽이 백성욱과의 이별이라는 결코 수용하기 어려웠던 고통의 자리로 반복하여 되돌아오는 까닭은 그녀의 마음속에 자리잡은 이별로

5) 프로이트, 「쾌락원칙을 넘어서」, 윤희기 & 박찬부 역, 『프로이트 전집』11, 열린책들, 2003.
6) 베벌리 클락, 앞의 책, 151면.

인한 과대한 고통의 에너지를 줄이기 위한 시도로 해석되는 것이다. 그
만큼 백성욱과의 이별은 일엽의 평생을 관통하는 치명적인 트라우마였
던 것이다.

　이 글은 일엽이 백성욱을 만나 서로 깊이 사랑한다고 믿었지만 돌연
그녀를 떠나버린 사건, 즉 이별 모티프를 반복해서 그려내고 있는 3편
의 소설을 프로이트가 『쾌락원칙을 넘어서』에서 논의했던 반복강박과
에로스와 타나토스의 본능이란 관점에서 해석하고자 한다.

2. 에로스와 타나토스의 딜레마

　프로이트는 자기보존본능과 성적 본능을 합한 삶의 본능을 에로
스(eros)로, 공격적인 본능들로 구성되는 죽음의 본능을 타나토스
(thanatos)라고 칭했다. 에로스, 즉 삶의 본능은 생명을 유지 발전시키
고, 자신과 타인을 사랑하며, 한 종족의 번창을 가져오게 한다. 반면 타
나토스, 즉 죽음본능 또는 파괴본능은 생물체가 무생물로 환원하려는
본능으로서 모험적이고 위험한 행동으로 표출된다. 인간은 때로 자기
자신이나 타인을 죽이거나 해치려는 무의식적 소망을 갖고 있는바 자
신을 파괴하고 처벌하며, 타인이나 환경을 파괴하고자 서로 싸우고 공
격하는 행동을 하도록 만드는 원천은 죽음본능에서 비롯되는 것이다.
그래서 인간 자신을 사멸하고, 살아있는 동안 자신을 파괴하고, 처벌하
며, 타인이나 환경을 파괴시키려고 서로 싸우며 공격하는 행동을 하게
된다.[7] 그러나 삶과 죽음의 본능이 항상 대립하는 것은 아니다. 그것들
은 서로 엇갈려 존재하기도 하고, 서로 중화되기도 하고, 때로는 서로 뒤

3. 에로스와 타나토스의 딜레마 사이에서 **59**

바뀌기도 한다. 성적 본능의 유도체인 사랑도 간간히 증오를 내포하
게 되는데 이 증오는 물론 파괴본능, 즉 타나토스의 표현이라고 할 수
있다. 사랑은 증오감으로 나타날 수도 있고, 증오 역시 사랑으로 나타날
수도 있는 것이다.[8]

1) 지질한 남성에 대한 원망-「희생」

연작 가운데 시기적으로 가장 먼저 발표한 「희생」[9]은 일엽이 백성욱
으로부터 이별을 통보받은 직후의 당혹감에서 채 벗어나지 못한 상태
에서 창작된 것으로 보인다. 이 작품에 등장하는 영숙과 성일은 연인 사
이이다. 영숙은 자신이 임신했다는 사실을 1주일에 한 번씩 찾아오는
성일에게 알리지만 그로 인해 두 사람은 심각한 갈등상태에 빠지게 된
다. 영숙의 임신 사실을 듣게 된 성일은 남들 같으면 가장 경사롭다는
일, 사랑의 절정이요, 생의 존속인 귀중한 새 생명이 생긴다는 데 슬피
울지 않으면 아니 될 자신들의 신세에 대해 가슴이 찢어지는 듯한 슬픔
을 느낀다. 왜냐하면 그에게 결혼은 수천만 동족에 관한 책임을 회피하
여 개인적 안일을 추구하는 일로 인식되기 때문이다. 따라서 그는 집단
적 책임과 개인적 책임 사이에서 양쪽을 다 회피하는, "차라리 죽어 모
든 것을 잊어버리리라"라고 생각하며 영숙에게 같이 자살하자고 말한
다. 영숙의 에로스에 대한 욕망이 오히려 성일로 하여금 타나토스의 충
동을 유혹하는 동인으로 작용한 것이다.

---

7) 프로이트, 윤희기 역, 『정신분석학의 근본개념』, 열린책들, 1997, 382-383면.
8) 프로이트, 설영환 역, 『프로이트 심리학 해설』, 선영사, 1990, 155-156면.
9) 『조선일보』에 1929년 1월 1일, 4일, 5일에 걸쳐 3일 간 연재.

어쨌든 나의 동족이야 어찌 되거나 나 혼자만 편하면 제일이다 하고 처자와 안일한 생활을 할 만한 그런 양심을 가지지 못하였다. (중략) 그러나 내 허물로 인하여 험난한 이 세상에서 어찌될지 모르는 가엾은 두 생명을 내가 건져주지 않을 수도 없고, 그렇다고 수천만 생령이 살고 있는 무너져 가는 큰 집을 버티어가던 내 팔뚝을 빼어낼 수는 더군다나 없는 일이나 이 일을 장차 어찌하면 좋을까! 살아서는 이 일도 모른 체할 수 없고 저 일도 안 돌아볼 수 없다. 차라리 죽어 모든 것을 잊어버리리라. 아무도 모르게 영숙이와 살짝 죽어버리리라. 여의치 못한 일이 있을 때마다 생각되던 자살- 그 자살이 성일에게 생각된 것이다. 이렇게 생각한 성일의 가슴은 좀 가벼워지는 듯하였다. 다시 영숙을 힘 있게 껴안으며

"울지 말우. 좋은 도리가 있소. 당신이 말하던 바와 같이 사람은 언제나 한 번은 죽는 것이니 우리 같이 죽어버립시다."

영숙이는 성일의 이 의외의 말에 놀래었다. 또 낙심하였다.[10]

성일이 결혼 대신 같이 자살하자고 말한 데 대해서 영숙은 심히 충격을 받고 낙심한다. 그녀가 진정 성일에게 바란 대답은 자살이 아니었다. "그러면 할 수 없이 결혼을 합시다. 내 몸은 민족을 위하여 대중을 위하여 바친 바이지마는 운명이 이렇게 결혼을 시켜버리는구려"와 같은 기대 섞인 반응이었던 것이다. 따라서 영숙은 그렇게 나올 줄 알았다면 결코 임신 사실을 알려 성일에게 마음의 동요를 일으키게 하지는 않았을 것이라고 후회한다. 그리고 새 생명을 지키기 위해서도 자살은 할 수 없으며, 대신 그녀를 사모하는 다른 남성과 시골에 가서 남모르게 살며 아이를 잘 기르고 절대 자신과 아이의 존재를 세상에 알리지 않겠다고 약

---

10) 김일엽, 김우영 편, 앞의 책, 191면.

속하며 헤어진다.

이 작품의 제목 '희생'은 성일과 결혼하여 함께 아이를 키우기를 기대했던 한 여성으로서의 실망감에도 불구하고, 큰일을 하겠다는 그를 자유롭게 놓아주는 희생을 영숙이 베푼다는 의미를 담고 있다. '희생'이라는 제목이 보여주듯이 이 작품은 영숙의 희생이 강조된 반면 성일의 이기심과 회피심리가 대조되고 있다. 작가는 자신의 실망감을 억누르며 다른 남성과 결혼해서라도 성일을 자유롭게 해주겠다는 희생과 배려심을 보이는 영숙의 모습과 달리 성일의 모습은 매우 이기적이고 무책임한 이미지로 그려냈다.

즉 성일은 다른 남자와 결혼하여 아이를 키우겠다고 영숙이 말하자 영숙과 아이의 앞날을 걱정하기는커녕 "이별하고 보면 나의 사적 생활은 무한히 차고도 적막할 것이다." 또는 다른 남자와 결혼하겠다는 "영숙의 태도가 쓸쓸한 듯 불쾌한 듯 어쩐지 적적하고 괴로웠다"와 같이 자신의 감정에만 충실할 뿐이다. 그는 자신을 동족을 위해 큰일을 해야 할 존재로 자리매김하며 사랑하는 여성의 임신에 대해 책임을 회피한 채 이별 뒤에 자신이 겪을 감정적 적막감과 공허감만을 걱정할 뿐인 지질한 남성이다.

삼인칭의 전지적 화자는 "성일은 섭섭하다고 할지 감격하다고 할지 기막히다고 할지 모를 이상한 감정에 가슴이 억색하였다. 다만 감은 눈썹에 맺힌 이슬만이 눈석이 처마물같이 이따금 슬그머니 떨어질 뿐이다"라고 성일을 묘사한다. 즉 상대방을 배려하지 않고 자기 자신만을 생각하는 이기적이고 자기중심적인 남성의 이미지로 그려냈다. 그의 억색한 감정, 그의 눈썹에 맺힌 이슬은 영숙을 위한 감정이 아니라 다른 남자와 결혼하여 아이를 키우겠다는 영숙과는 더 이상 만날 수 없다는 데

따른 섭섭하고 억울하고 답답함에서 우러난 감정으로밖에는 해석되지
않는다.

이 작품에서 성일을 위선적이고 이기적이고 자기중심적이고 무책임
한 남성으로 그려낸 이유는 작가인 일엽의 백성욱에 대한 실망감과 원
망의 감정을 반영한 것이라고 할 수 있다. 그가 원하지 않는다면 다른 남
성과 결혼해서라도 결코 책임을 지우지 않을 텐데 진정성도 없는 자살
을 하자고 했다가 영숙을 떠나 버린 성일이란 인물에 투사된 감정은 바
로 이별한 백성욱에 대한 일엽의 실망감과 원망으로 해석되는 것이다.

이 작품에서 영숙이 보여주는 성일에 대한 실망감이나 원망의 감정은
에로스가 자리바꿈한 타나토스의 표현이라고 할 수 있다. 일엽은 에로
스적 욕망을 결혼이라는 현실과 조화시키는 대신 자살이라는 타나토스
의 욕망으로 도피하려다가 떠나버린 비겁하고 이기적인 남성을 창조함
으로써 자신의 내면에서 이별이라는 과대한 고통의 에너지를 다소나마
완화시킬 수 있었을 것이다. 그것이 고통스러운 기억을 소환한 무의식
적 창작동기였을 것이다.

2) 원망에서 그리움으로, 그리고 불교로의 전치 - 「X씨에게」

「X씨에게」[11]는 X라는 남성에게 여성 M이 보내는 장문의 서간문으로
구성되어 있다. 편지는 X씨가 반년 전에 "인연이 다하여서 다시 뵈옵지
못하겠기에……"라는 마지막 편지를 남기고 일방적으로 그녀를 떠나버
렸음에도 이별의 커다란 설움과 실망을 넘어서서 아직도 그를 잊지 못

---

11) 『불교』, 1929년 6월.

하고 절절한 그리움에 빠져 있는 M의 고백이다. 따라서 편지는 시간이 지날수록 원망의 감정은 사라지고 그리움에 압도된 감정의 편향성을 드러낸다.

가)재미도 설움도 없이 그저 평범하고 무미하던 나의 생활에 일시나마 크나큰 기쁨과 희망을 준 이도 당신이었고 그보다 좀 더 좀 더 커다란 설움과 실망을 준 이도 당신이었나이다.

우리가 떠나지 아니치 못할 이유와 결혼할 수 없는 까닭은, 천 마디로 만 마디로 떡 먹듯이 일러주신 것을 이해하는 듯도 하건마는 그래도 이해할 수 없는 점이 한두 가지가 아니오이다.[12)]

나)(전략)어쨌든 당신을 위선자로 무책임하고 신용 없는 한 우스운 사람을 만들어보았나이다. 그래서 그때 그런 편지까지 써서 보내게 되었었나이다.

그리하여 나의 자존심을 보전하고 또한 당신에게 대한 복수도 하려 한 것이었나이다.

그러나 그것도 일시뿐이었나이다. 미워진 듯 단념된 듯한 것도 잠깐뿐이었나이다.

그리고 나는 여전히 당신만을 그리고 뇌가 명석하고 큰 뜻을 품은 고상한 인격의 소유자인 것만으로 기억하고 있는 나를 발견할 뿐이었나이다.

한 일주일 전에 당신의 집에를 가서 당신의 책상 서랍 속에 있는 내가 만들어드린 손수건 하나를 가져왔나이다. 당신의 땀 냄새라도 맡기 위하여! 나의 주위에는 여러 계급의 사람이 나를 가까이 하려 하나이다. 나와

---

12) 김일엽, 김우영 편, 앞의 책, 203-204면.

안락한 생활을 하여보겠다는 희망으로 돈을 버는 사람도 있고 나에게 보이기 위하여 명화를 그리려고 노력하는 화가도, 나에게 읽히기 위하여 걸작을 지으려는 작가도 있나이다. 나에게 보이기 위하여 얼굴을 매만지고 옷자락을 쓰다듬은 미남자도 없지 아니하오이다.

그러나 나의 온 정신은 당신 외에 다른 사람을 생각할 여유가 없고 나의 가슴은 당신 외에 누구를 용납할 자리가 남지 않았으니 어찌하면 좋사오리까.[13)]

다)어쨌든 이제부터는 어디서라도 언제라도 불법(佛法)을 아니 배울수 없는 마음의 요구와 갈망은 걷잡을 수가 없는 것이 사실이외다.

당신을 만났을 때 지금같이 생각이 있었다면 시일이 길지는 않았다고 하더라도 다소 배울 수가 있을 것을……. 당신이 떠난 오늘에는 이래저래 후회와 미진함이 거듭거듭 새롭게 느껴질 뿐이외다.[14)]

인용문 가)에서 X는 M에게 있어 크나큰 기쁨과 희망을 준 존재인 동시에 더 큰 설움과 실망을 준 양가적 존재라고 고백한다. 나)의 "어쨌든 당신을 위선자로 무책임하고 신용 없는 한 우스운 사람을 만들어보았나이다"에서 드러나는 당신은 「희생」에서 그려진 성일의 모습에 그대로 부합된다. 그리고 그러한 부정적 이미지로 성일을 그린 이유가 "나의 자존심을 보전하고 또한 당신에게 대한 복수도 하려 한 것이었"다는 것이 밝혀진다. 즉 일엽이 「희생」에서 성일을 위선적이고 무책임하고 신용 없는 지질한 남성 이미지로 그려낸 이유, 즉 '성일'이란 인물의 부정

---

13) 위의 책, 205면.
14) 위의 책, 206면.

적 형상화의 근저에는 이별로 인해 상처받은 일엽의 자존심 회복과 그 녀를 떠난 남성에 대한 복수심이 작용했다고 편지의 발신자 M은 고백한 셈이다. 에로스의 충동이 상대방으로부터 제대로 받아들여지지 않을 때 자존심 회복을 위해 복수심과 같은 타나토스의 표현으로 사랑이 다르게 표출될 수 있음을 보여준 셈이다. 이처럼 사랑은 증오감으로 나타날 수도 있는 복잡한 감정이다.

하지만 M의 X에 대한 감정은 시간이 흐를수록 "여전히 당신만을 그리고 뇌가 명석하고 큰 뜻을 품은 고상한 인격의 소유자인 것만으로 기억하고 있는 나를 발견할 뿐"이다. 그리고 "나의 온 정신은 당신 외에 다른 사람을 생각할 여유가 없고 나의 가슴은 당신 외에 누구를 용납할 자리가 남지 않았"다며, 일시적인 복수심과 원망의 감정은 사그라들고 그리움이란 감정에 압도된다. 그러다가 다)에서 이별을 원래 자리로 돌이킬 수 없는 상황에서 그리움의 감정은 "불법(佛法)을 아니 배울 수 없는 마음의 요구와 갈망"으로 전치된다.

파트너가 있어야만 해소될 수 있는 에로스적 욕망은 이제 파트너 없이도 대체 가능한 불법을 배우고자 하는 불교에 대한 창조적 욕망으로 전치된 셈이다. 백성욱을 알게 된 1928년부터 이미 일엽은 불교에 빠져들기 시작했지만 출가하여 본격적인 수도자의 길을 걸을 수밖에 없는 구도의 동기를 백성욱과의 이별이 촉발시켰음을 「X씨에게」는 알 수 있게 해주었다.

3) 에로스의 승화-「애욕을 피하여」

「애욕을 피하여」[15]에는 형식과 혜영이 주인공으로 등장한다. 소설 속 형식과 혜영은 「희생」의 작중인물 성일과 영숙에 해당되는 인물이며, 실제인물 백성욱과 김일엽의 화신이라고 할 수 있다.

이 작품에는 혜영이 형식에게 보낸 긴 편지와 형식이 스승에게 보낸 편지의 일부분, 그리고 형식이 머물던 XX사의 S주지가 형식을 찾아온 친구 창헌에게 형식이 죽었다는 사실, 그리고 혜영이 보낸 편지가 그를 죽게 만들었다는 것, 형식이 죽은 후 회한에 빠진 혜영이 참선 수행을 하며 속세로 내려가지 않고 있는 상황 등을 말하는 것이 그려진다.

「희생」에서의 성일은 영숙의 임신을 책임져야 하는 상황에서 자살로 도피하고자 하였지만 「애욕을 피하여」에서 형식은 혜영의 집요하고도 강렬한 에로스, 그리고 자신의 혜영에 대한 억제할 수 없는 에로스로부터 도피하기 위해서 자살을 선택한다. 에로스의 충동과 구도자로서의 수행의 딜레마 사이에서 결국 형식은 자신의 생명을 무로 소멸시키는 타나토스, 즉 자살을 선택한 것이다.

S주지가 창헌에게 "육체를 버리는 것이 애욕(愛慾)을 여의는 방법이 될는지 안 될는지는 별 문제로 하고 형식이가 애욕을 피하야 산중으로 오니 매력 있는 이 편지가 떠 이 산중으로 날아들었으니 피할 곳이 없는 형식은 그만 육체를 버리고 간 것일세"[16]라고 말했듯이 혜영의 편지는 절로 들어가 참선수행으로 자아를 깨우치고자 하는 형식을 "폭풍에 휘

---

15) 『삼천리』, 1933년 1월.
16) 김일엽, 김우영 편, 앞의 책, 223면.

둘린 나무와도 같이 흔들려버"리게 만든다. 형식은 혜영의 편지를 받은 후 석 달 동안 극심한 고민에 휩싸여 내적 갈등을 겪으면서도 그녀에게는 답장조차 하지 않은 채 스승에게만 유서를 남기고 자살을 하고 만다.

> 혜영이를 보고 싶어 하는 나의 눈, 답장을 쓰고 싶어 못 견디는 나의 손, 가고 싶어 들먹거리는 나의 다리를 위하여 혜영이 몸뚱이 대신에 다정한 혜영의 편지를 안겨주어서 거기서 나오는 따뜻한 기운으로 잠들어 놓으면 배고픔을 참고 얼핏 잠들었던 어린 것이 자주자주 깨어서 젖을 구하여 울며 몸부림치는 것같이, 애욕을 구하여 마지않는 나의 육정의 애소를 눌러버릴 힘을 기어이 잃고 말았습니다.[17]

「희생」에서는 '큰일'이라고 추상적으로 말했던 것이 「애욕을 피하여」에서는 구체적으로 '불교의 수행정진'임이 드러난다. 절에 들어와 수행정진을 하는 사람으로서 애욕을 피하여 형식은 자살을 했다는 것이 제목에서부터 명시적으로 드러나고 있다. 그는 자기 생명을 스스로 소멸하는 자살이라는 타나토스의 실현을 통해 에로스의 충동으로부터 도망쳐버렸다고 할 수 있는 것이다. 「희생」의 영숙처럼 이 작품에서도 혜영의 강렬한 에로스는 형식으로 하여금 자살이라는 타나토스의 충동을 촉발시키는 동인으로 작용한다.

형식이 자살해버린 충격적 결과에 혜영은 "회한의 눈물과 함께 모든 것이 허망하다는 것을 깨달"아 자신의 에로스를 불교의 참선수행으로 전치시킨다. 에로스의 충동을 컨트롤 할 수 없어 타나토스로 도피했

---

17) 위의 책, 222-223면.

던 형식과 달리 혜영은 자신의 에로스가 형식을 자살로 내몰았다는 것을 자책하며 형식이 추구했던 불교적 수행이라는 창조적 삶으로 자신의 에로스를 전치시킨 것이다.

일엽은 뒷날 다음과 같이 백성욱과의 사랑을 회고한다. "지금은 사랑이라는 얕은 감정보다는 폭이 넓고 깊어서 그와의 원소를 바탕으로 하여 분량을 많이 만들어 일체의 인류에게 고루고루 나누어줄 자비 즉 정의 정화(淨化) 사랑의 순화(醇化)가 만들어지는 중인 것이다"[18]라고. 인용문에서 '사랑이라는 얕은 감정'은 남녀 간의 에로스라고 할 수 있다면, 자비 즉 '정의 정화(淨化) 사랑의 순화(醇化)'는 불교라는 창조적 에로스라고 할 수 있을 것이다.

혜영은 자신의 내면에서 에로스의 대상을 소멸시키고 보다 창조적인 세계로 욕망의 대상을 전치시켰다. 에로스의 대상으로서의 형식의 육체가 소멸한 상황에서 대신 형식이 추구했던 불교라는 정신세계를 철저히 알아감으로써 이제 그의 영혼에 보다 가깝게 접근할 수 있는 길을 선택한 것이라고 할 수 있다.

이는 「청춘을 불사르고-B씨에게 제일언」에서 "내가 스스로 만들어 놓았던 사랑의 쇠사슬에 얽혀가지고 세세생생(世世生生) 한없는 고생을 어찌나 받았을 것이오리까? 전화위복이라더니"[19]라고 표현했듯이 그야말로 전화위복의 대전환이라고 할 수 있다. '육체를 통제하던 개체의 에로스로부터 자유롭게 되는, 심층심리구조의 억압적인 변환은 개인에게 있어서 문화와 문명의 진보를 가능하게 하는 심리학적 바탕이 된

---

18) 김일엽, 「사랑의 바다에서 나를 건져 준 '그'」, 김일엽, 『행복과 불행의 갈피에서』, 휘문출판사, 1968(7판), 53면.
19) 위의 책, 466면.

다'[20]고 마르쿠제는 프로이트의 본능이론을 해석했다. 이때의 진보는 본능 에너지를 사회적으로 유용한 에너지로 바꾸는 승화로서만 가능해 진다.[21]

「애욕을 피하여」는 일엽이 하윤실과 결혼상태에 있던 때에 쓴 작품이다. 그녀가 결혼 상대자로 재가승을 선택한 이유도 그를 통해서라도 백성욱이 추구하는 불교라는 세계를 알아보자는 내적 충동이 작용하였다고 할 수 있다.[22] 1933년에 수덕사의 만공스님 문하로 들어가 본격적으로 수행자의 길을 걷게 된 것도 결국은 그녀 대신 불교를 선택한 백성욱의 정신세계를 이해하고자 하는 욕망으로부터 비롯되었다는 추측을 가능하게 한다.

"밥은 육체를 살리지만 정진은 정신으로 육체까지 살리는 참된 식량이 아니오리까?"[23]라고 「청춘을 불사르고-B씨에게 제일언」에서 설파했던 바로 그 정신으로 혜영은 참선정진을 시작한 것이다. 결국 "나의 육신을 잊을 길이 없다는 혜영이가 있는 이 사바세계에 머물러 있게 하고 나는 가볍게 떠나버립니다"처럼 가볍게 자신의 목숨을 버려가면서

---

20) H. 마르쿠제/E. 프롬, 오태환 역, 『프로이트 심리학 비판』, 선영사, 2016, 62면.

21) 위의 책, 63-64면.

22) 일엽은 "아직 불법이 어떤 것인지도 모를 그때에 나는 불법과 사랑을 함께 가지기도 하였던 것이다. 그러므로 그이와 같은 불교신자이며 그이와 같이 나를 사랑할 사람이라고 믿는 한 사람을 사귀어 지내게 되었다. 두 가지를 함께 가지게 되었다는 만족과 함께 귀한 환희심이 절정에 이르게 되었다. (중략) 그때 나와 사귀던 그이는 어렸을 때는 승려였다고 하지만 속세의 학문만 열중하며 지내던 이라 신심이 조금 있을 뿐 아주 속인이나 다름없었으므로 불법에 대하여 참고될 말 한마디 내게 하여 주지 못했던 것이다. 다만 나를 지극히 사랑할 뿐 정신적 도움은 없는 인간이었다."라고 하윤실에 대해 회고했다. : 김일엽, 「나의 애정 역정」, 『행복과 불행의 갈피에서』, 27-28면.

23) 김일엽, 김우영 편, 앞의 책, 466면.

까지 에로스의 충동으로부터 도피해버린 형식을 이해하는 그녀 나름대로의 방식이 바로 불교세계로의 입문이었던 셈이다. 이제 그녀가 그토록 욕망하던 에로스의 대상은 이 세상에 부재하므로, 부재하는 대상을 향한 애증의 감정을 뛰어넘어 불교라는 새로운 창의적 세계를 지향하고자 한 것이다.

프로이트가 말한 타나토스는 '죽는다'라는 자동사와 '죽인다'라는 타동사를 다 포함할 수 있는 단어이다. 즉 그것은 주체 내부를 향하는 자기파괴적 에너지로 작용할 수도 있고, 반대로 방향을 외부로 바꾸어 타자파괴적인 에너지로 변형될 수도 있다.[24]

에로스와 타나토스의 딜레마에서 성일과 형식은 자살이라는 카드를 꺼내들었다. 그런데 「희생」에서 성일이 자살도 하지 못하고 영숙을 떠나는 지질한 남성으로 그려졌다면, 「애욕을 피하여」에서 형식은 상대방을 죽이는 타나토스가 아니라 주체 내부를 향한 자기파괴적 에너지로서 자신의 에로스를 죽이는 타나토스를 실행함으로써 자신의 종교적 신념을 지킨 인물로 그려졌다. 나아가 자신의 죽음을 통하여 혜영이 불교에 입문하도록 영향을 미쳤다.

『쾌락원칙을 넘어서』에서 프로이트는 진정한 쾌락은 타나토스에 있다고 주장했다. 죽음의 본능은 곧 열반원칙이다. 죽음은 불쾌 이전의 상태, 즉 에덴의 상태로의 복귀를 의미한다. 타나토스는 죽음의 본능, 곧 마조히즘이다. 여기서 마조히즘은 타인에게로 향했던 공격성이 자신에게로 향하는 퇴행을 의미한다. 결국 인간은 생으로 향하는 존재가 아니라, 죽음으로 향하는 존재이다. 프로이트는 최종적으로 죽음의 본능 안

---

24) 박찬부, 『에로스와 죽음』, 서울대학교출판문화원, 2013, 266면.

에 생의 본능이 포함되어 있다고 보았다. 결국 최고의 쾌락은 자아가 죽어서 항상성을 유지하는 상태에 있다는 것이 그의 생각이었다.

형식의 죽음이야말로 열반원칙에 의한 타나토스로 해석할 수 있다. 최고의 쾌락은 자아가 죽어서 항상성을 유지한다고 했듯이 그는 죽음을 통해서 수행자로서의 항상성을 유지했을 뿐만 아니라 혜영으로 하여금 에로스의 욕망으로부터 벗어나도록 동인을 촉발했다. 혜영은 자신의 에로스가 형식을 자살로 몰아넣었다는 데 대해 자책과 회한의 눈물을 흘리며 모든 것이 허망하다는 깨달음 속에서 참선수행으로 나아간다. 에로스의 창조적 변형인 셈이다. 따라서 형식의 자살은 일종의 상징적인 죽음이다. 혜영은 자신의 내부에서 형식에 대한 에로스의 본능을 죽이고, 불교의 참선정진이란 전치를 통해 애욕 너머의 보다 창조적인 세계로 나아가고자 한다. 궁극적으로 애욕을 피하여 초월적인 구도의 세계로 나아간 것은 형식뿐만 아니라 혜영 두 사람 모두에 해당된다고 할 수 있다.

일엽은 「애욕을 피하여」에서 참선수행을 하는 혜영을 그린 이후 더이상 백성욱과의 이별 모티프의 소설을 창작하지 않았다. 1933년을 터닝 포인트로 일엽은 수도자의 길로 접어들면서 세속적인 글쓰기를 그만두었던 것이 한 이유가 되겠지만 만약 썼다고 하더라도 더 이상 이별 모티프를 서사화하지는 않았을 것이다. 왜냐하면 3편의 소설에서 이별 모티프를 반복 서사화하는 동안 이별의 트라우마를 어느 정도 벗어날 수 있었으며, 특히 「애욕을 피하여」의 혜영이 그랬던 것처럼 에로스의 허망함을 깨달았기 때문이다.

하지만 1962년에 발표한 「청춘을 불사르고-B씨에게 제일언」에서는 백성욱과 이별한 그 자리에서 다시 글을 시작한다. 백성욱과의 이별이 출가의 동기가 되었기 때문이라고 할 수 있다. 그러나 책의 후반부는 "애욕과 소유욕, 명예욕이 굳센 중생계에서는 사랑 때문에 고(苦)와 다툼은 끊어지지 아니할" 세계를 벗어나 "사랑과 미움이 둘이 아니요, 성과 성이 본래 하나인 '나'에 체달"한 경지를 말하고 있다.

> 어쨌든 애욕과 소유욕, 명예욕이 굳센 중생계에서는 사랑 때문에 고 (苦)와 다툼은 끊어지지 아니할 것은 사실이외다. 더구나 만나면 떠나지 않을 수 없는 인연 관계조차 모르는 것이외다.
>
> 다만 사랑과 미움이 둘이 아니요, 성과 성이 본래 하나인 '나'에 체달해 야 할 뿐이외다. '나'의 체달만 되면 사랑하거나 미워하거나 천상인이 되 거나 지하중생이 되거나 탈선되지 않는 독립적 생활을 하게 될 것이 아 니오리까?
>
> 이렇게 사는 것이야말로 대아적 생활을 말하는 것인데 먼저 소아적 내 가 털끝 하나 남지 않고 다 소멸되어야 할 것은 사실이 아니오리까? 우선 살아서 이 육체와도 남이 되어야 할 것이 아니오리까?[25]

이 대목은 일엽이 불교 수행을 통해서 어떻게 백성욱과의 이별의 트 라우마를 벗어나 창조적 세계로 나아갔는가를 알려준다. 에로스의 에너 지를 다 소진함으로써 비로소 자유를 얻은 노년의 일엽은 사랑과 미움 이 둘이 아니요, 성(性)과 성(聖)이 본래 하나가 된 자아의 깨달음을 말 하고 있다. 에로스와 타나토스가 둘이 아니라 하나라는 대아적 경지를 체달하기 위해서는 "먼저 소아적 내가 털끝 하나 남지 않고 다 소멸되어 야 할 것은 사실이 아니오리까? 우선 살아서도 이 육체와도 남이 되어

---

25) 김일엽, 김우영 편, 앞의 책, 471면.

야 할 것이 아니오리까?"라는 화두를 던져준다. 1932년에 소설 「애욕을 피하여」에서 형식의 상징적인 죽음을 통해 이미 소아적인 에로스의 에너지가 소진되었음을 예고하며, 참선수행에 들어간 혜영의 대아적인 경지로 나아갈 단초는 이미 마련되어 있었던 것이다.

김일엽의 사상적 변모과정과 불교 선택의 의미를 연대기적으로 추적 연구한 방민호는 "특히 김일엽의 활동 궤적 가운데 가장 긴 시간을 차지하는 불교적 삶과 그 문학적 논리화 과정에 대한 더 심도 깊은 논의를 필요로 한다"[26]라고 제언하며 다음과 같이 일엽의 불교 선택의 중요성을 말한 바 있다.

> 낡은 제도와 관습을 거부하고 여성으로서의 욕망과 정념에 충실하고 자 했던 여성해방 논리가 오히려 그녀 자신을 절망의 나락으로 떨어뜨리는 경험 속에서 김일엽은 그 정반대의 노선, 즉 여성으로서의 '나'라는 자아를 무화시키는 선불교적 실천을 통해서 그녀 자신의 삶을 근본적으로 새롭게 만들고자 했던 것이다.[27]

방민호가 말한 "여성으로서의 '나'라는 자아를 무화시키는"이라는 구절은 '에로스적 존재로서의 소아적 나를 무화시키는'이라는 의미로 해석할 수 있을 것이다. 즉 일엽에게 불교는 '에로스의 창조적 전치'였다. 「청춘을 불사르고-B씨에게 제일언」은 백성욱을 만나 불교에 대해서 알게 되고, 마침내 승려로 출가하기까지의 심리적 정황과 출가 이후의 깨

---

26) 방민호, 「김일엽 문학의 사상적 변모 과정과 불교 선택의 의미」, 『한국현대문학연 구』20, 한국현대문학회, 2006, 398면.
27) 위의 논문, 396면.

달음의 내용을 밝히고 있어 일엽을 이해하는 데 있어 매우 중요한 글이다.

지금까지 논의한 3편의 소설은 일엽이 백성욱과의 이별의 트라우마를 어떻게 극복하며 불교에 귀의하게 되었는가라는 동기를 밝히는 데 매우 중요한 작품이라고 할 수 있다.

3. 나가며

이 글은 일엽이 백성욱과의 이별 모티프를 반복해서 서사화한 1929년으로부터 1932년 사이에 발표한 소설 「희생」, 「X씨에게」, 「애욕을 피하여」를 프로이트의 『쾌락원칙을 넘어서』에서 말한 반복강박과 에로스와 타나토스라는 개념으로 해석하였다. 그만큼 백성욱과의 이별은 일엽에게 일종의 외상성 신경증이라 할 만한 엄청난 스트레스를 불러일으킨 사건이었다. 세 차례에 걸친 반복 서사화를 필자는 프로이트 식의 반복강박으로 해석했으며, 이 반복강박은 이별의 심리적 스트레스와 불안을 완화시키려는 의도로부터 나온 것으로 파악했다.

쾌락원칙에 의한 에로스의 욕망이 거부된 이별의 심리적 충격과 트라우마는 원망의 감정으로 표출되었고, 원망은 그리움으로, 다시 그리움은 불교를 통한 창조적 승화로, 즉 열반원칙으로 전치된다. 이때의 열반원칙은 모든 긴장을 소멸시키는 타나토스로 볼 수 있지만 이때의 죽음은 삶의 소멸이 아닌 다른 차원의 삶을 가능케 하는 조건이 된다. 그것은 타나토스를 넘어선 창조적인 삶의 충동이라고 할 수 있을 것이다. 일엽의 삶에서 다른 차원의 삶의 창조적 조건은 바로 세속적 삶을 마감한 불교에의 귀의라고 할 수 있다. 3편의 연작소설은 일엽이 에로스의 충동에 지배된 세속적 삶에서 벗어나 불교적 깨달음을 지향한 창조적 삶으로의 전환의 동기를 밝히는 데 있어서 매우 중요한 작품이라고 할 수 있을 것이다.

(『문예운동』 2020년 봄호(145호), 2020.02)

제2부

페미니즘 · 분노 · 장소

4
복종과 인내의 에토스에서
분노의 파토스로
-김일엽의 「자각」을 중심으로

1. 담론의 대상에서 배제된 구여성

근대의 구여성은 1920년대의 새로운 현상으로 출현한 신여성과는 다른 처지에서 근대라는 시대적 변화에 직면해야 했던 존재들이다. 수적으로 신여성보다 절대적 다수를 차지했던 구여성은 근대의 담론 대상에서마저 소외되어왔다.[1] 구여성이 담론의 대상에서마저 배제된 채 주변인이 되었던 이유는 근대라는 사회의 변화 속에서 그녀들은 자신의 삶을 담론화할 수 있는 지적 능력이 결여되어 있었기 때문이다. 즉 구여성은 근대교육을 받지 못함으로써 자신의 주체적 시각과 목소리로 자신의 삶을 직접 담론화할 수 없었다.[2]

따라서 문학작품에서도 남성작가가 그려낸 구여성이거나 신여성 작

---

1) 송명희, 「김명순 소설에 재현된 구여성의 이미지」, 『문예운동』2019년 봄호, 2018.02, 260면.
2) 위의 글, 260면.

가가 그려낸 구여성이 텍스트 분석의 대상이 될 수밖에 없다. 한마디로 구여성은 신남성 또는 신여성 작가의 시각과 시선에서 피관찰자로, 관찰의 대상으로 그려질 수밖에 없는 한계를 지닌다.[3] 그 결과 신여성 작가인 김명순의 작품에서 "구여성은 일정부분 신여성에 대한 가해자의 역할을 담당하기도 하지만 대체로 자기 목소리를 낼 수 없는 무지한 존재이거나 투명인간처럼 존재감이 희박한 존재로, 그리고 처의 자리는 겨우 보전하지만 남편의 사랑은 얻지 못하고 자유연애라는 근대적 가치와 신여성과 신남성의 행복을 가로막는 봉건적 아이콘으로 재현되었다."[4]

또한 '1920~1930년대 여성 담론의 중심이었던 신여성 담론과 관련하여 구여성은 신여성의 부상과 함께 그에 대비되는 존재로서 새롭게 구성된 범주로서 신구의 대비 속에서 대체로 부정적인 위치를 부여받았다. 그리고 신여성에 대해 기대와 비난이 공존했던 것과 마찬가지로 구여성에 대해서도 기대와 비난이 공존했다. 구여성은 신여성과 남성 지식인 사이에 새로운 젠더 관계를 둘러싸고 벌어진 투쟁의 양상을 보다 극명하게 드러내 줄 수 있는 존재로 개념화되었다.[5]

자신의 목소리로 자신의 존재성을 담론화할 수 없다는 근원적 한계, 근대라는 가치 속에서 부정적이고 봉건적인 아이콘으로 재현되거나 기대와 비난이 공존하는 가운데 신여성과 남성 지식인 사이에서 젠더의 권력투쟁을 드러내는 존재로 개념화된 구여성이 1920년대에 신여성 작

---

3) 위의 글, 260면.
4) 위의 글, 276면.
5) 이정선, 「1920-1930년대 식민지 조선의 여성 개념과 젠더」, 『개념과 소통』22, 한림과학원, 2018, 9면.

가인 김일엽의 소설 속에서 과연 어떤 존재로 재현되었을까.

김일엽의 소설 「청상(靑孀)의 생활」(『신여자』, 1920.06)의 주인공인 구여성은 발단단계에서 근대교육을 받지 못한 미자각의 존재로 그려진다. 하지만 결말에 이르면 자각한 여성으로 변화하는 입체적 인물이다.[6] 구여성을 발전 가능성이 있는 존재로 파악한 김일엽의 시각은 구여성이 주인공으로 등장하는 또 다른 소설 「자각」(『동아일보』, 1926.06.19.~06.26.)에서는 어떻게 재현되었을까? 「청상(靑孀)의 생활」은 이미 다른 글[7]에서 자세한 분석이 이루어진 바 있으므로, 이 글은 「자각」이라는 텍스트에 한정하여 집중적으로 분석하겠다.

「자각」에 대해 장미경은 구시대의 결혼 제도가 근대 제도로 이행되고 있는 과정에서 드러내는 문제점을 그려낸 것으로, 과감하고, 혁신적인 여성운동의 지향점을 제시하고 여성의 정체성 문제를 형상화한 작품으로 평가했다.[8] 송명희는 이 소설에서 '자각'은 한 인간으로서 여성의 인격적 자각을 의미하며, 여성도 자존심과 인격을 가진 존귀하고 주체적인 존재라는 인식이 여성해방에서 중요하며, 이를 위해서는 근대교육을 받고 모성이데올로기로부터도 자유로워져야 한다는 것이 주제라고 해석했다.[9] 이성천은 "여성의 본성인 '모성'마저 포기하고 스스로의 삶을 개척해 나가는" 주인공이 구여성에서 신여성으로 거듭나는 과정을 형

---

6) 송명희, 「김일엽 소설에 나타난 섹슈얼리티와 정절 이데올로기 비판-「청상의 생활」을 중심으로」, 『문예운동』 2018년 봄호, 2018.02, 168면.

7) 위의 글.

8) 장미경, 「한・일 근대 소설에 나타난 여성의 정체성 탐구- 김일엽 「自覺」과 淸水紫琴 「こわれ指輪」를 중심으로」, 韓國日本學聯合會 第6回 學術大會 Proceedings, 2008.07, 279-284면.

9) 송명희, 「이혼을 불사하는 자존심과 인격적 자각」, 송명희, 『여성과 남성에 대해 생각한다』, 푸른사상, 2010, 52-56면.

상화한 작품으로 평가했다.[10] 이처럼 평자들은 「자각」을 대체로 페미니즘 관점에서 분석했다.

2. 복종과 인내의 에토스에서 분노의 파토스로

김일엽이 「청상(靑孀)의 생활」보다 6년 뒤에 발표한 「자각」은 서간체 소설이다. 주인공 '임순실'의 일방적 독백형식으로 이루어진 이 소설에서 구여성에서 신여성으로 변화해 나가는 내적 심경의 변화는 상세히 드러난 반면 상대역인 남편의 심경은 제대로 드러나지 않고 있다. 그만큼 이 소설은 엘리트 신여성인 김일엽의 페미니스트적 관점에 의해 쓰여진 여성중심의 작품이라고 할 수 있다.

발단단계에서 미자각의 구여성에 불과했던 순실은 친구에게 자신의 시집살이와 이혼의 전말을 편지를 통해 자세히 밝힌다. 남편과의 이별이라는 위기의 통과의례를 거친 후 구여성이 근대교육을 받고 주체적 신여성으로 자각을 이루는 성장의 서사를 「자각」은 보여준다. 일본으로 유학 간 남편과 순실 사이의 갈등은 남편이 일본에서 연상의 신여성과 자유연애를 한 데서 발생한다.

남편으로부터 이별 통보의 편지를 받기 전까지 그녀는 남편 없는 시집에 홀로 남아 시집살이를 견디는 전형적인 구여성이었다. 즉 남편이 유학을 떠난 시집에 홀로 남아 "시어머니 책망의 재촉과 눈살의 칼을 맞

---

10) 이성천, 「김일엽 문학에 나타난 신여성 담론」, 『한민족문화연구』39, 한민족문화학회, 2012, 285-309면.

으며 또 종일 일을 하지 않으면 아니 되었나이다"처럼 시모의 구박을 받으며 서리 맞은 국화처럼 심신이 피폐한 상황에서도 복종과 인내의 에토스(ethos)로 시집살이를 감내해 나갔던 것이다. 가부장제 하에서 여성들은 시집의 절대적 권력에 복종하며 오직 인내로써 현실을 감내하는 윤리만이 주어져 있었기에 순실 역시 복종과 인내의 에토스로 시집살이의 고통을 참아 나갔던 것이다.

> 그를 생각하기에 밤을 새우다가 새벽녘에 겨우 잠이 들었다가 시어머니 부르는 소리에 일어나서는 연자질하는 나귀같이 시어머니 책망의 재촉과 눈살의 칼을 맞으며 또 종일 일을 하지 않으면 아니 되었나이다. 그러나 겉으로나마 힘껏 복종하고 참고 일을 하며 몸이 아무리 피곤하고 괴로워도 한번 누워보지도 않건마는 시어머니 부르는 소리에 대답만 더디 하여도 서방 없이 지내는 유세라고 야단야단을 하며 "시체 것들은 서방 계집이 밤낮 붙어[11] 앉았어야 되는 줄 알더라. 우리네들은 젊었을 때 남편이 벼슬 살러 시골을 가든지 작은집을 얻어 몇 십 년을 나가 살든지 시부모 곱게 섬기고 시집살이 잘하였다"는 말을 저 소리 또 나온다 하도록 늘 하였나이다. 시집살이하던 이야기를 어찌 다 하겠나이까. 좁쌀 한 섬을 산을 놓아도 못다 계산하겠나이다.
> 아— 동무여— 정신은 사람 그리워하기에 초조하고 육신은 부림을 받기에 고되고 마음은 시어머니에 쪼들리게 되는 그때 나의 고통이 과연 어떠하였겠나이까.
> 본래 살이 많지 못하던 나는 그만 서리 맞은 국화잎같이 시들어졌나이다.[12]

---

11) 텍스트에는 '밤낮부처'로 되어 있으나 의미상 '밤낮 붙어'로 필자가 교정하였다.
12) 김일엽, 김우영 편, 『김일엽선집』, 현대문학, 2012, 163면.

시집살이를 할 때 순실이 받은 고통은 "정신은 사람 그리워하기에 초조하고 육신은 부림을 받기에 고되고 마음은 시어머니에 쪼들리게 되는", 즉 정신적인 초조함과 육체적 고됨, 그리고 시모의 구박에 쪼들리는 마음의 괴로움에 이르기까지 전면적인 것이었다. "참말 그때는 한 주일에 세 번이나 네 번은 그의 편지만 아니면 목을 매어서라도 강물에 빠져서라도 죽었을는지 몰랐나이다"와 같은 자살 충동에 휩싸일 정도로 시집살이의 고통은 심각했다.

그럼에도 그와 같은 고통을 인내할 수 있었던 것은 오직 그리움의 대상인 남편이 보내오는 편지라는 위로가 있었고, 무엇보다도 남편의 사랑에 대한 절대적인 믿음이 존재했기 때문이다. 그녀는 남편의 친구 중에 구식여자라고 본처와 이혼한다는 말이 들려도 공연히 그럴 리가 없다고 생각하며 자신의 남편만은 "춘하가 바뀌는 변절의 괴변은 있을지언정 그의 마음"만은 변하지 않을 것이라는 확고한 믿음을 갖고 있었다. 그녀는 남편이 여학생에 대해 부정적인 견해를 갖고 있을 뿐만 아니라 그녀에 대해서 만족하고 순정을 준다고 믿고 있었기에 시집살이의 고통을 인내할 수 있었던 것이다.

> 자기 친구 중에는 여학생을 부러워하지 않는 이가 없는 모양이나 자기는 허영심이 많고 아는 것도 없이 건방지고 고생을 견디지 못하는 여학생들에게는 결코 마음이 쏠리지 않는다고 하며 자기 아내인 나는 신식학교는 아니 다녔더라도 여학생만 못지않게 하는 것이 있고 이해가 있다고 하며 더할 수 없이 나를 만족해하고 내게만 단순한 정을 주는 듯하였나이다.[13]

그래서 친척들은 남편을 품행이 방정하다고 칭찬하고, 순실은 동무들로부터 부러움의 대상이 될 수 있었다. 남편의 사랑에 대한 절대적 신뢰가 있는 동안 순실은 시집 식구들을 정성껏 위하고 섬겼을 뿐만 아니라 일본유학을 통해 근대적 지식인으로 성장해 가는 남편과 대화가 소통되는 사람이 되기 위해 책을 사다놓고 틈틈이 열심히 공부를 계속해 나갔다.

하지만 그와 같은 "희망 많고 긴장된 세월이 2년은 계속되었"으나 이별이라는 사형선고 같은 기별은 남편이 금의환향할 날만을 기다리는 그녀의 공든 탑을 하루아침에 산산조각 무너뜨리고 만다. 임신 8개월의 극도로 신경이 예민하고 몸이 약해졌던 시기에 몇 달째 단절되었던 남편의 편지는 청천벽력 같은 이별을 통보해 왔던 것이다.

> 그대와의 혼인은 전연 부모의 의사로만 성립된 것으로 내게는 책임이 없으며 지금까지 부부 관계를 계속해온 것은 인습에 눌리고 인정에 끌렸던 것이니 미안하지만 나를 생각지 말고 그대의 전정을 스스로 결정하라는 것이었나이다.[14]

이렇듯 작품 속의 남편은 당대 신여성과 자유연애를 원하던 지식인 남성들의 일반적이고 보편적인 행태를 보여주고 있다. 첫째, 조혼은 자신의 책임이 없는 부모의 의사로 인습에 눌려 한 것이라는 것, 둘째, 아내와는 애정이 부재하는, 다만 인정에 끌려서 지속하는 부부관계에 불과하다는 것이다. 이와 같은 논리로 수많은 신남성들은 부모를 봉양하

---

13) 위의 책, 165면.
14) 위의 책, 167면.

는 구여성인 아내를 두고 근대교육을 받은 신여성들과 자유연애를 하고, 나아가 사실혼 관계를 유지함으로써 사회적으로 제2부인 문제가 대두했던 것이다. 때로는 자신이 기혼자임을 속이고 신여성과 결혼한 경우마저 있었다. 자유연애라는 근대적 가치를 추구하면서도 전통적 가부장주의와 봉건적 질서로부터 벗어나지 못한 남성들은 신여성을 제2부인으로 만들어 사실혼 관계를 유지하고, 조혼한 아내가 시부모를 봉양하게 하는 이중생활을 해나갔던 것이다.

남편의 자유연애에 구여성인 아내들의 반응은 어떠했을까? "신지식층 남녀의 자유연애 · 결혼의 부산물로서 출현한 1920~30년대의 '자유이혼'은 구여성에게는 지난날의 '기처(棄妻)'와 다름없는 '강제이혼'으로 다가왔다. 애정 없는 학대받는 삶으로부터 벗어날 것인지, 본처라는 지위를 고수하고 남편의 회심을 기다릴 것인지, 딜레마적 상황을 구여성에게 안겨주었던 것이다."[15] 자유연애가 야기한 딜레마적 상황에서 구여성의 선택은 이혼보다는 어쩔 수 없이 남편의 신여성과의 사실혼을 받아들이고, 시부모를 봉양하며 살아가는 방향으로 현실에 굴종하는 경우가 많았다.

하지만 순실의 선택은 달랐다. 그녀는 남편의 편지에 "분노와 원한이 앞을 서지마는 입을 악물고 정신을 차렸나이다"와 같이 반응한다. 분노는 자기 자신의 존엄성이 손상되었다고 느껴질 때 나타나는 감정이다. 심리학자 쉐러(K.R. Scherer)와 월보트(H.G. Wallbott)는 분노는 다른 사람에 의해 고의적으로 유발된 불쾌하고 공정하지 못한 상황에서 경험

---

15) 소현숙, 「강요된 '자유이혼', 식민지 시기 이혼문제와 '구여성'」, 『사학연구』104, 한국사학회, 2011, 126면.

하는 감정으로서, 자신이 공정하게 대우받지 못하거나 무시당한다는 느낌이 분노를 일으키는 주요 원인이라고 했다.[16]

분노는 대체로 통제되어야 할 부정적 감정으로 여겨져 왔으나 아리스토텔레스(Aristoteles)는 분노를 정당한 감정으로 파악했으며, 분노해야 할 때 분노하지 않는 것을 오히려 어리석은 일로 간주했다.[17] 뿐만 아니라 페미니즘(feminism)에서는 분노 감정을 위계적이면서 젠더화된 감정으로 파악하며, 분노 감정이 부정적인 함의보다는 긍정적인 의미를 가진다고 본다.[18] 과거 가부장제 시대에 여성들의 분노 감정은 심각한 성격적 결함으로 여겨졌지만 1970년대 이후 페미니스트들은 분노 감정을 가부장적, 인종적, 자본주의적 억압에 대한 반응이자 그 모순된 체제를 변화시키고자 하는 건설적인 에너지로 재해석했다. 그리고 분노 감정을 여성 예술가들의 창작 에너지의 주요 원천으로 파악했다.[19]

아리스토텔레스의 말처럼 순실은 남편의 배신이라는 부당한 처사에 분노하지 않는 어리석음을 결코 범하지 않는다. 분노의 파토스(pathos)는 그때까지 그녀를 지배하고 있던 복종과 인내의 에토스(ethos)를 역전시켜 "단연히 한술 더 뜨는 답장"을 쓰고 집을 나와 낳은 아이만을 돌려주는, 즉 되갚아주는 행동을 하도록 만든다.

주신 편지의 의미는 잘 알았나이다. 먼저 그런 편지 주심이 얼마나 다행한지 모르겠나이다. 여자의 몸이라 그래도 환경을 벗어나지 못해서 이

16) 최현석, 『인간의 모든 감정』, 서해문집, 2011, 114-115면.
17) 김영미·이명호, 「분노 감정의 정치학과 『제인 에어』」, 『근대영미소설』19-1, 근대영미소설학회, 2012, 34면.
18) 위의 논문, 35면.
19) 위의 논문, 36면.

상에 안 맞는 남편과 억지로 지내면서도 남다른 고생을 겪지 않으면 안
되는 자신 불행을 언제나 한탄하고 있었나이다.

　아이는 남녀 간에 낳는 대로 돌려보내겠나이다. 나는 아이를 데리고는
전정을 개척하는 데 거리끼는 일이 많을까 함이외다. 그러나 아이의 행복
을 누구보다도 제일 간절히 바라는 사람이 이 세상에 또 있음을 아이에
게 일러주소서. 이만.[20]

　부모의 의사에 의해 결정되고 인습에 눌리고 인정에 끌렸던 부부관
계라고 한 데 대해, 또한 소문에서 들리듯이 남편이 "자기에게 이름만의
아내가 있지만 애정이 본래부터 생기지를 않아서 번민하다가 그 처녀
를 보고 비로소 사랑이라는 것을 알았노라"라고 한 데 대해 순실은 "이
상에 안 맞는 남편과 억지로 지내면서도 남다른 고생을 겪지 않으면 안
되는 자신 불행을 언제나 한탄하고 있었나이다"라고 되갚아 준 것이다.
남편이 자신과의 사랑을 부정한 데 대해 그녀는 이상에 안 맞는 대상과
억지로 지냄으로써 불행하였다는 논리로 자신과의 사랑과 결혼을 부정
한 남편의 부당함에 분노의 파토스를 강하게 표출하며 집을 나와버렸
던 것이다.

　페미니스트 철학자 윤지영은 "분노는 부조리한 현실 앞에서 굴종하
고 견뎌내기보다 이러한 질서의 판을 뒤흔드는 질문을 생산해내어 자
신보다 강자이고 다수자인 이들에게 이 질문을 쏘아 올려 일상의 안온
함을 깨뜨리는 행위인 것이다"[21]라고 했다. 또한 "분노는 사회 구조적

20) 김일엽, 김우영 편, 앞의 책, 167-168면.
21) 윤지영, 「현실의 운용원리로서의 여성혐오」, 『철학연구』115, 철학연구회, 2016, 230
　　면.

으로 부조리가 전수되는 방식의 고리를 끊어내는 절연의 감정이자 해
방의 고리로서 아래에서 위로 향하는 감정의 방향성을 갖는다"라고 했
다.[22]

　근대교육을 받지 못한 구여성과는 사랑의 감정을 가질 수 없다는 이
기적 남편의 부당한 권력에 굴종하지 않고 오히려 이상과 거리가 먼 남
편과 원치 않는 불행한 결혼생활을 했다고 되받아치게 만드는 분노의
파토스는 가부장제의 권력에 균열을 가한다. 분노가 촉발시킨 순실의
즉각적인 반응, 즉 남편에게 한술 더 뜬 편지를 보내고 즉각 시가를 나
와버렸을 뿐만 아니라 낳은 아이를 키우지 않고 시가로 들여보내는 행
동을 감행하자 남편은 졸지에 아내를 잃고 아이를 홀로 키워야하는 처
지로 상황이 역전되고 만다. 즉 그녀가 표출한 분노의 파토스는 남편
의 일상의 안온함과 평화를 뒤흔들고, 가부장제의 질서에 균열을 가하
는 일종의 해방의 고리로 작동하였던 것이다. 작가는 순실로 하여금 굴
종과 인내의 에토스 대신 분노의 파토스를 표출시킴으로써 근대 신남
성들의 자유연애라는 욕망을 추구하기 위해 구여성과의 신의를 함부로
저버리는 행동을 한 데 대해 일격을 가했던 것이다.

　아내에게 이별을 통보하고 함부로 대하는 멸시는 가부장제 가족에서
남편이 권력자였기에 가능했다. 하지만 순실은 결코 남편의 권력에 굴
종하지 않고 분노함으로써, 나아가 모성마저도 거부함으로써 마침내 젠
더 갈등의 승자가 될 수 있었다. 남편의 부당한 대우에 울며불며 매달리
는 대신 분노하며 되받아칠 수 있는 심리적 강인함과 모성이데올로기
의 거부야말로 그녀를 피해자의 위치에서 벗어나게 만든 것이다. 순실

---

22) 위의 논문, 230면.

은 복종과 인내의 에토스를 벗어던지고 분노의 파토스를 표출함으로써 자각된 주체적 인간으로 바로설 수 있었던 것이다.

뒤늦게 남편은 사과편지를 보내오고, 다시 돌아올 것을 여러 차례 간청하지만 순실은 마음을 바꾸지 않을 뿐만 아니라 친정어머니의 후원 하에 근대교육을 받아 자각된 신여성으로 거듭난다. 이때 그녀의 아버지는 봉건적 가치로 순실을 타이르지만 어머니는 오히려 "자식이 많기를 한가 계집애라는 하나 있는 것을 공부도 안 시키고 자기가 끼고 가르 칩네 하다가 그냥 시집을 보내어 오늘 이 모양을 만들어 놓고도 지금도 공부를 안 시킬려느냐"라고 야단야단을 쳐서 순실을 학교를 다니도록 후원했던 것이다.

작가가 순실로 하여금 근대교육을 받도록 설정한 것은 단순한 분노 감정의 표출이나 혼자서 책을 사다놓고 공부를 하는 것을 통한 지식 정 도로는 철저한 자각이 일어날 수 없다고 판단했기 때문이다. 더욱이 구 여성 순실은 자신과 남편이 교제하는 동경의 연상녀와 다른 것은 무엇 보다도 근대교육의 유무에 있다고 생각했던 것이다. 그만큼 김일엽은 여성의 주체적 자각에 있어 근대적 교육이 필수적인 요건이라고 생각 했다. 여성의 주체적 변화에 있어 근대교육을 필수적 요건으로 설정한 것은 김일엽이 자유주의 페미니스트라는 것을 말해준다.

순실은 3년 동안 근대교육을 받음으로써 주체적이고 자존감이 있는 인간으로 성장한 나머지 남자를 보는 새로운 시각을 갖추게 된다.

어쨌든 지금 생각하니 내가 이상하는 이성은 그이와 같은 이는 아니었 나이다. 남성답지도 못하고 줏대가 없고 여자를 사랑하기는 하지만 인격 적으로 대하지 않고 이왕 상당한 아내를 둔 이상 절대로 정조를 지켜야

하겠다는 자각이 없는 그이었나이다.

　내가 처음에 그를 사랑한 것은 이성이라고는 도모지 접촉해보지 못하
다가 부모의 명령으로 눈감고 시집을 가서 친절하게 구는 이성을 대하니
자연 정다워진 데 지나지 않는 것이었나이다.[23)]

　근대적 교육을 받고 자각한 여성의 관점에서 볼 때 기존의 남편은 줏
대가 없고, 여성을 인격적으로 대하지 않고, 정조를 지키겠다는 자각도
없는 가부장적 남성에 불과했던 것이다. 여기서 김일엽은 여성에게만
부과되어온 정조를 남성에게도 요구함으로써 정조의 남녀평등을 주장
한다. 이러한 주장은 이듬해 그녀가 발표한 「나의 정조관」(1927)에서
여성에게만 강요된 육체적 순결이데올로기에 대한 강력한 비판으로 연
결된다.

　그리고 가부장제 결혼은 "이왕 사람이 아닌 노예의 생활에서 벗어났
으니 인제는 한 개 완전한 사람이 되어 값있고 뜻있는 생활을 하여야겠
나이다. 그리고 사람으로 알아주는 사람을 찾으려나이다"[24)]에서 보듯이
여성을 인간으로 인정하지 않고 노예화하는 제도일 뿐이라고 선언한
다. 따라서 노예와도 같은 결혼생활에서 벗어난 상태에서 순실은 남편
의 사과를 받아들이며 가정으로 복귀하는 대신 한 명의 완전한 사람으
로서 값있고 뜻있는 생활을 하겠다는 결의를 표명한다. '값있고 뜻있는
생활'이 어떤 것인지는 구체적으로 밝혀져 있지 않다. 하지만 한 명의
여성으로서 자신을 사람으로 알아주는 사람을 찾겠다는 확고한 결의를
결말은 보여주고 있다. 이 작품의 결말에서 한 남자의 사랑에 매달리는

---

23) 김일엽, 김우영 편, 앞의 책, 170면.
24) 위의 책, 171면.

낭만적 사랑의 이데올로기와 모성이데올로기부터도 벗어난 주체적 인
간 선언을 찾아볼 수 있다.

> 나를 끈에 맨 돌멩이인 줄 아느냐. 오라면 오고 가라면 가게……. 백 계
> 집을 하다가도 10년을 박대하다가도 손길 한 번만 붙잡으면 헤헤 웃어버
> 리는 속없는 여자로 아느냐.
> 죽어도 이 집 귀신이 된다고 욕하고 때리는 무정한 남편을 비싯비싯
> 따라다니는 비루한 여자인 줄 아느냐. 열 번 죽어도 구차한 꼴을 보지 않
> 는 성질을 알면서 다시 갈 줄 바라는 그대가 생각이 없지 않은가 하고
> …….[25]

구여성(실은 신여성)의 통쾌한 문학사적 일갈은 "나를 끈에 맨 돌멩
이인 줄 아느냐. 오라면 오고 가라면 가게……. 백 계집을 하다가도 10
년을 박대하다가도 손길 한 번만 붙잡으면 헤헤 웃어버리는 속없는 여
자로 아느냐"라는 대목일 것이다. 이는 지식인 신남성의 남성중심성을
속 시원하게 폭격하는 한마디가 아닐 수 없다. 이는 가부장제와 삼종지
도라는 질서(끈)에 매달려 좌지우지당하는 무주체적 존재가 아니라 주
체적 존재라는 여성의 자기 선언이다.

「자각」에서 주인공 순실은 신여성을 공격하지 않는다. 오히려 신여성
은 구여성 순실이 근대교육을 받음으로써 도달하여야 할 목표이자 이
상적 존재이다. 김일엽은 이 소설에서 근대의 자유연애에 따른 사회적
문제를 신여성과 구여성의 갈등문제로 파악하는 대신 무책임한 신남성
의 욕망의 문제로 파악하였다. 이 점에서 김명순의 소설에서 "구여성은

---

25) 위의 책, 170면.

신남성인 남편을 사이에 두고 신여성과 삼각관계를 형성한다. 이때 구여성은 근대교육을 받지 못함으로써 지적 능력이 부재하는 무지한 존재로 남편의 동정심에 기대어 처의 자리는 보전하지만 남편과 정신적으로나 감정적으로 소통하지 못하는 존재로 그려졌"[26]던 것과 차이가 있다. 그리고 최혜실이 "김원주는 순진하게도 구식 여성들을 철저히 무시한다."[27]라는 평가와도 거리가 멀다.

이 소설은 일본에 유학한 남편과 구여성인 아내 그리고 남편이 연애하는 신여성 사이에 야기되는 새로운 젠더 관계를 둘러싸고 벌어지는 투쟁의 양상을 비켜나간다. 김일엽은 구여성과 신여성 사이의 갈등과 투쟁을 그리기보다는 줏대 없고 이기적인 신남성에 대해서 혐오의 감정을 표출하고 있다. 신여성/구여성의 이분법을 해체하고 교육을 받아 변화된 구여성(실은 신여성)이 젠더 갈등의 승자가 되는 구도는 당시 소설로서는 매우 드문 현상으로, 이는 페미니스트 김일엽의 개성을 보다 강하게 드러낸 것이라고 하지 않을 수 없다. 김일엽은 구여성과 신여성을 두 집단으로 가르며 갈등관계로 파악하기보다는 구여성을 교육시킴으로써 신여성화하는 것이 목표였다고 할 수 있다.

김일엽은 1920년에 『신여자』를 창간하면서 '신여자 선언'을 통해 신여자(신여성)을 하나의 사회집단으로 부각시키는 역할을 담당했다.[28] 하지만 단편소설 「자각」이 발표된 1920년대 중반까지 아직 신여성은 수적으로 소수에 불과했으므로, 구여성은 김일엽의 1차적 포섭 대상이

---

26) 송명희, 「김명순의 소설에 재현된 구여성의 이미지」, 앞의 책, 275면.
27) 최혜실, 『신여성들은 무엇을 꿈꾸었는가』, 생각의 나무, 2000, 300면.
28) 이혜선, 「1920~30 新女性 '第二夫人' 연구」, 이화여자대학교 대학원 석사논문, 2007, 4면.

되었다. 구여성을 교육시켜 신여성화시키는 일이야말로 여성해방을 위한 필수적 목표로 설정하였던 것이다. 김일엽은 잡지 『신여자』의 발간을 통해 그러한 목표를 효과적으로 달성하고자 했다. 따라서 『신여자』는 소수인 신여성을 주요 독자층으로 설정했지만 여기에서 나아가 구여성을 의식화시켜 신여성화하기 위한 목표를 가진 잡지였다고 할 수 있다.

『신여자』의 창간사에서 새로운 시대를 맞아 모든 것을 개조하여야 하며, 특히 사회의 원소인 가정을 개조하여야 하고, 가정의 주인 될 여자를 최우선으로 개조하여 해방하여야 한다고[29] 했을 때 그 개조, 즉 변화시킬 최우선의 대상이 구여성이라는 것은 새삼 말할 필요조차 없다. 김일엽은 「여자교육의 필요」(1920)에서도 여자교육이 급선무임을 천명하는데, 시부모를 봉양하고 남편에게 공손하고 자녀를 양육하고 친척간 화목하는 것으로 부도를 다하는, 즉 삼종지도에 구속된 종속적, 노예적 여성은 사회에 대해서 아무 책임도 없고, 가정에 대하여 아무 권리도 없는 존재라고 규정한다. 그리고 쾌활하고 건전한 사회와 화평하고 안락한 가정을 이루려면 무엇보다도 여자 교육이 필요하다고 주장했다.[30] 즉 구여성을 교육하여 신여성화하는 것을 여성해방을 위한 필수적 조건으로 생각했던 것이다. 구여성을 교육의 대상, 즉 피교육자로 여겼다는 데 대해 혹자는 비판할 수도 있겠으나 1920년대 초 시대의 방향은 근대교육을 받아 여성이 자각과 해방을 이루어 나가는 자유주의 페미니즘의 흐름 속에 놓여 있었다.

---

29) 김일엽, 「『신여자』 창간사」, 김일엽, 김우영 편, 앞의 책, 232면.
30) 김일엽, 「여자교육의 필요」, 위의 책, 238-241면.

여기서 한 가지 짚어야 할 사실은 남성이 생각하는 이상적인 배우자와 여성이 생각하는 이상적 배우자가 크게 다르다는 것이다. 신남성이 이상적으로 여기는 자유연애의 대상인 신여성에게 요구하는 것은 사랑이라는 감정이 소통될 수 있는 근대교육을 받는다는 조건이었다. 거기에다 가정 내에서는 구여성과 같은 복종과 인내를 감내할 수 있는 이율배반의 요구조건을 신여성에게 원했다고 할 수 있다. 남편이 순실에게 사과를 하고 돌아와 줄 것을 여러 차례 간청한 이유는 작품에는 밝혀져 있지 않지만 동경에서 교제한 연상의 여학생이 전처 소생의 아이를 키우며 복종과 인내로써 가정에 헌신할 수는 없다고 했기 때문이었을 것으로 추측할 수 있다.

자각한 순실이 주장했듯이 여성이 생각하는 이상적인 배우자는 사랑이라는 감정이 소통될 수 있는 존재를 넘어서서 정조에 대한 자각이 있는 남성, 여성을 한 명의 인격적 존재로 존중하는 책임감 있는 남성이라는 것이 분명하다.

김일엽이나 김명순, 그리고 강경애의 소설을 읽어보면 신남성에 대한 실망감을 표출하는 경우가 많다. 그 이유는 근대적 가치와 봉건적 가치 사이에서 이중적으로 행동하는 근대의 신남성들이 그녀들이 상정한 이상적 남성상과는 거리가 멀었기 때문이었을 것이다. 즉 신남성들은 근대적 가치를 추구하는 듯하지만 동시에 봉건적 질서로부터도 벗어나지 못한 어정쩡한 태도를 취하는 경우가 대부분이었다. 신남성들의 이중적이고 이기적인 태도에 실망한 신여성 작가들의 작품에서 신남성에 대한 실망감을 표출한 것은 현실을 반영한 자연스러운 것으로 보인다.

그런데 신여성들의 주체적 삶이 당대 사회에서 커다란 저항에 부딪혔던 이유는 당대 사회가 가지고 있던 신여성에 대한 기대와 신여성 자신들의 기대가 일치하지 않았기 때문이다. 당대 신여성에 대한 부정적 낙인들은 대체로 남성들이 신여성에 대해서 가진 이율배반의 욕망을 그녀들이 충족시켜 주지 못했기 때문에 발생했다고 할 수 있다. "신여성들의 근대적 지식이 일종의 권력으로 작용한 것은 사실이지만, 그것이 일정한 한계를 넘어서 현실의 가족제도에 정면으로 도전하는 경우 사회는 이들을 매도하고 처벌하는 것으로 답하였다"[31]처럼 당대 사회는 주체적 신여성들의 가족제도에 대한 정면 도전을 결코 허용하지 않았다.

「자각」의 결말이 제시하는 변화된 구여성, 실은 신여성은 자존심과 인격을 가진 주체적 여성이다. 그녀는 노예와도 같은 결혼제도로 복귀하기를 거부하고, 모성 이데올로기도 과감히 벗어버린 용기 있는 여성이다. 그녀는 작가 김일엽의 이상을 투사시킨 인물로서 그녀가 당대 여성의 보편적 표상일 수는 없다는 데에 현실에서 (신)구여성의 문제는 미해결의 과제로 남겨졌다고 할 수 있다. 김일엽이 자신의 소설을 통하여 주체적 목소리를 가진 순실과 같은 인물을 제시하며 가부장적 질서와 세계관에 의문을 표시하고 저항하였지만 당대 현실에서 그 목소리는 메아리 없는 외롭고 공허한 외침에 불과했다는 데에 근대라는 시대의 한계가 있었던 것이다.

3. 모성이데올로기의 허위의식을 넘어서

이 작품에서 순실의 남편에 대한 감정은 직진하는 분노의 감정으로서

---

31) 김경일, 『여성의 근대 근대의 여성』, 푸른역사, 2004, 49면.

일말의 미련도 완전히 사라진 상태지만 시가로 돌려보낸 어린 자식에 대한 생각, 아들을 교육시키는 모성으로서의 직무를 수행하지 못한 데 대한 안타까움만은 벗어날 수 없다. 따라서 순실은 아이의 소식을 들을 때마다 가슴이 뭉클해지고, 아이가 보고 싶어 시가의 문간에라도 가서 몰래 얼굴이라도 보고오고 싶은 충동에 휩싸이곤 한다.

그러나 어린것의 소식을 들을 때마다 가슴이 뭉클하오이다. 지금 네 살인데 총명하고 잘생긴 아이로 말도 썩 잘한다 합니다.

어떤 때는 몹시도 어린 것이 보고 싶어서 그 집 문간에라도 몰래 가서 그것의 얼굴이라고 잠깐 보고 올까 생각할 때도 있지마는 스스로 억제합니다. 보고 싶다고 한 번 만나면 두 번 만나고 싶고 두 번 만나면 자주 만나고 싶고 자주 만나면 아주 곁에다 두고 떠나지 않게 되기를 바라게 될 것입니다. 그렇게만 되면 아이아버지와 또 인연이 맺어지고 인연이 맺어진다면 내 자존심과 인격은 여지없이 깨어질 것입니다.

나는 자식의 사랑으로 인하여 내 전 생활을 희생할 수는 절대로 없나이다. 자식의 생활과 나의 생활을 한데 섞어놓고 헤매일 수는 없나이다. 물론 남의 부모가 되어 자식을 기르고 교육시켜서 한 개 완전한 사람을 만드는 것이 당연한 직무겠지요. 그러나 부모의 한 사람인 아이의 아버지가 아이의 양육을 넉넉히 할 수 있음에도 불구하고 여지없는 모욕을 당하면서 자식 때문에 할 수는 없나이다.[32]

하지만 자식에 대한 모성과 인간적 자존심 사이에서 그녀는 크게 고민하지 않는다. 왜냐하면 아이로 인해서 아이아버지와 또 인연이 맺어

---

32) 김일엽, 김우영 편, 앞의 책, 169면.

지고 그로 인해 자존심과 인격이 깨어지길 원하지 않기 때문이다. 그녀는 "부모의 한 사람인 아이의 아버지가 아이의 양육을 넉넉히 할 수 있음에도 불구하고 여지없는 모욕을 당하면서 자식 때문에 할 수는 없나이다. 그러니까 아이가 자라서 어미라고 찾으면 만나고 아니 찾으면 그만일 것입니다"와 같은 냉정한 태도를 취한다. 「자각」에서 모성을 거부하는 순실의 냉정한 태도에서 "일본인 오다 세이조와의 사이에서 낳은 아들 김태신을 아버지에게 주어버리고 귀국해버린 것, 그 뒤 아들 김태신이 어머니 일엽이 수덕사의 승려가 된 것을 알고 찾아갔을 때 '나를 어머니라 부르지 말라'라고 냉정하게 뿌리쳐버린"[33] 사실들이 오버랩된다.

가부장제는 모성신화를 통해 여성을 희생과 억압의 상태로 묶어두었다. 생물학적 출산은 어쩔 수 없다 하더라도 양육조차 여성의 본능 또는 본성으로 제도화하고 이데올로기화함으로써 여성을 역사적 제도적으로 억압하여 왔다. 아이를 양육하는 어머니 역할은 생물학적 본능이 아니라 사회문화적으로 구성된 것이라는 것이 현대 페미니스트들의 관점이다. "가부장제 사회는 모성을 예찬하며 완벽한 모성은 자기희생적이라는 이데올로기를 여성들에게 주입시켜 왔다. 그리고 완벽한 어머니에 대한 환상과 찬양의 이면에서 희생하지 않는 어머니에 대해서는 비난을 가하였다. 모성이데올로기는 여성으로 하여금 사랑이라는 이름으로 자발적인 희생, 자발적인 예속을 강요하여 왔던 것이다. 즉 모성 찬양은 자발적인 희생, 자발적인 억압의 강요와 직결된 것이었다."[34] 특히 유교

33) 송명희, 「이혼을 불사하는 자존심과 인격적 자각」, 『여성과 남성에 대해 생각한다』, 56면.
34) 송명희, 『페미니스트 나혜석을 해부하다』, 지식과교양, 2015, 268-269면.

적 가부장제는 가부장제의 유지를 위해 모성을 더욱 신성시했다. 여성
은 아들을 낳아 가문의 후계를 이을 뿐만 아니라 그 아들을 훌륭하게 양
육을 함으로써 가부장적 질서를 공고히 하는 역할을 강요받아 왔다.

하지만 아들을 낳고 기르는 중대한 역할을 수행하면서도 여성은 여전
히 삼종지도라는 예속된 존재로서의 정체성만을 부여받으며 자신의 삶
에서 소외되는데, 김일엽은 양육이라는 모성의 희생을 강요하는 가부
장적 예속성의 고리를 결연히 끊어버린다. 물론 작중의 순실이 모성신
화에 전혀 갈등이 없었다고는 볼 수 없지만 그로 인해 자신의 인생이 저
당 잡히는 것을 결코 원하지 않았다. "나는 자식의 사랑으로 인하여 내
전 생활을 희생할 수는 절대로 없"다는 생각은 모성이데올로기가 여성
을 억압하는 일종의 허위의식에 불과하다는 것을 김일엽이 이미 꿰뚫
고 있었던 데서 가능했다. 순실은 이혼으로 아내 역할이 정지된 마당에
양육 담당자로서의 모성 역할로 인한 혼란을 자초하고 싶지 않았을 뿐
만 아니라 "부모의 한사람인 아버지가 아이의 양육을 넉넉히 할 수 있음
에도"에서 보듯이 양육의 책임이 전적으로 여성에게만 주어지는 성별
분업도 수용하지 않는다. 모성이데올로기는 여성의 본질은 모성에 있기
때문에 모든 여성은 어머니가 되어야 하고, 아이 양육에 가장 우선적인
책임은 어머니에게 있다는 사회적 규범이자 여성 개개인의 마음속에
심어진 내면화된 의식이다. 그런데 이와 같은 모성이데올로기를 김일
엽은 단호히 거부하며 남성에게도 아이 양육의 책임이 있다는 매우 혁
신적인 주장을 하였다. 이는 나혜석이 「모된 감상기」(1923)에서 모성의
자연성과 본능성을 강하게 부정하며, 자신의 출산 경험을 토대로 모성
역할이 결코 생물학적 본능이 아니라 사회문화적으로 구성된 후천적인

것이라고 주장했던[35] 것과 이어지는 신여성의 모성이데올로기 비판이라고 할 수 있다.

김일엽은 여성이 인격적 존엄성과 인간적 주체성을 유지하기 위해서는 희생적이고 억압적인 모성이데올로기로부터 자유로워질 것을 요구하였다. 이미 그녀 자신이 모성이데올로기의 억압적 고리를 끊고 자유로운 삶을 살았듯이 작중 인물 순실에게 모성의 억압 고리를 단절하는 자각을 이루도록 형상화했다.

4. 맺음말

김일엽의 「자각」은 「청상의 생활」과 마찬가지로 구여성이 주인공으로 등장하여 발단에서 결말로 작품이 진전되는 동안 미자각의 구여성에서 자각한 신여성으로 변화하는 입체적 인물을 그려냈다. 「자각」의 주인공 순실은 남편으로부터 이혼을 당한 위기에서 복종과 인내의 에토스를 벗어던지고 분노의 파토스를 표출함으로써 자각된 주체적 인간으로 바로설 수 있었다. 그녀가 표출한 분노의 파토스는 남편의 일상의 안온함과 평화를 뒤흔들고, 가부장제의 질서에 균열을 가하는 일종의 해방의 고리로 작동하였다. 즉 남편으로 하여금 후회하게 만들며 남성의 지배와 가해의 우월한 위치를 역전시키는 한편 순실을 피지배자와 피해자의 위치에서 벗어나 주체적 인간으로 바로 서게 만든다. 김일엽은 그 힘은 분노의 파토스뿐만 아니라 교육에서 비롯된 것으로 설정

---

35) 위의 책, 268면.

했다. 「청상의 생활」에서 50대의 고령에도 스스로 삶의 자각을 얻기 위한 공부를 계속함으로써 자각이 있는 여성으로 거듭날 수 있었던 것처럼 「자각」에서도 혼자 하는 공부를 넘어서서 보다 체계적인 근대의 학교교육을 받음으로써 보다 확고한 주체성을 획득한 신여성으로 변화하는 것으로 설정했다.

김일엽은 1920년 작인 「청상의 생활」과 1926년 작인 「자각」 두 작품에서 교육을 통해서 인간적 주체성을 자각하는 입체적 캐릭터의 구여성을 형상화했다. 그녀는 교육이 인간을 변화시킬 수 있다는 데 대한 강한 믿음을 갖고 있었다는 점에서 자유주의 페미니스트라고 할 수 있다. 그리고 그런 믿음이 구여성에서 신여성으로 변화하는 입체적 캐릭터를 창조하도록 영향을 미쳤다.

노예와도 같은 결혼제도로의 복귀하기를 거부하고, 모성이데올로기도 과감히 벗어버릴 수 있는 용기 있는 여성은 작가 김일엽의 이상을 적극적으로 투사시킨 인물이다. 김일엽은 자신의 소설을 통하여 순실과 같은 주체적 목소리를 가진 이상적 여성을 제시하며 가부장적 질서와 세계관에 의문을 표시하고 여성을 억압하는 가부장제에 저항하였다. 하지만 그 목소리는 당대 현실과는 거리가 있는 외롭고 공허한 외침에 불과했다는 데에 여전히 억압적 예속성으로부터 자유로울 수 없었던 근대여성의 한계가 존재했다.

(『문예운동』 2019년 여름호(142호), 2019.05)

5
김일엽의 자살 모티프 소설과 페미니즘

1. 들어가며

죽음을 어떻게 바라볼 것인가는 관점 여하에 따라 다를 수 있다. 생물학적 죽음관을 가진 사람에게 죽음은 자연적인 현상의 하나로서 인간이 세상을 떠나는 삶의 마지막 과정이다. 형이상학적 죽음관을 가진 사람은 인간을 육신과 영혼으로 구분하고, 인간은 죽음과 더불어 육체가 소멸하지만 영혼은 본래의 자유로운 존재로 돌아간다고 생각한다.

분명 죽음의 한 형태인 자살(suicide)의 어원은 라틴어의 sui(자기 자신을)와 cædo(죽이다) 두 낱말의 합성어이다. 자살이란 그 원인이 개인적이든 사회적이든 당사자가 자유의사에 의하여 자신의 목숨을 스스로 끊는 행위이다. 스스로의 자유의지에 의해서 목숨을 끊는다는 점에서 자살을 주체적 죽음이라고 할 수 있을까?

우리나라는 OECD 국가 가운데 2015년까지 자살률 1위(인구 10만 명당 25.7명)의 국가였다가 2위로 순위가 낮아졌다. 하지만 2017년에

24.3명으로 줄어들었던 자살률은 2018년에 26.6명으로 늘어남으로써 다시 1위 국가가 되었다. 수치가 보여주듯 우리의 높은 자살률은 우리 국민이 그만큼 행복하지 않고 우리나라가 건강하지 않은 나라라는 증거라고 할 수 있을 것이다.

김일엽이 자살 모티프 소설을 썼던 1920년대라면 자살률이 어떠했을까? 1920년대 신문의 사회면은 당혹스러울 정도로 자살 또는 자살 기도에 대한 보도가 많았다.[1] 현실에서도 1910년대에는 여성의 자살률이 남성보다 더 높았으며[2], 1920년대에도 1922년까지 남녀의 자살률이 비슷했다가 이후 남성의 자살률이 더 높아졌다고 한다.[3] 1910년대부터 1920년대 초반까지 여성의 자살이 빈번하게 일어났고, 매체에서도 빈번하게 다루어졌다면, 대체 그 이유가 무엇일까?

천정환은 1920년대는 젊은 여성의 삶이 일부 소설이나 문예작품이 포착하고 있듯이 성적·경제적 착취의 대상이 되어 있었으며, 아직 도래하지 않은 근대적 가족관계 및 젠더 상황과 봉건적 여성 억압이 여전한 상황의 틈바구니에서 여성의 자아는 곤경에 처해 있었으며, 조선 사람들은 이전에 경험해보지 못했던 새로운 사회 상황과 인간관계로 인해 유례없는 양상의 갈등을 겪으면서 갈피를 잡지 못하고 있었기 때문으로 추측한다.[4]

---

1) 천정환, 「1920년대 조선의 자살과 '해석의 갈등': 근대초기의 자살3-1」, 『내일을 여는 역사』43, 내일을 여는 역사재단, 2011, 356면.
2) 1915년의 남녀 자살비율은 42.4:57.6%, 1919은 45:55%로 전체 자살률 중에 여성이 훨씬 높은 비율을 차지했다.
3) 이영아, 「1920년대 소설의 '자살' 형상화 양상 연구」, 『한국현대문학연구』33, 한국현대문학회, 2011, 240면.
4) 천정환, 앞의 논문, 355-356면.

1896년생인 김일엽은 동생이 죽자 1907년에「동생의 죽음」이란 시를 썼다고 회고한다. 1909년에는 모친이 세상을 떠났고, 1915년에는 부친이 별세하는 등 그녀는 십대의 어린 나이에 친족의 죽음을 연달아 경험해야만 했다. 즉 죽음은 그녀 생애 초기부터 근원적 트라우마로 자리 잡고 있었다고 할 수 있다.

그녀의 소설 가운데 죽음 모티프를 다룬 작품이 유독 많은 것은 생애 초기에 그녀의 가족관계에서 경험한 죽음과 결코 무관하지 않을 것이다.「계시」(1920),「어느 소녀의 사」(1920),「동생의 죽음」(1920),「순애의 죽음」(1926),「단장」(1927),「희생」(1929),「헤로인」(1929),「애욕을 피하여」(1932) 등의 소설들이 죽음을 소재로 다루고 있다. 그리고 이 가운데서「어느 소녀의 사」,「순애의 죽음」,「단장」,「애욕을 피하여」 등은 자살 모티프를 서사화한 작품이다.

하지만 그녀의 작품 가운데 죽음(자살 포함)과 관련된 작품이 유독 많은 것을 가족사적 경험이라는 맥락에서만 해석하는 것은 지나치게 문제를 단순화시키는 것이다. 특히 자살 모티프 소설이라면 더더욱 그렇다. 앞에서도 언급했듯이 1920년대 우리 사회 여성의 빈번한 자살은 일엽으로 하여금 자살 모티프 소설을 쓰도록 작가적 상상력을 자극했으리라는 추측이 가능하다. 이영아는 1920년대는 사회적으로 여성의 자살이 많이 일어났고, 그 결과 1920년대 소설에서도 여성의 자살 모티프가 빈번하게 형상화된 것으로 파악한 바 있다.[5]

지금까지 김일엽 소설에 나타난 죽음(자살)의 문제에 주목한 논문은 두세 편에 불과하다. 양정연은 일엽의 소설에서 죽음은 대부분 결혼이

---

5) 이영아, 앞의 논문, 241면.

나 연애, 남자와의 관계 속에서 자살을 통하여 표현되며, 죽음은 현실과 분리되는 것으로 인식되고 현실의 좌절감에서 벗어나는 최후의 방법으로 선택되었다고 논평한다.[6] 박산향은 프로이트의 에로스와 타나토스의 개념으로 일엽 소설의 죽음을 정신분석학의 관점에서 분석했다.[7] 이영아는 1920년대 자살 모티프 소설을 분석하는 가운데 「어느 소녀의 사」를 짧게 언급한 바 있다. 그녀는 1920년대의 자살 모티프 소설들이 여성들의 달라진 성윤리의식, 사랑과 삶에 대한 주체적 선택 의지, 젠더 불평등에 대한 자각 등을 형상화하려 하였다고 파악했다.[8]

본고는 김일엽의 소설 가운데 자살 모티프를 다룬 소설로서 자살자가 유서를 남긴 「어느 소녀의 사」와 「순애의 죽음」을 대상으로 일엽 소설이 전달하고자 하는 자살의 메시지를 페미니즘과 관련하여 분석하고자 한다. 두 편의 소설은 일엽이 강력한 페미니스트로서 사회활동을 하던 시기에 창작된 작품들로서 소설의 주인공은 둘 다 미혼의 젊은 여성이다. 그리고 주인공들이 자살을 선택하게 된 동기가 젠더 불평등과 가부장제의 권력관계에서 발생했다고 여겨지기 때문에 페미니즘과 연관하여 그 의미를 해석하고자 하는 것이다.

---

6) 양정연, 「근대시기 여성 지식인의 삶, 죽음에 대한 인식과 불교관」, 『철학논집』33, 서강대학교 철학연구소, 2013, 59-83면.
7) 박산향, 「김일엽 소설로 보는 타나토스의 양상」, 『인문사회과학연구』18-4, 부경대학교 인문사회과학연구소, 2017, 163-184면.
8) 이영아, 앞의 논문, 207-248면.

2. 자살이론에 관한 예비적 고찰

　자살은 엄연히 사회 현상이며, 자살의 원인 역시 사회적이라고 본 프랑스의 사회학자 에밀 뒤르켐(Emile Durkheim, 1858~1917)은 『자살론』(1897)에서 자살의 유형을 사회통합도라는 관점에서 이기적 자살, 이타적 자살, 사회적 규제라는 관점에서 아노미(anomie)적 자살과 숙명적 자살로 구분하여 살펴보았다.

　이기적 자살은 개인이 사회에 결합하는 양식에서 과도한 개인화를 보일 경우로서 개인과 사회의 결합력이 약할 때 일어난다. 일상적인 현실과 좀처럼 타협 또는 적응하지 못하는 사람들의 자살이 이 경우에 해당한다. 이타적 자살은 그 반대로 과도한 집단화를 보일 경우로서 사회적 의무감이 지나치게 강할 때 일어난다. 아노미적 자살은 사회정세의 변화라든가 사회 환경의 차이 또는 도덕적 통제의 결여에 의한 자살이다. 숙명적 자살은 사회가 과도하게 개인의 욕망을 억압하기 때문에 생긴다.[9]

　미국의 정신의학자 제임스 길리건(James Gilligan)은 정치와 죽음의 관계를 밝히며, 자살과 살인을 치명적 폭력(lethal violence), 즉 폭력 치사로 규정하는데, 자살자나 살인자 모두 수치심 때문에 자살을 하거나 살인을 저지른다고 했다. 즉 힘이 약한 사람은 쓸모없는 존재가 되어버린 자신의 모습을 자신의 머리에서 지우려고 나를 죽이고, 힘이 센 사람은 쓸모없는 존재가 되어버린 내 모습을 남의 머리에서 지워버리려고 남을 죽인다는 것이다. 그는 자신이 사회에서 불필요한 존재가 되었다

---

9) 에밀 뒤르켐, 황보종우 역, 『자살론』, 청아출판사, 2008.

는 인식에서 비롯된 수치심을 부추기는 문화일수록 살인율과 자살률이 더 똑같게 올라간다고 보았다. 폭력이 자신을 향하든 남을 향하든 똑같은 폭력이므로 이 둘을 폭력 치사라는 범주로 묶고, 자살과 살인도 결국 사회가 개인을 상대로 저지르는 폭력이라는 점에서 근본적으로 같다고 보았던 것이다. 그는 폭력치사의 진짜 범인은 불평등이라고 보았다. 즉 실업률과 빈부의 격차가 증가하면 치명적 폭력의 발생률이 높아진다고 말했다. 뿐만 아니라 불평등은 공화당 때는 커지고 민주당 때는 줄어든다고 하는 것을 각종 데이터를 통해 증명하며 폭력 치사는 공화당 때 전염병 수준으로 상승하고, 민주당 정부 때에 전염병 수준 밑으로 하강한다는 것을 밝혔다. 결국 정치가 삶과 죽음을 가른다는 흥미로운 견해를 내놓았다.[10]

프로이트(S. Freud)는 자기보존본능과 성적 본능을 합한 삶의 본능을 에로스(eros)라 했고, 공격적인 본능들로 구성되는 죽음의 본능을 타나토스(thanatos)라고 했다. 삶의 본능은 생명을 유지 발전시키고, 자신과 타인을 사랑하며, 한 종족의 번창을 가져오게 한다. 죽음의 본능은 파괴의 본능이라고도 한다. 이것은 생물체가 무생물로 환원하려는 본능으로서 모험적이고 위험한 행동으로 표출된다. 인간은 때로 자기 자신이나 타인을 죽이거나 해치려는 무의식적 소망을 갖고 있다. 자신을 파괴하고 처벌하며, 타인이나 환경을 파괴하고자 서로 싸우고 공격하는 행동을 하도록 만드는 원천은 죽음의 본능에서 유래된다. 그래서 인간 자신을 사멸하고, 살아있는 동안 자신을 파괴하고, 처벌하며, 타인이나 환경

---

10) 제임스 길리건, 이희재 역, 『왜 어떤 정치인은 다른 정치인보다 해로운가』, 교양인, 2012.

을 파괴시키려고 서로 싸우며 공격하는 행동을 하게 되는 것이다. 이런 삶과 죽음의 본능들은 서로 중화를 이루기도 하고, 대체되기도 한다.[11]

아버지의 자살을 목격한 미국의 심리학자 토마스 조이너(Thomas Joiner)는 자살을 실행하는 세 가지 심리 조건이 있다고 했다. 그가 말한 세 가지 조건은 첫째, 사회적으로 고립되었다고 느끼는 마음(상실감), 둘째, 스스로 타인에게 짐이 된다고 생각하는 무능감, 셋째, 죽음의 고통을 받아들일 만한 부상(육체적 · 심리적) 경험이다. 이 세 가지 심리 조건 중 단 하나라도 결여되어 있으면 절대로 자살은 일어나지 않는다고 했다.[12]

오랫동안 자살에 대해 연구해온 박형민은 자살은 실패자로서 삶을 포기하는 회피적 행위가 아니라 다른 사람을 향한 의도를 가진 적극적인 행위일 수 있다고 해석했다. 따라서 자살자들이 선택한 죽음은 단지 끝이 아니라 '성찰적으로 구성되는' 삶의 프로젝트의 일부를 이루는 것이며, 이와 같은 죽음의 선택은 자신의 과거의 삶과 미래의 죽음의 결과에 대한 성찰의 과정을 거친 후 적극적으로 이루어진 것이라는 것이다. 그에 의하면, 자살은 충동적인 행동이 아니라 삶의 여러 가지 전략 가운데 하나를 선택한 것으로, 삶에 대한 기획의 일부를 죽음을 통해서 말하려고 한 행위이다. 따라서 표면적으로 드러나는 자살이라는 행위 그 자체에만 집중해서는 아니 되며, 그 행위에 내포되어 있는 의미를 해석해야 한다. 의미의 해석에서 자살자들이 처한 사회적인 맥락과 심리적인 의도를 고려해야 하며, 그것이 주어진 상황에서 적용되는 양상도 살펴보

---

11) 프로이트, 윤희기 역, 『정신분석학의 근본개념』, 열린책들, 1997, 382~383면.
12) 토마스 조이너, 김재성 역, 『왜 사람들은 자살을 하는가』, 황소자리, 2012.

아야 한다는 것이다. 자살 연구는 자살이라는 표면적 행위에 내포되어
있는 의미와 타인의 반응을 기대하는 행위의 전략, 즉 자살행위의 소통
성을 중요하게 살펴 연구해야 하는데 그는 '소통적 자살'이라는 개념을
제안했다. 소통적 자살은 성찰성, 메시지, 타자지향성이라는 구성요소
를 갖는다. 그는 자살은 극단적 행위를 통해 포기가 아니라 적극적 소통
의지를 갖고 살아남아 있는 사람들에게 영향력을 행사하여 삶의 욕구
를 충족시키고자 하는 적극적 행위로 이해할 수 있다고 자살의 소통적
성격을 강조했다.[13]

3. 김일엽의 자살 모티프 소설과 유서의 의미

1) 소통적 자살이란 무엇인가

일엽이 1920년에 『신여자』에 발표한 「어느 소녀의 사」의 주인공 조명
숙은 부모와 신문사에 유서를 남기고 한강철교에서 투신하여 자살하는
18세의 젊은 여성이다. 1926년에 『동아일보』에 발표한 「순애의 죽음」에
서도 약물로 자살한 21세의 젊은 여성 정순애는 친한 언니 앞으로 유서
를 남긴다. 두 여성 모두 유서를 통해서 자살의 동기를 밝히고 있다.

두 소설에서 주인공인 '명숙'과 '순애'는 그야말로 "자살이 스스로 삶
을 마감하는 행위일 뿐만 아니라 남겨진 이들에게 특정한 의미를 전달

---

13) 박형민, 「그들은 죽음을 통해 무엇을 말하고자 했는가?」, 『내일을 여는 역사』40,
2010, 226-243면.

하는 극단적인 소통"[14]의 방식으로써 자살을 선택한 것이다. 자살의 과정에서 특정한 의미를 전달하는 소통을 위해서 유서를 남기는 행위는 반드시 필요하다. 하지만 자살하는 사람들은 대개 유서를 남긴다는 선입견과는 달리 실제로 유서를 남기는 자살자의 비율은 단지 25%에 불과하다고 한다.[15] 유서를 남기는 자살은 자신의 자살이 어떻게 해석되기를 바라는 뚜렷한 의도를 갖고 있다고 할 수 있다. 그것은 죽음을 앞두고 유서를 남김으로써 다른 사람과 소통하고 싶어 하는 자살자의 강한 소속과 연결의 욕구를 반증하는 것이다.[16]

유서를 남기는 자살을 박형민은 '소통적 자살'로 명명한 바 있다. 유서가 발견되지 않은(없는) 자살을 성찰과 소통 의지가 없는 것이라고 단정할 수는 없으나 유서가 없음으로 해서 그 자살은 소통적 자살이 될 가능성이 희박해지고, 자살의 메시지가 다른 사람에게 전달될 가능성은 없어진다. 따라서 유서는 자살자의 자살의 동기 및 그 의미를 해석하는 데 있어 매우 중요한 단서가 된다. 죽음은 삶의 끝이 아니라 성찰적으로 구성되는 삶의 프로젝트의 일부이다. 죽음의 선택은 자신의 과거의 삶과 미래의 죽음의 결과에 대한 성찰의 과정을 거친 후 적극적으로 이루어진 소통행위이다. 박형민은 소통적 자살은 성찰성, 메시지, 타자지향성이라는 구성요소를 갖는다고 했다. 여기서 성찰성은 자살이 즉흥적이거나 우발적인 것이 아니라 죽음에 대한 심리적, 실제적 준비를 거치는 과정이 있음을 보여주며, 죽음 이전에 자신의 삶과 죽음에 대한 평가와

14) 홍성일, 「실제적 죽음과 상징적 죽음의 간격: 자살, 이데올로기, 언론」, 서강대학교 생명문화연구소 편, 『현대사회와 자살』, 한국학술정보, 2011, 65면.
15) 코머스 조이너, 지여울 역, 『자살에 대한 오해와 편견』, 베이직북스, 2011, 192면.
16) 위의 책, 199면.

해석 과정을 겪었음을 보여주는 것이다. 그리고 성찰을 통해 이룬 행위자의 주관적 의미는 다른 사람을 향한 메시지를 이룬다. 그리고 이 같은 메시지는 다른 사람을 지향한 행위라는 점에서 타자지향성을 지닌다. 따라서 모든 유서는 수신인이 있는 진술이며, 자신의 죽음을 통해 남아 있는 사람들에게 실제적이거나 정서적으로 영향력을 행사하고자 하는 적극적 소통행위이다.[17]

즉 유서는 그 존재 자체로 자살의 소통성을 보여주는 핵심적인 자료로서, 자살자는 유서를 남김으로써 자신의 죽음이 최소한 성찰의 과정을 거쳤음을 보여준다. 유서는 자살자가 남아 있는 자들에게 남기고 싶은 메시지 중 선택된 메시지이다. 즉 자신의 삶과 죽음, 또는 자신의 심리적 상황을 성찰한 결과를 문자로써 표현한 것이다. 그리고 유서는 어떤 경우든 누군가에게 전달되기를 의도하고 작성된 타자지향성을 갖는다.

필자는 일엽의 두 편의 자살 모티프 소설을 '소통적 자살'이라는 관점에서 분석하고자 한다. 왜냐하면 두 여성의 자살은 즉흥적이거나 우발적인 충동에 의해서 일어난 회피적 성격의 자살이 아니라 성찰적 과정을 거친 자살이며, 유서를 남김으로써 자신의 자살에 대한 성찰의 내용, 즉 메시지를 전달하고자 하였다. 그리고 그 유서는 수신자가 분명하다는 점에서 타자지향성을 지니고 있다. 즉 소통적 자살의 구성요건인 성찰성, 메시지, 타자지향성을 모두 갖추고 있기 때문이다. 실로 유서가 전달하는 자살의 메시지 분석이란 두 젊은 여성의 자살 형상화를 통해서 작가 일엽이 전달하고자 하는 작품의 의도, 즉 주제에 대한 탐구라고 할

---

17) 박형민, 「자살행위에서의 '소통적 자살'의 개념화」, 『사회와 역사』79, 한국사회사학회, 2008, 129-160면.

수 있다.

2) 「어느 소녀의 사」에 나타난 봉건적 가부장주의 비판

「어느 소녀의 사」에서 주인공 명숙은 두 통의 유서를 남긴다. 그 중 하나는 부모 앞으로, 나머지 하나는 신문사 기자 앞으로 수신자가 분명한 유서를 남김으로써 자신의 자살을 언어화, 상징화하고자 했다. 한마디로 자신을 자살로 몰아간 부모에게는 회개할 것을 촉구하였으며, 신문사 기자에게는 자신과 같은 처지의 원통한 여성들을 대신해 자신은 희생하는 것이므로, 자신의 자살을 맥락화하여 사회적 자살로 자리매김해 줄 것을 요청하였다.

소통적 자살의 첫 번째 구성요소는 성찰성이다. 성찰성이란 자신의 죽음을 객관화시켜 숙고하는 과정을 거친 자살이라는 것이다. 이때의 성찰의 내용은 자신의 죽음과 자살에 대한 형이상학적 고민의 과정이 포함되지만, 가장 중요한 것은 자신이 겪는 문제 상황에 대한 인식과 자신과 삶에 대한 스스로의 평가이다. 특히 자신의 실패가 누구로부터 기인했는지에 대한 평가가 성찰의 과정에서 중요하다. 즉 성찰성은 자신의 문제 상황을 내면화하여 죽음을 선택하게 되는 주관적 상황을 형성한다.[18] 특히 성찰의 결과 삶에 대한 실패가 타인의 책임이라고 평가하는 '타인전가적 평가'는 다른 사람에 대한 원망이나 비난, 저주 등을 통해 책임을 전가하려는 의도가 나타나고, 타인의 잘못에 대한 고발이나 자신의 억울한 사정을 탄원하는 의도가 나타나기도 한다.

---

18) 위의 논문, 142-143면.

학교에서 업(業)을 마칠 작년부터 왜 그다지 온당치 못한 사람이 되라
고 심하게 하시는지 참으로 견딜 수 없었나이다. 여식도 보통 사람이니
부귀를 좋아하지 않음도 아니옵고 이미 몸을 여자로 타고났사오니 좋은
지아비를 얻고자 하옵는 마음이 없음이 전혀 아니오나 비분(非分)의 부
귀는 바라는 바가 아니오며 지아비로 말씀하오면 아버님께서 여식의 나
이가 열한 살 되옵던 해에 김 과천(果川)의 아들 갑성(甲成)이와 정혼을
하신 것이 있삽거늘 오늘 당하와서 그 집안이 결딴이 났다고 전의 언약
을 잊어버리심은 아무리 나를 낳으시고 나를 기르신 부모의 마음이라고
헤아리기 어렵삽나이다. 만일 양위 부모님께옵서 여식을 위하여 그리함
이라 하옵시면 왜 사람이 되도록 남의 정실이 되게 못 하시고 구태여 노
예나 다름없는 민(閔)○○의 부실(副室)이 되라고 강제하시는지 여식은
야속한 마음을 이루 측량할 수 없나이다. 민○○이란 사람은 현금(現金)
이렇다 하는 대가(大家)의 귀공자인 줄을 모르는 것이 아니나이다. 그러
하오나 저는 그러한 지아비를 바라지 않삽나니 아버님 어머님께서는 지
금 두 형님의 현상을 못 보시나이까. 두 형님으로 말씀하오면 허영심이
있어 그리하였삽던지 그러한 자리를 구하여 다행이라 하올는지 불행이
라 하올는지 미구(未久)에 그러한 자국이 나서 목적을 관철하였다고 처
음에는 심만의족(心滿意足) 하여 하옵더니 그것이 몇 날을 못 가고 그 사
람네들에게 버린 바가 되어 아버님과 어머님께서는 몇 날 호강에 덕 보
려고 바라시던 그 마음이 그만 수포로 돌아가시고 말로는 한 동물의 완
롱물인 창녀나 다름없는 사람이 되지 않았나이까.[19]

19) 김일엽, 김우영 편, 『김일엽선집』, 현대문학, 2012, 79면.

　명숙이 부모 앞으로 남긴 유서에서 밝힌 자살의 이유는 11세에 정혼한 김갑성을 두고 돈 많은 민범준의 부실로 시집을 보내려 한 것은 부당하므로 받아들일 수 없다는 것이다. 부모가 강요하는 혼인이 온당치 못한 행위라고 강력하게 비판하는 이유는 첫째, 갑성의 집안이 망했다고 파혼을 해버리는 것은 사람의 도리가 아니라고 생각하기 때문이다. 둘째, 첩실이라는 굴욕적인 결혼은 절대 받아들일 수가 없기 때문이다.

　그렇다고 하여 이 소설이 자유연애혼을 옹호하기 위해 쓴 소설은 아니다. 다시 말해 그녀는 갑성과의 사랑을 지키지 못한 좌절감 때문에 자살을 선택한 것은 아니라는 것이다. 명숙의 갑성에 대한 태도는 그녀가 마음을 허락했다고는 하나 남녀 사이의 연애감정보다는 인간적 의리에 가까운 것이라고 할 수 있다.

　그러면 그녀가 자살까지 해가며 지키려고 한 가치는 진정 무엇이었을까? 그녀는 부귀를 누리기 위하여 경성의 유명한 부랑자인 민범준의 셋째 첩이 될 수는 없다고 생각한다. 왜냐하면 두 언니가 은군자(창녀)노릇이나 첩실을 하며 부끄러운 삶을 살고 있는 마당에 그녀마저 첩실이 되는 것은 두 언니의 삶을 지켜보았듯이 동물의 완롱물인 창녀가 되는 것과 다름없기 때문이다. 그것은 남으로부터 비난받을 일일 뿐만 아니라 그녀의 인간적 자존심에 손상을 가하는 굴욕적인 것이기 때문에 절대 받아들일 수가 없는 것이다.

　그녀는 자식의 장래보다는 자신들의 물질적 호강을 위해 딸의 인생을 망치게 하는 부모와 집안 분위기가 극도로 싫었고, 두 언니의 은군자나 첩실의 삶에 대한 혐오감과 수치심으로부터 벗어나기 위해 부모 집을 떠나 이모 집에서 여학교를 다니고 있었다. 이모 집으로 가서 여학교를 다니던 중 하필 길에서 봉변을 당하는데 이때 민범준의 도움을 받게 된다. 이를 계기로 민은 명숙이 지금은 영락했지만 한때는 서울 바닥에서 팔난봉에 대수석을 하던 부랑자의 괴수이던 조 오위장의 셋째 딸임을 알게 된다. 그가 부모에게 물질공세를 퍼부으며 명숙을 셋째 첩으로 들이려고 서두르자 명숙은 혼인을 피하기 위해 인천으로 가출을 했다 불심검문에 걸려 부모에게 인도된다. 그녀는 자신에게 다가오는 성차별적이고 굴욕적인 혼인을 집 떠남과 가출을 통해 거부하였으나 이에 실패하자 한식 성묘로 집안이 빈 틈을 타서 두 통의 유서를 남기고 한강철교에서 투신자살을 하고 만다.

명숙이 자살에 이르기까지 보여준 일련의 과정은 그녀의 자살이 여러 차례의 성찰의 과정을 거친 것임을 보여준다. 즉 그녀의 집 떠남과 가출은 그녀의 자살이 결코 순간적인 충동의 결과가 아니라 남자의 첩실이라는 굴욕적 삶을 결코 받아들일 수 없다는 오랜 성찰 끝에 내린 선택이었음을 보여주는 것이다. 그리고 그 성찰의 결과 그녀가 자살에 이르게 된 삶의 실패는 그녀의 잘못이나 실수 때문이 아니라 자식의 장래를 생각하지 않는 부모의 물질주의적 욕망 때문이라고 분명하게 말하고 있다. 부모의 이기적인 욕망의 희생물이 될 수는 없다고 생각하는 그녀는 유서에서 "생명을 버리어 간(諫)하오니 회개하심을 바라나이다"라고 부모가 잘못을 뉘우치고 회개할 것을 촉구한다. 유서는 부모의 도구로 전락하여 첩실로 살아가는 굴욕적 삶 대신 차라리 주체적 죽음(자살)을 선택하겠다는 명숙의 결기어린 결단을 보여준다. 그녀의 유서는 그야말로 부모에 대한 비판, 원망, 그리고 회개할 것을 촉구하였다는 점에서 전형적인 타인전가적 평가를 통해 부모의 잘못에 대한 비판과 고발의 의도를 나타낸다.

소통적 자살의 두 번째 구성요소는 성찰의 과정을 거친 메시지가 존재한다는 것이며, 성찰을 통해 내린 결론을 누군가에게 전달하려는 의도가 있다는 것이다. 이 메시지는 자신의 행위의 의도를 밝히기도 하고, 때로는 자신이 이루지 못한 욕구와 다른 사람에 대한 애증의 감정이 드러나기도 한다. 메시지의 선택은 자신의 상황에 대한 해석과 자기 자신에 대한 평가 속에서 자살자들이 자신의 죽음을 통해 이루고자 하는 욕구의 표현이다. 메시지는 문제 상황에 대한 상대적으로 적극적인 해결 의지를 보이는 문제지향적 형태로 드러나는 경우와 문제에 대한 해결보다는 자신이 처해 있는 문제 상황을 단순히 설명하거나 정서적인 이해를 구하는 정서적 형태로 드러나기도 한다.[20]

「어느 소녀의 사」에서 주인공의 자살을 통해 작가가 전달하고자 하는 핵심적인 메시지는 남의 첩실이 되는 굴욕적인 삶은 살 수 없다는 것이다. 즉 처첩의 위계가 분명한 일부다처제의 굴욕적 결혼은 받아들일 수가 없으며, 더구나 딸의 인생을 좌지우지하는 봉건적 가부장주의는 잘못되었다는 것이다.

그리고 부모의 이기적 욕망의 뒤에 작용하는 또 다른 욕망은 민병준이 명숙을 셋째 첩으로 들이고자 하는, 즉 처와 첩을 위계화하여 차별하는 일부다처주의라고 할 수 있다. 사실상 민병준처럼 부유한 자나 권력을 가진 남성만이 여러 명의 처를 둘 수 있다는 점에서 일부다처제는 한 남자의 부 또는 높은 지위의 한 상징이다. 일부다처주의의 위계적인 가부장적 질서에서 여성은 '완롱물'이라는 단어가 나타내듯이 철저히 타자화되는 객체이므로 그러한 결혼은 받아들일 수 없는 것이다.

명숙은 신문사의 기자 앞으로도 유서를 보냄으로써 매체를 통해 자신

---

20) 박형민, 「자살행위에서의 '소통적 자살'의 개념화」, 147-148면.

의 죽음을 기사화하여 사회적 자살로 공론화 해줄 것을 기대한다.

> 가만히 이를 미뤄서 생각하오니 아마도 저와 같은 운명을 가진 여자
> 가 자고로 많을까 하나이다. 그러하오나 이것을 누가 말하는 사람이 없어
> 서 이 사회에 드러나지 아니한 것이오니 바라건대 여러 선생님께서는 이
> 러한 사회 이면에 숨어 있는 비참한 사실을 세세히 조사하여 공평한 필
> 법으로 지상(紙上)에 기재하여 주옵소서. 저는 제 입으로는 저를 이 지경
> 만드시는 부모의 말은 차마 할 수 없사오나 다만 세상에 이러한 원통한
> 처지에 있으면서 능히 말을 못 하여 한 몸을 그르치는 여러 불쌍한 미가
> (未嫁) 여자를 우하여 이 몸을 대신 희생하오나이다. 불쌍히 생각하여 주
> 옵소서.[21]

그녀는 신문사의 기자를 향해 자고로 사회의 이면에 숨어 있는 비참
한 구조적 현실, 즉 부모의 호강을 위해 딸을 첩실로 팔아넘기는데도 말
도 하지 못하고 몸을 그르치는 '원통한' 처지의 수많은 미혼여성들이 존
재한다는 것, 그 불쌍한 여성들을 대신하여 희생하는 자신의 자살을 계
기로 자살의 위기에 처한 미혼여성들을 취재하여 사회적으로 이를 매체
를 통해 공론화해줄 것을 요청한다. 즉 그녀의 개인적 죽음을 사회적 죽
음으로 언어화하고 상징화해 달라는 문제지향적 메시지를 던진 것이다.
소통적 자살의 세 번째 구성요소는 타자지향성이다. 타자지향성은 자
살이 개인적인 행위가 아니라 다른 사람을 지향한 사회적인 행위라는
뜻이다. 유서의 수신인은 성찰의 과정을 거친 메시지의 대상이 된다. 자
살 행위자는 성찰의 내용인 메시지를 다른 사람에게 전달함으로써 영

---

21) 김일엽, 김우영 편, 앞의 책. 80-81면.

향력을 행사하려는 의도, 즉 타자지향성을 지닌다. 이때 상호적 소통방식과 일방적 소통방식이 있는데, 상호적 소통방식은 상대방의 정서적 반응을 구하거나 실제적인 문제해결의 도움을 요청하는 기대가 포함되어 있다. 일방적 소통은 자신이 하고 싶은 말을 일방적으로 전달하는 것이 우선적인 목적이다.[22]

명숙이 신문사 기자 앞으로 남긴 유서는 철저히 타자지향성을 보여준다. 그야말로 자살이 개인적인 행위가 아니라 다른 사람을 지향한 사회적인 소통행위라는 것을 명백하게 보여준 것이다. 특히 명숙은 신문사 기자에게 자신과 같은 수많은 죽음을 취재하여 기사화해줄 것을 요청함으로써 자신의 자살을 다른 사람, 즉 사회를 향해 전달함으로써 영향력을 행사하겠다는 타인지향적 의도를 분명히 한다. 그것은 자신의 죽음에 대한 정서적 반응을 구하는 행위를 넘어서서 당대 사회를 향해 문제해결의 도움을 요청하는 상호소통의 기대가 내포되어 있다.

그녀의 두 통의 유서는 부모중심의 가부장적이고 유교적인 윤리의 도덕적 타락을 지적하며, 자식중심의 평등한 도덕률의 출현을 예고하고 있다. 뿐만 아니라 처첩을 거느리는 일부다처주의라는 젠더 불평등의 결혼제도 혁신이라는 문제의식도 함께 던져주고 있다. 명숙은 자신의 자살을 공론화하여 봉건적이고 가부장적인 유교윤리를 타파하겠다는 메시지를 유서에서 분명하게 드러냈다. 작가 김일엽은 유서를 남기는 소통적 자살을 형상화함으로써 당대 여성(자식)을 억압하는 젠더 불평등의 봉건적 가족제도와 일부다처제의 가부장적 결혼제도의 문제점을 고발하고 혁신하겠다는 페미니스트로서의 문제의식을 분명하게 드

---

22) 박형민, 「자살행위에서의 '소통적 자살'의 개념화」, 149-150면.

러냈다고 할 수 있다.

3) 「순애의 죽음」에 나타난 성폭력 비판

「어느 소녀의 사」보다 6년 뒤에 발표한 「순애의 죽음」 역시 소통적 자
살로 파악된다. 순애가 남긴 유서는 그녀의 처지를 잘 아는 친한 언니를
수신자로 한다. 유서뿐만 아니라 순애는 일기도 언니에게 남기는데, 일
기에서는 유서에서 미처 다 밝히지 못한 자살의 동기와 이와 관련된 사
건의 전말이 드러나도록 설정하고 있다. 유서와 일기를 읽은 수신자인
언니는 S언니에게 9통의 편지를 보냄으로써 순애가 자살이라는 극단적
선택을 할 수밖에 없었던 구체적 상황과 자살의 동기를 밝히며 K라는
남자가 행한 강간의 폭력성을 고발한다. 그리고 성적자기결정권을 침해
한 강간이 한 여성을 자살에 이르게 할 정도로 얼마나 큰 트라우마와 모
멸감과 수치심을 불러일으켰는가라는 메시지를 분명하게 전달한다.

그리고 유서를 보완할 수 있는 순애의 일기를 통해 작가는 순애의 자
살이 즉흥적 충동에 의한 자살이 아니라 성찰의 과정을 거친 자살이며,
그녀를 강간한 K라는 남성에 대한 분노와 원망, 혐오감 등을 표출시킴
으로써 타인에게 책임을 전가하는 타인전가적 평가를 보여준다. "순애
의 자살은 여성에게 성폭력이 얼마나 혐오스럽고 치욕적인 경험인가를
폭로하는데, 성폭력을 당한 그 순간의 불안과 공포와 혐오감뿐만 아니
라 이후의 모멸감과 치욕감은 당사자를 자살로 몰고 갈 만큼 치명적"[23]

---

23) 송명희, 「섹슈얼리티에 김일엽의 급진적 사유」, 『문예운동』2019년 가을호, 2019. 08,
184면.

인 폭력행위인 것이다. 나아가 작가는 남성중심의 가부장적 사회에서 여성이 자아를 찾는다는 것이 불가능할 것이라는 순애의 절망감도 표현함으로써 남성중심적인 가부장제 사회구조 그 자체를 문제 삼는다. 순애의 유서는 수신인이 있는 타자지향적 진술이며, 자신의 죽음을 통해 남아 있는 사람들에게 정서적으로 이해를 구하는 일방적 소통행위를 보여주는 소통적 자살로 파악된다.

> 언니 저는 더러운 이 세상을 떠나버리려 합니다.(중략) 더 살아야 야수 같은 남성의 농락이나 한 번이라도 더 받지요. 언니는 왜 남성의 농락을 받고서야 살겠느냐. 그래도 인격적으로 대해주는 남성이 있을 것이요, 만일 없다 하더라도 독신으로 자기로서의 생활을 하며 자기로서의 책임을 다하여 사회에 공헌이 있으면 고만이라고 하시겠지오마는 천만 남성 중에 하나가 있을까 말까 하는 그런 남성을 만나기를 기약할 수 없고 남자가 본위로 된 이 사회 남자가 가장(家長)이 된 이 가정에서 자아를 찾는다는 것은 얼마나 어려운 일이겠습니까? 하루바삐 이렇게 심한 불평을 잊으려고 그만 떠납니다.[24]

미모에다 문재가 뛰어나고 여학교를 졸업한 순애는 여러 남성들의 유혹을 받는 가운데 신문사의 경영자를 자처한 K가 "원고를 써달라고 접근하여 마치 자신이 여성해방주의자인 것처럼, 참된 사랑을 추구하는 인격자인 것처럼 행세하며 그녀를 기만"[25]하는 줄도 모르고 마음을 열고 그의 데이트 요구에 응했다가 강간을 당하고 만다. 일본 요릿집에서

---

24) 김일엽, 「순애의 죽음」, 김일엽, 김우영 편, 앞의 책, 138면.
25) 송명희, 앞의 논문, 183면.

K가 그간의 점잖은 태도를 일변하여 음탕한 본색을 드러내자 순애는 불안과 공포에 휩싸여 몸서리를 치며 닥치는 대로 물어뜯고 꼬집고 절대의 힘을 다하여 저항하였으나 K의 물리적 강제력을 당해내지 못해 "마침내 순애는 정조로 인격으로 K에게 여지없이 짓밟히고 만 것"[26]이다. 여기서 작가는 강간과 같은 성폭력은 단지 여성의 몸, 즉 정조를 짓밟는 행위만이 아니라 인격을 짓밟는 인격살인이라는 것을 분명히 하고 있다.

성폭력을 당한 치욕감과 모멸감을 견디지 못한 순애는 이 세상을 더러운 세상으로 인식하며 "더 살아야 야수 같은 남성의 농락이나 한 번이라도 더 받지요" 또는 "남자가 본위로 된 이 사회 남자가 가장(家長)이 된 이 가정에서 자아를 찾는다는 것은 얼마나 어려운 일이겠습니까?"라고 K에 대한 분노와 혐오감을 넘어서서 남성중심의 가부장적 사회구조와 가족제도, 그리고 남성 전체에 대한 불신감을 표명하며 자살을 선택한다. 그녀의 자살이 보여주는 성찰성은 단순하게 K에 대한 분노와 혐오, 또는 그에 따른 수치심과 좌절감만이 아니라 성폭력이 여성의 몸과 인격에 가하는 폭력성에 대한 분노, 비판, 고발이다. 나아가 여성에게 성폭력을 자행하는 남성중심의 사회구조와 가족제도 속에서 여성이 자아를 찾는다는 것이 불가능하다는 절망적 젠더의식이 그녀를 자살로 몰고 갔다고 할 수 있다.

이 소설은 순애의 죽음을 순결을 상실한 처녀의 구시대적 순결이데올로기에 사로잡힌 자살로 형상화하지 않았다. 오히려 순애의 자살은 구시대의 순결이데올로기가 아니라 주체로서 성적자기결정권이 침해당

---

26) 김일엽, 「순애의 죽음」, 김일엽, 김우영 편, 앞의 책, 154면

한 데 대한 치욕감과 모멸감을 견디지 못한 나머지 행한 자살이라는 여성 주체적인 메시지를 분명히 전달한다. 여기에서 작가 일엽의 페미니스트로서의 작가의식이 분명하게 드러났다고 할 수 있다.

「순애의 죽음」에서의 유서는 1차적으로는 정서적인 메시지를 담고 있다고 할 수 있다. 친한 언니에게 자신이 자살할 수밖에 없었던 상황을 설명하고 정서적인 이해를 구하는 형태이다. 나아가 유서는 물리적 폭력으로 자신을 강간한 야수 같은 남성 K에 대한 극도의 혐오감과 저주, 그리고 성폭력으로 상처받은 몸과 인격의 트라우마에 따른 고통을 넘어서서 남성중심의 가부장적 사회구조와 가족제도가 여성의 자아 추구를 근본적으로 저해한다는 문제의식을 던져준다. 이러한 메시지를 통해 작가 일엽은 여성의 인간다운 삶을 억압하고 착취하는 성폭력을 비판하며, 가부장적 사회구조와 가족제도를 혁신해야 한다는 문제의식을 당대 사회를 향해 제기한 것이라고 할 수 있다.

「순애의 죽음」은 "여성의 성적자기결정권을 침해하는 성폭력은 결코 성관계가 아니라 폭력을 행사하는 범죄행위일 뿐"이라는 것, "성폭력은 개인 차원에서 일어나는 듯하지만 불평등한 젠더관계에서 발생하는 구조적 폭력"이며, "여성을 지배하고 통제하기 위해 성폭력을 사용하는 가부장제 사회의 문화적 맥락에서 '발생하는 범죄'"라는[27] 페미니스트 일엽의 메시지를 수신자가 분명한 유서를 통해 당대 사회에 분명하게 던져주고 있다. 그런데 메시지의 전달은 순애에서 친한 언니로, 언니에서 S언니로 전달되는 과정에서 일방적 소통을 벗어나 보다 확장적인 상호소통적 성격을 드러냈다고 할 수 있다.

---

27) 송명희, 앞의 논문, 185면.

4. 나오며

　김일엽의 소설 「어느 소녀의 사」에 나타난 자살은 유서를 남김으로써 자살이 실패와 좌절 속에서 자신의 삶을 포기해버리는 회피적인 행위가 아니라 성찰성, 메시지, 타자지향성을 지닌 소통적 자살임을 보여주었다. 부모에게 남긴 유서에서는 딸을 자살로 몰아넣은 부모에 대한 원망을 나타내는 타인전가적 성찰성을 보여주며, 부모의 회개를 촉구한다. 한편 신문사 기자 앞으로 보낸 유서에서는 자신의 자살을 신문을 통해 공론화함으로써 사회적 영향력을 행사하겠다는 분명한 의도를 나타냈다. 즉 자신은 자살을 할지라도 자신의 죽음을 사회적 자살로 만듦으로써 이후 자신과 같은 억울한 피해자가 발생하지 않도록 문제 해결을 요청하는 상호적 소통적 기대가 깃들어 있다.

　「순애의 죽음」에서 순애의 죽음도 수신자가 분명한 유서를 남긴 소통적 자살로서 성폭력의 고통과 K에 대한 비난과 혐오감 등이 나타나고 있다는 점에서 타인에게 책임을 전가하는 타인전가적 성찰성을 보여준다. 순애의 자살은 정서적 소통, 일방적 소통방식을 보여준다고 할 수 있지만 유서와 일기는 친한 언니에게 전달되고, 언니는 S언니에게 9통의 편지를 보냄으로써 순애의 자살의 전말과 그녀가 겪은 고통이 세상에 알려지는 구조를 택하고 있다는 점에서 결과적으로는 상호소통적 기대가 전혀 없었다고는 할 수 없다.

　일엽은 두 편의 소설에서 유서를 남기고 자살하는 미혼여성을 통해 그녀들이 자살과 같은 극단적 선택을 할 수밖에 없었던 가부장적 사회구조와 가족제도를 문제 삼는다. 즉 딸의 행복을 생각하지 않고 부모의 안일만을 생각하여 딸을 첩실로 시집보내려는 가부장적 가족구조의 문제점, 강간을 통해서라도 성적 욕망을 달성하려는 남성중심적인 사회구조의 폭력성을 비판하고자 하였다. 일엽은 유서를 남긴 자살 모티프 소설을 통해 여성의 인간다운 삶을 저해하는 가부장적이고 남성중심적 가족구조 또는 사회구조의 폭력성을 고발하는 메시지를 분명히 하였다. 그것은 두 편의 소설에서 주인공이 자신의 자살을 통해 전달하고자 하는 핵심적인 메시지이자 동시에 소설의 주제이다. 특히 「어느 소녀의 사」에서는 미혼여성의 자살을 유발하는 가부장적 가족구조의 문제점을 취재하여 이를 사회적으로 공론화해줄 것을 요청하는 신문사 기자 앞으로 보내는 유서까지 남겼다. 즉 개인의 자살을 사회적 자살로 공론화하기 위한 페미니즘의 의도를 갖고 신문사 기자에게 자신과 같은 자살을 심층 취재하여 기사화할 것을 과제로 던져준 것이다. 상징화되지 못하고, 언어화되지 못한 가부장제하의 피지배 여성들의 숱한 자살을 언론에서 맥락화하고 의미화해 해야 한다는 문제의식, 가부장주의와 일부다처주의를 비판하는 작가의 의도가 분명하게 작용한 유서인 것이다.

소설의 주인공인 명숙과 순애의 자살은 그야말로 유서를 남기는 소통적 자살을 통해 여성을 도구화하고 타자화하는 가부장제 사회의 젠더 불평등의 폭력성을 문제 삼았다. 두 소설 속의 자살은 실패와 좌절 속에서 여성이 자신의 삶을 전적으로 포기해버리는 회피적인 행위가 아니라 다른 사람을 향한 의도를 가진 적극적인 행위이다. 따라서 죽음은 삶의 끝이 아니라 성찰적으로 구성되는 삶의 프로젝트의 일부이다. 일엽은 자살이라는 극단적 선택을 할 수밖에 없었던 여성인물들을 형상화함으로써 근대에도 여전한, 여성에게 폭력적인 가부장제 사회구조와 결혼제도를 비판하며, 젠더 불평등 사회의 혁신에 대한 적극적인 기대와 열망의 메시지를 당대 사회에 던져주었다.

(『문예운동』 2019년 겨울호(144호), 2019.11)

6
김일엽 소설의 장소와 젠더지리학

1. 머리말

동서양을 막론하고 집은 여성의 장소라고 여겨져 왔다. 여성의 절반 이상이 밖에서 일을 하고 있는 현대까지도 안-여성/밖-남성이라는 젠더공간의 이분법은 그대로 통용되고 있다. 즉 집과 같은 사적인 장소는 여성의 공간으로, 노동 · 경제 · 정치가 이루어지는 공적인 장소는 남성의 공간으로 구분 짓는 이분법적 구조가 그대로 유지되고 있는 것이다.

젠더지리학(gender geography)은 집(가정)이 가장 강력하게 젠더화된 장소라는 문제의식에서 출발한다. 젠더지리학자인 질리언 로즈(Gillian Rose)는 집을 이상화한 에드워드 렐프(Edward Relph)의 인본주의 지리학의 남성중심성을 비판하며 가부장적 폭력에 시달리고 있는 여성에게 집은 감옥일 수 있다고 주장했다.[1] 질 발렌타인(Gill Valentine)

---

1) 질리언 로즈, 정현주 역, 『페미니즘과 지리학』, 한울, 2014.

역시 페미니스트들은 여성이 가정 내에서 가사노동, 폭력, 억압을 겪는
다고 지적하면서 집을 이상화(idealization)하는 것에 반대했다.[2]

　젠더지리학은 인본주의 지리학의 주관적 장소경험에다 젠더 개념을
도입한다. 즉 여성과 남성이라는 젠더가 장소를 어떻게 다르게 경험하
고, 장소 경험의 차이가 어떻게 장소의 사회적 구성뿐 아니라 젠더의 사
회적 구성의 일부가 되는가를 탐구한다. 젠더지리학은 페미니즘의 통찰
력을 도입했다는 의미에서 페미니스트 지리학(feminist geography)으
로도 불린다.

　젠더지리학의 궁극적인 목표는 젠더 구분과 장소 구분 간의 관계를
탐구하고 드러내며, 여기에 도전하는 것이다. 젠더와 장소 간의 상호적
인 구성을 밝히고 이러한 구성을 당연하게 생각하는 현상에 문제를 제
기하며, 장소의 이분법을 해체하는 것이 젠더지리학의 궁극적 목표이
다.[3] 즉 가부장제 사회가 그동안 통념화해 온 여성/남성, 가정/일터, 재
생산노동/생산노동, 몸/정신과 같은 모더니즘의 이분법을 젠더지리학
은 해체하고자 한다. 여성-가정-사적 영역-재생산-몸으로 이데올로
기화된 장소성을 해체하는 것이야말로 젠더지리학의 핵심적인 목표이
다.[4]

　린다 맥도웰(Linda McDowell)은 "주택과 가정은 가장 강력하게 젠더
화된 공간적 장소들 중 하나지만 중요한 것은 이러한 결합을 당연하게
여겨서도 안 되고 영구적이고 변치 않는 것으로 보아서도 안 된다"[5]라

---

2) 질 발렌타인, 박경환 역, 『사회지리학』, 논형, 2009, 89면.
3) 린다 멕도웰, 김현미 외 공역, 『젠더,정체성, 장소』, 한울, 2010, 38-39면.
4) 송명희, 「김명순 소설의 '집'과 젠더지리학」, 『문예운동』2018년 여름호, 2018. 05, 183
　면.
5) 린다 맥도웰, 앞의 책, 168면.

고 했다. 젠더지리학의 통찰력이 보여주듯 장소에 관한 젠더 구분은 고정불변의 것이 아니라 시대와 사회에 따라 변화하며, 여성들이 이러한 이분법에 얼마만큼 도전하고 저항하느냐에 따라서도 달라진다.

페미니즘 문학은 내적 존재로 간주되는 여성이 내적 공간인 집에서 억압과 지배를 경험하고 자아 상실을 느끼기 때문에 외적 공간으로 탈주함으로써 자아를 회복하고 자유를 찾아가는 전형적인 모티프를 갖고 있다. 입센의 『인형의 집』 이후 페미니즘 문학은 집밖으로의 가출 또는 외출 모티프를 반복적으로 그려왔다. 여성들의 가출 또는 외출은 집이 여성의 자아를 억압하고 자유를 앗아가며 때로 폭력에 시달리게 하는 장소라는 강력한 증거이다.

페미니즘 문학과 젠더지리학은 동일한 장소 인식을 공유하고 있다. 젠더지리학이 페미니즘의 통찰력으로부터 영향을 받아 형성된 만큼 공통적인 장소 인식은 지극히 당연한 일일 것이다. 페미니스트 문학가와 젠더지리학자는 공통의 목표의식을 갖고 있다. 즉 페미니즘 문학도 젠더지리학과 마찬가지로 장소 이분법을 해체하고, 이에 도전하는 것을 목표로 삼고 있다.

격변의 근대를 살았던 신여성에게 내/외의 전통적인 장소 이분법은 결코 고정적이고 절대적인 범주가 아니다. 그녀들에게 내부는 결코 보호받는 안정된 장소가 아니며, 외부 역시 위험으로 가득 차 있는 장소만도 아니다. 근대의 신여성들은 내/외의 이분법에 도전하면서 내부에서 외부로 끊임없이 장소를 확장하고자 노력해왔다.[6] 그리고 내부와 외부를 차별 없는 장소로 만들고자 투쟁해 왔다.

---

6) 송명희, 앞의 논문, 184면.

　본고는 젠더지리학의 관점에서 근대 여성작가 김일엽의 소설 「어느 소녀의 사」(1920), 「순애의 죽음」(1926), 「자각」(1926)의 장소를 분석할 것이다. 근대야말로 신여성들에 의해 젠더공간의 이분법에 대한 도전과 저항이 강력하게 일어났던 시기라고 할 수 있을 것이다. 따라서 작가는 젠더화된 장소성의 해체를 통해 페미니즘에 관한 강력한 메시지를 전달하고 있다는 점에서 젠더공간에 대한 분석은 작가의 페미니즘에 대한 의식을 알 수 있는 매우 중요한 단서가 된다.

2. 가부장적 집을 탈주하여 자살하다 - 「어느 소녀의 사」

　프랑스의 사회학자 에밀 뒤르켐(Emile Durkheim)은 자살은 엄연히 사회 현상이며, 자살의 원인 역시 사회적이라고 보았다. 우리나라에서 1920년대는 사회적으로 여성의 자살이 많이 일어났고, 그 결과 1920년대 소설에서도 여성의 자살 모티프가 빈번하게 형상화되었다.[7] 1920년대의 사회적 현상을 반영이라도 하듯이 김일엽의 소설 가운데 「어느 소녀의 사」와 「순애의 죽음」은 여성의 자살을 모티프로 하고 있다. 두 소설 모두 여성을 억압하고 착취하는 가부장제를 자살로써 고발하고, 자신의 자살을 사회적으로 의미화하기 위해서 유서를 남기는 젊은 여성이 주인공으로 등장한다.

　일엽이 『신여자』에 발표한 「어느 소녀의 사」의 주인공 조명숙은 두

---

7) 이영아, 「1920년대 소설의 '자살' 형상화 양상 연구」, 『한국현대문학연구』33, 한국현대문학회, 2011, 241면.

통의 유서를 남기고 자살한다. 그녀는 한 통은 부모 앞으로, 나머지 한 통은 신문사 기자 앞으로 수신자가 분명한 유서를 남김으로써 자신의 자살을 사회적으로 언어화 상징화하고자 했다. 그녀는 자신을 자살로 몰아간 원인 제공자인 부모에게는 회개할 것을 촉구하였으며, 신문사 기자에게는 자신과 같은 처지의 원통한 여성들을 대신해서 자신은 희생하는 것이므로 자신처럼 원통한 여성들을 취재하여 기사화해 달라고 요청했다. 즉 자신의 자살을 사회적 자살로 자리매김해 줄 것을 요청하였다.[8]

명숙이 부모 앞으로 남긴 유서에서 밝힌 자살의 이유는 일찍이 정혼한 김갑성을 두고 돈 많은 민범준의 부실로 자신을 시집보내려 했기 때문이다. 명숙이 이를 강력히 거부하고 비판한 이유는 정혼자의 집안이 망했다고 파혼을 해버리는 것은 사람의 도리가 아닐 뿐만 아니라 첩실이라는 굴욕적인 결혼은 그녀의 자존심으로는 절대 받아들일 수가 없기 때문이다. 그녀가 자살까지 해가며 지키려고 한 가치는 당대 신여성들이 주장하던 자유연애와 같은 감정 때문은 아니었다. 그녀는 무엇보다도 자신이 부모의 부귀영화를 누리기 위한 도구가 되어 경성의 유명한 부랑자 민범준의 셋째 첩이 될 수는 없다고 생각하였기에 자살로써 이에 저항한 것이다. 이미 두 언니가 은군자(창녀) 노릇이나 첩실 노릇을 해가며 부끄러운 삶을 살고 있는 마당에 그녀마저 첩실이 되는 것은 남성들의 완롱물인 창녀가 되는 것이나 다를 바가 없다고 생각했다. 그것은 남으로부터 비난받을 일일 뿐만 아니라 그녀의 자존심에 치명적

8) 송명희, 「김일엽의 자살 모티프 소설과 페미니즘」, 『문예운동』2019년 겨울호, 2019. 11, 172면.

손상을 가하는 굴욕적인 처사이기에 절대 받아들일 수가 없었던 것이다. 여학교 졸업을 앞둔 여학생으로서 자신의 주체성을 훼손하는 부모의 강요를 받아들이느니 차라리 자살을 선택한 것이다.

그녀는 자식의 장래보다는 자신들의 물질적 호강을 위해 딸의 인생을 망치게 하는 부모와 집안 분위기를 극도로 혐오했으며, 두 언니의 은군자나 첩실 노릇을 하는 삶에 대한 수치심으로부터 벗어나기 위해서 혐오스런 집을 떠나 이모 집에서 여학교를 다니고 있었다.[9] 그런데 자신들의 호강을 위한 도구로 이미 두 딸을 팔아버린 부모가 자신마저 첩실로 넘겨버리려 한 날이 코앞에 다가오자 그녀는 집을 나와 인천으로 가출을 했다가 붙잡혀 부모에게 인도된다. 하지만 한식날 부모가 성묘 간 틈을 타서 한강으로 나가 끝내 자살을 해버린다.

명숙이 전학까지 해가며 부모의 집을 떠난 행위나 자살이란 극단적 선택은 공간적으로 부모의 권력이 작동하는 집을 벗어남으로써 자신에게 가해져 오는 가부장적 지배를 절대 수용할 수 없다는 강력한 저항 행위이다. 그리고 유서를 남긴 것은 이를 사회적으로 문제화하겠다는 적극적 고발행위라고 할 수 있다. "가부장제라는 용어는 아버지의 법칙, 즉 아버지로서의 남성이 아내와 딸들에게 행사하는 사회적 통제를 지칭한다."[10] 명숙의 가출 및 자살은 가부장제라는 아버지의 법칙, 딸들에 대한 사회적 통제를 결코 따를 수 없다는 강력한 메시지라고 할 수 있다.

이때 집이야말로 자식에 대한 생사여탈권을 가진 부모의 권력이 작동하는 가부장적 지배공간, 즉 '주디스 오클리(Judith Okely)가 말했듯이

---

9) 위의 논문, 175면.
10) 린다 맥도웰, 앞의 책, 45면.

불평등한 권력관계의 영향을 통해 정의되고 유지되며 변화하는 장소이
다."[11] 가부장적 권력이 작동하는 집은 여성에게 결코 보호받는 장소가
아니라 지배받고 착취당하며, 주체성을 훼손당하는 억압적이고 위협적
인 장소일 뿐이다. 따라서 명숙은 부모의 가부장적 권력의 지배와 억압
으로부터 자신을 지켜내기 위해 집을 나와 자살을 선택했던 것이다. 첩
이 될 바에야 차라리 죽음이 낫겠다는 판단 때문이었다. 명숙은 자살이
라는 극단적인 방법으로 가부장적 공간인 집으로부터 탈주하였지만 밖
의 공간에서 그녀가 자유와 주체성을 실현할 현실적인 방법을 찾지 못
한다. 즉 근대의 여성들은 집에서든 집밖에서든 자아를 실현하고 진정
한 자유를 추구할 수 있는 장소를 찾을 수가 없었다. 따라서 자유와 주
체성을 실현하려는 여성에게 자살은 불가피한 선택이 될 수밖에 없다.

　가부장적 집에서 권력의 핵심이 되는 조명숙의 아버지란 위인은 소설
속에 다음과 같은 인물로 그려진다.

　　이 조 오위장이란 자로 말을 하면 부랑자 괴수로 유명하던 사람이었
　다. 그때에는 어느 대신 집에 겸인으로 있어서 협잡도 부리고 청 심부름
　도 하여 만날 제 세상만 여기며 그럴 줄 알고 호강을 지내었었다. 그리다
　가 시세 천을 따라 이와 같은 사람을 사회에서 방축하게 되니까 시대의
　한 낙오자가 되면서 졸지에 생활의 방도가 막히었다. (중략) 기부 노릇을
　한 지 몇 해가 못 되어 신법률이라는 것이 반포가 되면서 기생은 경찰서
　에 고소를 하고 자유의 몸이 되어 가버렸다. 조 오위장은 닭 쫓던 개가 지
　붕 쳐다보는 일체로 한참은 아무 생활할 계책이 아니 나다가 딸 삼 형제
　를 유심히 돌아보았다. 그리고 생각하였다. '저것들이 외양이 반반하니

남의 첩이나 주까?' 이러한 생각이 나면서 마누라에게 의논해 보았다. 마
누라는 대번에
"어대 조혼 자리만 있으면 보내다 뿐이오" 한다.[12]

한마디로 명숙의 부는 지금은 영락했지만 한때는 서울 바닥에서 팔난
봉의 대수석을 하던 인물로서 '부랑자 괴수로 유명하던 사람'이라는 표
현에서 짐작할 수 있듯이 허랑방탕한 인물이다. 그는 세상이 바뀌어 생
활의 방도가 없어지자 딸들을 남의 첩이나 주어버릴까를 생각하는 위
인이며, 모 역시 남편의 첩실 행각에 대해서는 "세상에 남의 첩이 되는
년같이 고약한 년은 없겠다. 죽으면 모두 아마 지옥으로 갈 걸!"이라고
저주를 퍼부었음에도 정작 남편이 딸을 남의 첩실로 준다는 데 아무런
주저가 없이 찬성하고 마는 이기적이고 몰지각한 인물이다.

저와 같은 운명을 가진 여자가 자고로 많을까 하나이다. 그러하오니
이것을 누가 말하는 사람이 없어서 이 사회에 드러나지 아니한 것이오니
바라건대 여러 선생님께서는 이러한 사회 이면에 숨어 있는 비참한 사
실을 세세히 조사하여 공평한 필법으로 지상에 기재하여 주옵소서. 저는
제 입으로 저를 이 지경 만드시는 부모의 말은 차마 할 수 없사오나 다만
세상에 이러한 원통한 처지에 있으면서 능히 말을 못 하여 한 몸을 그르
치는 여러 불쌍한 미가(未嫁) 여자를 위하여 이 몸을 대신 희생하오나이
다.(후략)[13]

---

12) 김일엽, 김우영 편, 『김일엽 선집』, 현대문학, 2012, 81-82면.
13) 위의 책, 81면.

따라서 명숙은 유서를 남김으로써 부모에게는 회개를 촉구하며, 신문사 기자에게는 자신의 자살이 부모의 자식에 대한 가부장적 폭력으로 인해 원통한 처지에 놓인 수많은 조선의 미혼여성들을 대신하여 희생하는 것이므로, 이 비참한 사실을 취재하여 세상에 알려줄 것을 요청하였던 것이다. 그야말로 작품 속의 명숙의 자살은 에밀 뒤르켐이 지적했듯이 사회 현상이며, 자살의 원인 역시 사회적이라고 하지 않을 수 없다. 특히 유서를 남김으로써, 특히 신문사의 기자에게 자신과 같은 처지의 여성들에 대해 취재하여 기사화해줄 것을 요청하여 자신의 자살을 사회화하고자 하였다. 명숙과 같은 인물을 통해 일엽은 가부장제를 비판하는 페미니스트로서의 작가적 역할의식을 뚜렷하게 드러냈다. 여전히 가부장주의가 여성을 억압하는 근대를 배경으로 딸을 경제적 착취의 도구로 대상화하는 부모의 가부장주의에 대한 항거의 의미를 지닌 여성의 자살을 김일엽은 「어느 소녀의 사」에서 형상화했던 것이다.

이 작품에서 집은 바슐라르가 말했듯이 행복하고 보호되며 안정된 내밀한 공간이 아니라 가부장적 억압과 착취의 공간이며, 여성의 인권과 주체성을 훼손하는 억압적인 젠더공간에 불과하다. 그리고 미혼의 여성에게 착취와 억압을 가하는 주체는 다름 아닌 가부장적 부모이다.

김일엽은 여성(딸)을 착취하고 도구화하는 젠더 불평등의 봉건적 가족제도와 처첩을 위계화하는 일부다처제 결혼제도의 문제점을 첩으로 팔려가는 딸의 입장에서 고발하고 혁신하겠다는 페미니스트로서의 문제의식을 이 작품에서 분명하게 드러냈다. 특히 집을 나와 자살을 시도하는 여주인공을 통해 가부장주의가 지배하는 젠더공간인 집에 저항하였으며, 집이라는 장소가 여성의 주체성을 훼손하고, 여성을 억압하고 착취하는 젠더공간이라는 것을 확실하게 보여주었다. 이때 작가의 메시지를 담은 주인공의 유서야말로 젠더 불평등을 고발하는 도구이자 살아남은 자들에게 메시지를 전달하는 강력한 커뮤니케이션 행위이다. 그녀가 남긴 두 통의 유서는 부모중심의 가부장적이고 유교적인 윤리의 도덕적 타락을 고발하며, 자식중심의 평등한 도덕률의 출현을 예고하고 있다. 뿐만 아니라 처첩을 거느리는 일부다처주의라는 젠더 불평등의 결혼제도 혁신이라는 문제의식도 함께 던져주고 있다. 특히 명숙은 자신의 자살을 공론화하여 여성을 지배하고 착취하는 봉건적이고 가부장적인 유교윤리를 고발하겠다는 메시지를 유서에서 분명하게 드러냈다.[14] 일엽은 주인공이 가부장적 젠더공간인 집을 탈출하는 행위를 통해서 변화의 당위성을 환기하고 있다.

3. 성적 대상으로서의 몸과 위험한 집밖 - 「순애의 죽음」

「순애의 죽음」에서 약물로 자살한 21세의 젊은 여성 정순애는 친한 언니 앞으로 유서를 남긴다. 이 작품은 집밖이라는 장소 역시 여성에게 안전한 장소가 되지 못한다는 것을 보여준다. 주인공 순애는 집밖에서 『xx일보』 경영자를 자처하는 K라는 남자의 성폭력으로 인해 성적자기 결정권을 침해당한다. 강간의 폭력성은 몸이라는 젠더공간을 폭력적으로 침탈하는 행위로서, 그것이 한 여성을 자살에 이르게 할 정도로 얼마나 치명적인 트라우마와 모멸감과 수치심을 불러일으켰는가를 이 작품은 보여준다. '몸은 장소이며, 물리적으로나 사회적으로 자아와 타자와

---

14) 송명희, 「김일엽의 자살 모티프 소설과 페미니즘」, 178면.

의 경계를 설정하는 지점이자 위치이다."[15] 따라서 성폭력은 타인의 몸의 경계를 일방적으로 침해하고 점거하는 폭력적 침탈 행위이다.

미모에다 문재가 뛰어나고 여학교를 졸업한 순애는 뭇 남성들의 유혹을 받는 가운데 신문사의 경영자를 자처하는 K라는 인물이 원고를 써달라고 접근해 온다. 그가 "여자를 대하면 가장 점잖은 체 존경하는 체하는", 즉 "여성해방주의자인 것처럼, 참된 사랑을 추구하는 인격자인 것처럼 행세하며"[16] 교언영색으로 그녀를 기만하는 줄도 모르고 마음을 열고 그의 데이트 요구에 응했다가 데이트강간을 당한다. 심지어 K는 자신이 대단한 페미니스트인 것처럼 위선을 떨어가며 순애의 마음을 사로잡고자 했다.

조선 남자 중에는 구식은 물론이고 가장 새롭다는 남자 중에도 여자를 무시하여 인격을 인정치 않는 일이 많다는 말과 여자의 해방을 이론으로 는 그렇다면서도 실제에 들어서 자기 아내는 구속하는 이가 많다는 말을 하였을 것이었나이다.

그리고 여자를 성의 대상으로만 여겨 여자를 농락하려 드는 남자가 많다는 말을 하였나이다. 그러나 사랑은 대단히 신성하고 고귀한 것이어서 어떤 것이든지 희생하는 사랑이 아니면 참된 사랑이 아니라는 말을 하였을 것이었나이다. 그래서 어느 나라 황태자는 황위를 내어던지고 일개 평민의 딸을 따라간 일도 있고 일본에 어떤 문호는 많은 재산과 명망을 초개같이 버리고 사랑하는 여자와 같이 죽어버린 일이 있다는 말을 하였을 것이었나이다. 그리고 자기가 이상한 여자는 이러저러한 여자였는데 순

---

15) 린다 멕도웰, 앞의 책, 75~85면.
16) 송명희, 「김일엽의 자살 모티프 소설과 페미니즘」, 183면.

애야말로 자기가 이상하던 그 여자라는 의미의 말을 하였을 것이었나이다.[17]

김일엽이 이 소설에서 그린 것처럼 1920년대에 근대교육을 받은 신남성들 중에 입으로는 페미니스트인 척하며 신여성을 유혹하며 일회성의 성적 대상으로 능멸하거나 부인을 두고도 이혼을 하지 않은 채 신여성을 첩으로 삼아 소위 제2부인 문제를 일으키는 등 이중적이고 위선적인 인물들이 많았던 것 같다. 일엽은 이를 신랄하게 비판하였다고 할 수 있다.

일본 요릿집에서 K가 그간의 거짓으로 꾸며내던, 점잖은 태도를 일변하여 음탕한 본색을 드러내자 순애는 불안과 공포에 휩싸여 몸서리를 치며 닥치는 대로 그를 물어뜯고 꼬집고 절대의 힘을 다하여 저항하였다. 하지만 물리적 강제력을 당해내지 못해 "마침내 순애는 정조로 인격으로 K에게 여지없이 짓밟히고 만"[18]다.

얼굴이 벌개진 K는 이때까지 점잖은 태도는 그만 어디로 사라지고 음탕한 제 본색이 드러났을 것이었나이다. 순애는 어떻게 하든지 몸을 빼어나야 할 터인데…… 하고 무한히 불안과 공포에 싸였을 것이었나이다.

K는 게풀어진 눈을 간신히 뜨며 무엇이나 모두 휩싸 안을 듯한 기다란 팔을 벌리며 "이리 좀 오셔요" 하고 순애는 '기어이 무슨 변을 당하누나!' 하고 몸을 움츠러트릴 사이도 없이 K의 억센 팔은 독수리가 병아리를 움키듯이 순애를 껴안았을 것이었나이다. K의 술내 나는 화끈한 입이 순애

---

17) 김일엽, 「순애의 죽음」, 김일엽, 김우영 편, 앞의 책, 150면.
18) 김일엽, 「순애의 죽음」, 위의 책, 154면.

의 팔에 닿을 때 순애는 몸서리를 쳤을 것이었나이다.

　장자(障子)로 되지 않고 벽으로 된 외딴 방이니 순애가 소리를 지르니 무슨 소용입니까.[19]

　여기서 작가는 강간과 같은 성폭력은 단지 여성의 몸을 짓밟는 행위만이 아니라 인격을 짓밟는 인격살인이라는 점을 분명히 하고 있다.[20] 이때 '몸은 생리적인 의미뿐만 아니라 사회적 의미에서 자아와 타자의 경계를 결정한다. 신체는 개인의 정체성이 구성되고 사회적인 지식과 의미가 새겨지는 일차적인 입지이다.'[21] '몸은 우리가 공간을 지각하는 도구이며, 그 자체로 개인 공간으로서 몸은 공간을 체험하는 주체이자 우리가 체험하는 객체에 속한다.'[22] 따라서 타인의 몸에 대해 허락 없이 가해지는 성폭력은 상대방에 대한 일방적 폭력이고 주체성을 훼손하는 행위이다. 이 작품은 신여성의 몸이라는 장소가 남성들의 성적 욕망의 대상으로 어떻게 객체화되며, 여성들에게 집밖 역시 안전한 장소가 되지 못한다는 것을 보여주고 있다. 즉 집밖에서 순애가 당한 성폭력은 신여성들에게 집밖의 장소가 진정한 평등이 실현되는 장소가 아니라 남성들의 성적 유혹으로 인해 성적자기결정권이 침해당할 수도 있는 위험한 장소라는 것을 확실하게 인식시켰다고 할 수 있다. 김일엽은 "섹슈얼리티야말로 가부장제 사회가 여성을 억압하고 통제하는 핵심적인 영역으로 파악"[23]했으며, 이를 주인공이 당한 성폭력을 통해서 극명하게

---

19) 김일엽, 「순애의 죽음」, 위의 책, 154면.
20) 송명희, 「김일엽의 자살 모티프 소설과 페미니즘」, 181면.
21) 질 발렌타인, 앞의 책, 29면.
22) 오토 프리드리히 볼노, 이기숙 역, 『인간과 공간』, 에코리브르, 2011, 370-371면.
23) 송명희, 「섹슈얼리티와 김일엽의 급진적 사유」, 『문예운동』2019년 가을호, 2019. 08,

보여주었다.

순애가 남긴 유서에 표현된 "더 살아야 야수 같은 남성의 농락이나 한 번이라도 더 받지요"라든가 "남자가 본위로 된 이 사회 남자가 가장이 된 이 가정에서 자아를 찾는다는 것은 얼마나 어려운 일이겠습니까?"라 는 데서 알 수 있듯이 순애가 갖고 있는, K뿐만 아니라 남성 전체에 대한 반감과 실망감, 그리고 여성의 자아실현에 대한 절망감은 바로 일엽이 당대 가부장적 사회와 가정에서 느낀 실망감이자 절망감이라고 볼 수 있을 것이다. 즉 1920년대에 근대교육을 받은 남녀가 출현하였다고는 하지만 그들 사이에도 진정한 평등의 실현은 여전히 요원하다고 본 작 가의 페미니스트로서의 실망감이요, 절망감이라고 할 수 있다.

특히 근대교육을 받은 신남성을 자처하는 인물들은 입으로는 남녀평 등을 말하지만 그들 역시 신여성을 평등한 인격체로서 존중하는 존재 는 아니다. 그들은 여성을 집밖으로 유혹하며 자신들의 성적 욕망을 충 족시키는 도구로 대상화하고 성폭력을 가하는 위험하고도 비열한 비인 격적 존재에 불과하다고 보았으며, 그러한 신남성에 대해서 일엽은 매 우 비판적이었다.

이 작품에서 볼 때에 김일엽은 무조건 여성들이 집밖으로 나와 자유 를 추구할 것을 주장했던 페미니스트는 아니었던 것으로 보인다. 그녀 는 여성의 인격적 주체성과 성의 자유, 나아가 성적자기결정권, 즉 근대 적 평등권을 실현하기에는 1920년대가 너무 이른 시기라는 것을 순애 가 집밖에서 당한 성폭력과 자살 등을 통해 인식시켰다고 할 수 있다. 즉 1920년대는 근대교육을 받은 신여성이라고 하더라도 진정한 의미에

173면.

서 주체성 실현과 성적 자유의 추구가 불가능한 시대라는 것을 집밖에서 성폭력을 당하는 여성의 몸, 그리고 자살하는 몸을 통해서 고발했다고 할 수 있다.

4. 가부장적 집으로의 복귀 거부 - 「자각」

「자각」에서 주인공 임순실은 일본으로 유학을 떠난 남편을 기다리며 시집에 홀로 남아 시집살이를 견디는 전형적인 구여성이었다. 그녀가 경험하는 시집살이는 "말썽부리는 시어머니가 있고 내가 밥을 지어 바쳐야 먹는 다른 식구가 많아서 가만히 앉아서 있을 수가 없는", 그리고 "시부모 옷을 제때 못 지어놓고 반찬을 간 맞게 못 하여 날마다 몇 차례씩 시어머니께 야단만 맞고 그릇 깨뜨려 시어머니 몰래 개천에 버리기 같은 일이 많았나이다"처럼 끊임없는 가사노동과 시어머니의 괴롭힘과 꾸중으로 점철되어 있었다. 따라서 그녀는 "시어머니 책망의 재촉과 눈살의 칼을 맞으며 또 종일 일을 하지 않으면 아니 되"는 상황에서 서리 맞은 국화처럼 점차 심신이 피폐해져 갔다.

> 그를 생각하기에 밤을 새우다가 새벽녘에 겨우 잠이 들었다가 시어머니 부르는 소리에 일어나서는 연자질 하는 나귀같이 시어머니 책망의 재촉과 눈살의 칼을 맞으며 또 종일 일을 하지 않으면 아니 되었나이다. 그러나 겉으로나마 힘껏 복종하고 참고 일을 하며 몸이 아무리 피곤하고 괴로워도 한번 누워보지도 않건마는 시어머니 부르는 소리에 대답만 더디 하여도 서방 없이 지내는 유세라고 야단야단을 하며 "시체 것들은 서

방 계집이 밤낮 붙어 앉았어야 되는 줄 알더라. 우리네들은 젊었을 때 남
편이 벼슬 살러 시골을 가든지 작은집을 얻어 몇 십 년을 나가 살든지 시
부모 곱게 섬기고 시집살이 잘하였다"는 말을 저 소리 또 나온다 하도록
늘 하였나이다. 시집살이하던 이야기를 어찌 다 하겠나이까. 좁쌀 한 섬
을 산을 놓아도 못다 계산하겠나이다.[24)]

순실이 시집살이의 고통을 가까스로 견딜 수 있었던 것은 오직 남편
의 사랑에 대한 확신과 그가 졸업 후 금의환향하여 "사회적으로 지위를
얻고 경제적으로 완전히 독립이 되어 아름다운 새 가정을 이룰" 미래에
대한 희망이 있었기 때문이었다. 그리고 "참말 그때는 한 주일에 세 번
이나 네 번은 그의 편지만 아니면 목을 매어서라도 강물에 빠져서라도
죽었을는지 몰랐나이다"처럼 오로지 남편의 편지가 그녀의 정신적인
초조함과 육체적 고됨, 그리고 시모의 구박에 쪼들리는 마음으로부터 2
년이라는 긴 세월을 견뎌낼 수 있게 하는 유일무이한 힘이자 위로가 되
어 주었다.

하지만 그와 같은 믿음과 희망을 일거에 깨버리는 편지를 그녀는 받
게 된다. 그녀가 임신 8개월의 극도로 신경이 예민하고 몸조차 약해졌
던 시기에 몇 달째 단절되었던 남편의 편지는 청천벽력 같은 이별을 통
보해 왔던 것이다.

그대와의 혼인은 전연 부모의 의사로만 성립된 것으로 내게는 책임이
없으며 지금까지 부부 관계를 계속해온 것은 인습에 눌리고 인정에 끌렸
던 것이니 미안하지만 나를 생각지 말고 그대의 전정을 스스로 결정하라

---

24) 김일엽, 김우영 편, 앞의 책, 163면.

는 것이었나이다.

　그리고 이어서 이러한 소문을 들었었나이다. 그가 일본 유학하는 자기보다 나이 많은 어떤 노처녀와 연애를 하는다는데 그가 그 처녀 앞에서는 자기에게 이름만의 아내가 있지만 애정이 본래부터 생기지를 않아서 번민하다가 그 처녀를 보고 비로소 사랑이라는 것을 알았노라 속살거린다 하더이다. 그리고 그 여자는 구식 여자인 나는 덮어두고 무식하고 못나고 속없는 여자로 아는 모양이라 하더이다.[25]

　남편의 편지를 받은 순실은 "10년 공든 탑이 하루아침에 무너진다는 셈으로 내가 출가한 지 6, 7년 동안 쌓아놓은 공은 하루아침에 그만 산산이 부서지고 말았나이다"나 "가뜩이나 신경이 예민하고 몸이 극도로 약해졌던 내가 과연 얼마나 놀라고 슬퍼하였으리라. 그때 기절하지 않은 것이 이상하였나이다"와 같이 반응한다. 하지만 순실은 "분노와 원한이 앞을 서지마는 입을 악물고 정신을 차렸나이다"처럼 이를 악 물고 한 술 더 뜬 편지, 즉 "먼저 그런 편지 주심이 얼마나 다행인지 모르겠나이다. 여자의 몸이란 그래도 환경을 벗어나지 못해서 이상에 안 맞는 남편과 억지로 지내면서도 남다른 고생을 겪지 않으면 안 되는 자신 불행을 언제나 한탄하고 있었나이다"와 같은 답신을 보내는 것으로 겨우 무너진 자존심을 추스르며 그녀가 받은 충격으로부터 벗어나고자 한다.

　그녀에게 시집이라는 젠더공간은 시모로부터는 시집살이의 고통으로 인해 심신이 피폐해지는 억압과 노동력을 착취당하는 공간이며, 사랑한다고 믿었던 남편으로부터는 배신으로 얼룩진 공간으로 경험된다. 그녀는 시집을 나와 아이를 출산하여 시집에 들여보내고, 어린 것이 보

---

25) 위의 책, 167면.

고 싶어 애를 태우고 아주 곁에다 두고 떠나지 않게 되기를 바라지 않은 것은 아니지만 "그렇게만 되면 아이아버지와 또 인연이 맺어지고 인연이 맺어진다면 내 자존심과 인격을 여지없이 깨어질 것"을 염려하여 아이에 대한 그리움도 억제한다. 즉 "나는 자식의 사랑으로 인하여 내 전생활을 희생할 수는 절대로 없나이다. 자식의 생활과 나의 생활을 한데 섞어놓고 헤매일 수는 없나이다"라는 생각으로 그녀는 모성마저 억누른다. 남편이 "사과 편지를 보내고 다시 오라고 몇 번 했지만 작년 가을부터는 사람을 보내고 자기가 몇 번 오고해서 복연을 간청"함에도 불구하고 그녀는 단호히 거절한다. 이는 그녀가 근대교육을 받음으로써 완전한 신여성으로 거듭날 수 있었기에 가능했던 일이다.

나를 끈에 맨 돌멩이인 줄 아느냐. 오라면 오고 가라면 가게……. 백 계집을 하다가도 10년을 박대하다가도 손길 한 번만 붙잡으면 헤헤 웃어버리는 속없는 여자로 아느냐.

죽어도 이 집 귀신이 된다고 욕하고 때리는 무정한 남편을 비싯비싯 따라다니는 비루한 여자인 줄 아느냐. 열 번 죽어도 구차한 꼴을 보지 않는 성질을 알면서 다시 갈 줄 바라는 그대가 생각이 없지 않은가 하고 …….[26]

즉 그녀는 시모의 구박과 남편의 배신으로 얼룩진 가부장적 공간인 시집으로의 복귀를 단연코 거부한 것이다. 시집이란 장소는 여성의 삶을 억압하고 여성에게 인내의 에토스를 강요하는 장소로 경험되었기에 복귀를 냉정하게 거절하고 한 명의 주체적 인격체로서 다시 탄생할 것

---

26) 위의 책, 170면.

을 다짐했던 것이다. "이왕 사람이 아닌 노예의 생활에서 벗어났으니 인
제는 완전한 사람이 되어 값있고 뜻있는 생활을 하여야겠나이다. 그리
고 사람으로 알아주는 사람을 찾으려나이다"[27]처럼 그녀는 시집살이를
노예의 생활에 불과했다고 한마디로 논평한다. 그리고 한때는 사랑한다
고 믿었으며, 미래에 대한 공동의 희망을 걸었던 남편에 대해서도 "남성
답지도 못하고 줏대가 없고 여자를 사랑하기는 하지만 인격적으로 대
하지 아니하고 이왕 상당한 아내를 둔 이상 절대로 정조를 지켜야 하겠
다는 자각이 없는 그이었나이다"[28]처럼 실망감을 표현하며 비판한다.

반면 그녀가 시집에서 나와 돌아간 친정은 "옛날 예의와 도덕을 늘어
놓고 귀밑머리 맞푼 남편을 떠난 여자는 이미 버린 여자라고 준절히 타
이르"는 완고한 구시대적 윤리관을 가진 아버지와 달리 어머니는 "구식
이면서도 완고하지 않고 적이 이해가 있"는 여성이다. 어머니는 구시대
적인 가치관에 사로잡힌 아버지의 말을 반박하며 순실의 확실한 후원
자가 된다. 즉 그녀가 근대교육을 받아 신여성이 될 수 있도록 정신적
경제적 후원을 한다. 3년의 세월이 지나 졸업을 앞둔 순실은 그야말로
근대적 의식을 갖춘 신여성으로 거듭나게 된다.

따라서 이 소설에서 순실에게 친정은 구여성으로서의 삶을 단절하고
주체성 있는 신여성으로 거듭날 수 있도록 후원하는 장소로 그려졌다.
만약 친정의 후원이 없었다면 시집에서 쫓겨나다시피 나온 순실의 운
명은 어찌되었을까.

나혜석의 소설 가운데 구여성이 등장하는 「규원」(1921)과 「원한」

---

27) 위의 책, 171면.
28) 위의 책, 170면.

(1926)에서는 시집과 친정 모두 여성이 정절이데올로기를 철저히 지킨 경우에만 보호처로서 기능한다. 남편의 사후에 외간 남성의 폭력과 음모에 정조를 훼손당한 여성들은 시집과 친정 양쪽으로부터 가혹하게 내쳐진다. 그녀들은 양가 그 어디에서도 보호받지 못하고 쫓겨나며 하루아침에 처에서 첩으로, 하녀로, 다시 이곳저곳을 떠도는 떠돌이 신세로 전락한다.[29]

김일엽의 소설과 나혜석의 소설에서 시집은 모두 여성에게 적대적인 가부장적 공간이지만 친정의 경우는 두 작가가 서로 다르다. 김일엽의 소설에서는 결혼 이후에도 친정은 딸에 대한 보호처로서의 기능과 후원자로서의 역할을 다할 뿐만 아니라 구여성이 신여성으로 변화하고 성장할 수 있도록 돕는 장소이다. 반면 나혜석의 소설에서는 시집과 마찬가지로 친정도 가부장적 이데올로기에 사로잡힌 나머지 시가에서 쫓겨난 딸을 결코 보호하지 않는다. 그럼으로써 시가에서 퇴출된 딸의 운명은 점점 하강하는 전략의 구조를 가지게 될 뿐만 아니라 끝내 집 없는 상태에 이르고 만다. 친정의 도움조차 받지 못하는 구여성은 근대교육도 받지 못하고, 주체성을 자각할 그 어떤 기회도 갖지 못한다. 가출이 아니라 축출당한 그녀들은 영원히 돌아갈 집을 갖지 못한다.

그러나 김일엽의 소설에서는 강제적 축출이라기보다는 자발적 가출에 가까웠고, 이후 친정의 후원으로 근대교육을 받음으로써 남편이 후회하고 돌아와 줄 것을 간청하였음에도 복귀를 거절하고 새로운 삶을 살아갈 것을 다짐하는 주인공이 등장한다. 김일엽은 구여성과 신여성의

---

29) 송명희. 「나혜석 문학의 공간과 젠더지리학」, 송명희, 『페미니스트 나혜석을 해부하다』, 지식과교양, 2015, 252면.

적대관계나 이분법적 분리를 넘어서서 신여성과 구여성의 통합과 연대를 통해 가족과 사회를 개조하고자 한 페미니즘 작가[30]로서의 뚜렷한 작가의식이 나혜석과 다른 젠더공간에 대한 해석을 낳았다고 생각된다.

5. 맺는 말

이 글은 젠더지리학의 관점에서 김일엽의 「어느 소녀의 사」, 「순애의 죽음」, 「자각」의 장소를 분석하였다. 「어느 소녀의 사」는 가부장적 권력이 작동하는 집으로부터 탈주하는 여성을 그림으로써 여성이 경험하는 집이 결코 행복하고 편안한 장소가 아니라 여성의 주체성을 훼손하고 성적 · 경제적 착취를 가하는 공간이라는 것을 고발하였다. 특히 유서를 남기고 자살하는 주인공을 통해서 가부장적 집이 여성을 지배하고 착취하는 장소라는 것을 보여주었다. 「순애의 죽음」에서는 집밖 역시 여성에게 안전을 보장해 주지 못하는 위험한 장소라는 인식을 데이트강간을 당하는 주인공을 통해 보여주었다. 근대라는 시대를 배경으로 신여성의 집밖으로의 외출은 진정한 남녀교제나 자유보다는 성폭력의 위험에 노출될 가능성이 크다는 것, 특히 성폭력의 수치심과 모멸감으로 인해 자살하는 주인공을 통해 집밖은 여성이 진정한 자유를 추구할 수 없는 위험한 장소라는 것을 보여주었다. 「자각」의 주인공은 시집살이를 노예생활로 규정하며 그녀에게 시집살이의 고통과 남편의 배신을 안겨

---

30) 송명희, 「신여성 작가의 소설에 재현된 신여성과 구여성의 관계」, 『문예운동』2020 여름호, 2020.08, 102면.

준 시집이라는 장소로의 복귀를 거부한다. 그녀는 친정의 후원으로 근대교육을 받고 자각한 신여성으로 거듭남으로써 시집으로의 복귀를 단호히 거절할 수 있는 주체성과 의지를 갖게 된다. 이혼한 구여성도 근대교육을 받음으로써 주체성을 자각한 신여성이 될 수 있다는 가능성을 제시한 점에서 일엽은 교육이 여성해방을 가져올 수 있다고 믿은 자유주의 페미니스트라고 할 수 있을 것이다.

일엽의 소설에서 여주인공들은 집을 떠나 자살하고, 집밖에서 강간을 당해 자살하고, 집으로 복귀하지 않는다. 이때 집은 안전한 보호처가 아니라 여성이 가사노동, 폭력, 억압을 겪는 가부장적 권력이 작동하는 젠더공간이다. 「어느 소녀의 사」의 명숙은 가부장적 권력이 작동하는 집으로부터 탈주하여 자살했고, 「순애의 죽음」에서 순애는 집밖으로 외출하였다가 성폭력을 당하고 자살한다. 그리고 「자각」의 주인공은 시집과 남편에 실망하여 집으로의 복귀를 거절한다. 즉 일엽의 소설들은 집이라는 젠더공간 속에서 여성들이 가사노동과 폭력과 억압을 겪는 것으로 그려내며 결코 집을 이상화하지 않았다. 그렇다고 해서 집밖을 여성이 탈주해야 할 장소로 여기지도 않았다. 집은 여성을 억압하고 지배하는 장소지만 집밖 역시 여성이 진정한 자유를 추구할 수 없는 장소라는 것을 인식시켰다고 할 수 있다.

이처럼 일엽의 소설에 등장하는 여주인공들은 집으로부터 탈주하여 자살하거나 시집으로의 복귀 거부를 통해서 가부장적 집이 여성의 안전한 보호처가 되지 못한다는 것을 확실하게 보여주었다. 동시에 집밖 역시 위험으로 가득한 장소라는 것을 집밖에서 성폭력을 당하는 주인공을 통해 보여주었다. 집안이 여성에게 감옥이고 지옥일지 모르지만 집밖 역시 파라다이스가 아니라는 것을 페미니스트 일엽의 소설들은 보여주었다고 생각한다.

(『문예운동』 2020년 겨울호(148호), 2020.11)

제3부

신여성과 구여성 ·
성적 욕망의 불교적 승화

7
신여성과 구여성에 대한 시각 차이
-나혜석·김명순·김일엽을 중심으로

1. 근대의 신여성과 구여성

신여성(신여자)이란 말은 1910년대에 처음 등장하였지만 1920년 3월에 김일엽에 의해 『신여자』가 창간되고, 1923년 10월에 개벽사에서 『신여성』을 창간한 1920년대에 이르러서 조선의 지식인 사회에서 보다 대중적으로 사용되기 시작했다. 당시 수적으로 소수[1]이던 신여성은 새 시대의 선구자, 창작자로 숭배되고 찬미되었다. 신여성에 대한 찬미는 근대에 대한 열렬한 동경 및 추구와 흐름을 함께하는 것으로, 나혜석, 김명순, 김일엽, 윤심덕 등은 대표적인 신여성 1세대였다.[2] 1920~1930년대는 우리 역사에서 젠더 관계가 재편되면서 여성 담론이 폭발하는 동시에 신여성, 신여자, 모던걸 등 여성을 지칭하는 새로운 어휘들도 대거

---

1) 1920년대 초에 여학생은 전체 여성 인구 860만 가운데 5만 내외에 불과한 소수였다.: 김미지, 『누가 하이카라 여성을 데리고 사누』, 살림, 2005, 8면.
2) 김경일, 『여성의 근대, 근대의 여성』, 푸른역사, 2004, 45-47면.

등장한 시기였다.[3]

일찍이 나혜석은 「이상적 부인」(1914)에서 양처현모(현모양처)의 부덕을 강조하고 여성을 노예화하는 차별적인 여성 교육을 비판하며 지식과 기예라는 실력과 권력을 갖춘 이상적 부인의 출현을 기대하였다. 이때의 '이상적 부인'은 신여성(신여자)과 유사개념이라고 할 수 있을 것이다.

김명순은 1917년에 「의심의 소녀」라는 소설을 써서 정식으로 등단절차를 거친 우리나라 최초의 여성 작가가 되었다.

김일엽은 일본의 신여성운동을 주도한 『세이토(靑鞜)』와 같은 잡지를 표방하며 『신여자』를 창간했다. 일엽은 「창간사」(1920.03)에서 사회 개조를 위해서는 가정을 개조하여야 하고, 이를 위해서는 가정의 주인인 여자를 해방하여야 한다고 함으로써 신여자가 사회개조의 사명을 띤 존재라는 것을 천명하였다.[4] 또한 「우리 신여자의 요구와 주장」(제2호, 1920.4)에서는 "우리 신여자는 이러한 자각 밑에서 우리 조선 여자 사회에 고래로 행하여 내려오던 모든 인습적 도덕을 타파하고 합리한 새 도덕으로 남녀의 성별에 제한되는 일이 없이 평등의 자유, 평등의 권리, 평등의 의무, 평등의 노작(勞作), 평등의 향락 중에서 자기 발전을 수행하여 최선한 생활을 영(營)코저 함이외다"[5]라고 옛부터 내려오던 인습 타파와 젠더 평등의 새로운 도덕 수립의 필요성을 제창했다. 그리고 모든 전설적, 인습적, 보수적, 반동적인 구사상에서 벗어나지 아니하

3) 이정선, 「1920~1930년대 식민지 조선의 여성 개념과 젠더」, 『개념과 소통』22, 한림대학교 한림과학원, 2018, 7면.
4) 김일엽, 김우영 편, 『김일엽 선집』, 현대문학, 2012, 232면.
5) 위의 책, 243-244면.

면 아니 될 신여자의 의무와 사명, 나아가 존재 이유를 강조했다. 즉 종래의 조선여성들이 남성들의 부당한 억압으로 노예적 지위에 있었다는 것을 지적하며, 남녀평등사상에 기초한 새로운 젠더관계 수립을 주장하였다. 그리고 삼종지도에 구속된 채 "불공평한 남자들의 권력 하에서 기생하고 맹종하였을 뿐인 교육받지 못한 가련한 조선여자들"[6]을 남자들의 종속적이고 노예적인 생활에서 벗어나게 하기 위한 여성교육, 즉 구여성에 대한 근대교육의 필요성을 역설하였다.

신여성은 구여성과 대치되는 개념으로, 학력, 직업, 새로운 삶의 양태 등의 지표에 의해 변별될 수 있는 존재이다. 즉 여자고등보통학교 이상의 학력, 가정과 사회를 개혁시켜야 하는 중차대한 의무를 지닌 여성 교육가, 문인, 화가, 음악가 등의 직업을 가지며 교육을 통해 과학적이고 합리적인 사고를 지닌, 구식을 벗어나서 새롭게 사는 방법을 배운 여성이다.[7] 한마디로 신여성은 "근대를 배경으로 신교육을 받아 전문적인 일을 갖고 자아실현을 추구하며, 봉건적 가족제도와 결혼제도에 저항하고, 주체적이고 자유롭게 살고자 하는 여성"[8]으로 규정할 수 있을 것이다.

숭배와 찬미의 대상이 되었던 소수의 신여성과 달리 근대교육을 받지 못한 구여성은 수적으로 다수를 차지하였음에도 독립적으로 정의된 개념이라기보다는 신여성에 대비되는 개념으로 사용되었다. 즉 신/구, 교육/비교육, 반봉건/봉건, 근대/전근대, 주체/종속, 해방/억압, 우월/열

---

6) 김일엽, 「여자교육의 필요」, 위의 책, 239-240면.
7) 박용옥 편, 『여성: 역사와 현재』, 국학자료원, 2001, 155-156면.
8) 송명희, 「근대소설에 나타난 신여성 모티프」, 『인문사회과학연구』11-2, 부경대학교 인문사회과학연구소, 2010, 3면.

등, 진보/보수라는 이분법 하에서 신여성이 차지한 근대라는 진보적이
고 주체적이고 우월한 가치에서 뒤처진, 교육받지 못하고 봉건적인 가
치에 예속된 전근대적이고 억압되고 보수적이고 열등한 존재로 구여성
은 자리매김되었다. 구여성은 신여성과 함께 근대를 살아가는 동시대적
존재였으나 신여성과는 전혀 다른 윤리와 관습과 행동으로 규정된 존
재였던 것이다.

　김일엽의 「여자교육의 필요」에서 구여성은 다음과 같은 비참한 존재
로 파악된다.

　　우리 조선에서는 예로부터 여자를 규방에 유폐시키고 일체 자유를 삭
　탈하여 일빈일소(一嚬一笑)도 임의로 못 하고, 자연히 발육될 신체까지
　도 구속을 받게 하였습니다. 그리고 부도여직(婦道女職)이라 하여 제일
　봉제사 접빈객이 주간이 되고, 그 외에는 위로 시부모를 봉양하고 남편에
　게 공순하며, 아래로 자녀를 양육하고 친척 간 화목하면 이미 부도를 다
　하였다 하고, 또한 침선방적(針線紡績)이나 음식 범절에 서투르지 아니
　하면 이미 여직을 다하였다 하옵니다.
　　오직 이것만으로써 전 사회의 모든 가정이 요구하는 이상적 여자이었
　습니다. 그리고 소위 삼종지설에 구속되어 종속적으로, 노예적으로 정
　숙 · 온공 · 온순 · 복종만 주장하였습니다. 그리하여 여자는 사회에 대하
　여 아무 책임도 없었고, 가정에 대하여 아무 권리도 없었습니다. 다만 일
　생을 남자를 위하여, 시부모를 위하여 희생하지 아니치 못하였습니다.
　　(중략)
　　그리하여 불공평한 남자들의 권력하에 기생하고 맹종하였을 뿐이외
　다. 그러나 교육받지 못한 가련한 조선 여자들은 아무 자각이 없고, 아무
　변통이 없고, 아무 능력이 없었습니다만, 남자의 종속적 생활에 자감(自

甘)하였습니다. 그러므로 여자 된 이는 출가한 후 체면상으로 과히 시부모의 학대나 받지 아니하고 남자의 냉대(정욕적情肉的)나 받지 아니하면, 그나마도 가장 행복스럽고 팔자 좋은 여자라고 하였습니다. 그렇지 못하여 잘못 출가하면 무리한 시부모의 학대와 전횡한 남자의 권리하에서 온갖 고통 온갖 설움을 다 받고 지내게 되옵니다. 그렇게 비참한 생활 중에서 만일 추호만치라도 참지 못하는 점이 있으면 칠거지악이니 부도(婦道)의 위반이니 하여 그나마도 그 여자의 운명은 파열되고 말았었습니다.[9]

김일엽에 의하면, 여자(구여성)는 봉건적 가족 제도 안에서 규방에 유폐당한 채 일체의 감정 표현이나 신체까지도 구속당하며 다만 며느리이자 아내, 그리고 어머니여야 하는 존재이다. 즉 구여성은 시부모 봉양, 봉제사, 접빈객, 남편 봉사, 자녀 양육, 친척 간 화목, 침선방직과 음식 만들기 같은 가사노동을 담당하는 역할을 하는 존재로서만 그 이상적 소명을 다하는 것으로 조선 사회와 가정이 요구하였다는 것이다. 소위 삼종지도에 구속되어 종속적으로, 노예적으로 정숙·온공·온순·복종만을 요구받아 왔으며, 사회에 대하여 아무 책임도 없었고, 가정에 대하여 아무 권리도 없으며, 다만 일생을 남자와 시부모를 위하여 희생하며, 불공평한 남성 권력 하에 기생하고 맹종하는 교육받지 못한, 아무 자각, 변통, 능력이 없는, 심지어 남자에 종속된 생활에 자감하며 온갖 고통과 설움을 받는 존재가 바로 구여성이다.

김일엽이 파악했듯이 봉건적 가부장주의에 균열이 일어나기 시작한 근대라는 격변의 시기에도 구여성은 여전히 삼종지도의 노예적 삶

---

9) 김일엽, 김우영 편, 앞의 책, 239-240면.

에 구속된 채 주변으로 밀려난 시대의 아웃사이더로 살아갈 수밖에 없었다. 신여성에 비해 수적인 면에서는 절대적 다수를 차지했음에도 구여성은 근대의 담론 대상에서마저 소외되고 말았다. 왜냐하면 그녀들은 근대라는 사회의 변화 속에서 자신들의 삶을 직접 담론화할 수 있는 지적 능력이 결여되어 있었기 때문이다. 즉 그녀들은 근대교육을 받지 못함으로써 자신의 주체적 시각과 목소리로 자신의 삶을 직접 담론화할 수 없었다.[10]

근대문학에서 여성에 대한 주된 관심은 신여성에 쏠려 있었고, 사회 경제적 이유로 신교육을 받지 못한 나머지 여성들의 경우, 가령 하층계급의 여성들은 프로문학의 중요한 소재로 등장하여 강경애와 같은 작가에 의해 성적 착취와 경제적 착취라는 이중의 고통에 신음하는 존재로 그려졌다. 하지만 지식인 남성의 본처로서 전통적 부덕에 갇혀 있던 중상층의 여성들은 지식인 남성에 의해 자신을 속박하는 봉건제의 표상으로 비난받거나 구시대의 유물로 그 존재가 묵살되어 이중으로 타자화되었다.[11]

오늘날 구여성의 실체에 접근하고자 할 때에 신남성과 신여성의 작품을 텍스트로 삼을 수밖에 없는 한계를 지닌다. 그런데 신남성과 신여성 작가의 텍스트에서 구여성이 얼마만큼 진정성 있게 실체를 드러낼 수 있으며, 구여성이 겪은 삶의 억압이 제대로 재현될 수 있느냐 하는 문제는 당연히 제기될 수밖에 없다. 왜냐하면 신남성 작가는 자신들의 경험

---

10) 송명희, 「김명순 소설에 재현된 구여성의 이미지」, 『문예운동』 2019년 봄호, 2019.02, 260면.
11) 이상경, 「근대소설과 구여성-심훈의 『직녀성』을 중심으로」, 민족문학사연구19, 민족문학사학회 · 민족문학사연구소, 2001, 176면.

과 입장과 시각에서 구여성을 그려냈을 뿐이며, 신여성 작가도 마찬가지로 신여성의 경험과 입장과 시각에서 구여성을 그려낼 수밖에 없었을 것이기 때문이다.

제3세계 페미니즘에서 지적하고 있듯이 여성이라고 해서 모두 동일한 집단은 아니다. 즉 민족, 인종, 계급, 성적 지향, 지역, 능력의 관점에서 여성은 결코 동일 집단이 아니다.[12] 따라서 구여성과 신여성을 여성이라는 동일한 집단으로 범주화하고 단일한 관점에서 그녀들이 처한 상황과 억압을 설명하는 것은 거의 불가능하다. 가령 신여성이 쓴 작품에서 구여성이 처한 상황과 억압이 일정부분 드러난다 해도 그것이 구여성의 경험을 제대로 드러내고 입장을 대변할 수 없다는 것은 자명하다. 즉 신여성이 쓴 소설에서 구여성은 자신의 목소리와 언어를 갖지 못하고, 자신들의 삶을 진정성 있게 보여주는 서사도 갖지 못한다. 즉 구여성은 신남성 또는 신여성 작가의 시각과 시선에서 피관찰자로, 관찰의 대상으로 그려질 뿐이다.[13]

그동안 나혜석, 김명순, 김일엽의 소설 연구도 신여성을 논의의 중심에 두고 작가의 근대에 대한 가치관이나 페미니즘이라는 주제를 밝히는 데 치중되어 왔다. 즉 근대여성소설 연구의 전반적인 흐름 속에서 신여성이란 근대의 매력적인 아이콘에만 관심을 기울였을 뿐 구여성에 대해서는 거의 관심을 표명하지 않았다. 따라서 구여성 연구는 아주 드물게 이루어졌을 뿐이다.[14]

---

12) 송명희, 『페미니즘 비평』, 한국문화사, 2012, 23-24면.
13) 송명희, 「김명순 소설에 재현된 구여성의 이미지」, 260면.
14) 위의 글, 259-276면. ; 송명희, 「김일엽 소설에 나타난 섹슈얼리티와 정절이데올로기 비판-「청상의 생활」을 중심으로」『문예운동』2018년 봄호, 2018.02, 166-182면. ; 송명희, 「복종과 인내의 에토스에서 분노의 파토스로-김일엽의 「자각」을 중심으

하지만 인간 탐구를 목적으로 하는 소설에서 신여성과 구여성은 프로타고니스트와 안타고니스트의 갈등관계로 등장하여 신여성 작가들의 근대에 대한 가치를 다투는 역할을 하거나 주인물과 부인물로 등장하여 그들을 둘러싼 세계와 대립하면서 사건을 전개시키고 함께 서사를 이끌어간다. 즉 소설이란 환경 속에서나 근대의 실제현실 속에서도 신여성과 구여성은 분리할 수 없는 작용과 반작용의 갈등과 길항관계에 놓일 수밖에 없다.

근대를 대표하는 작가이자 신여성인 나혜석, 김명순, 김일엽 세 사람의 소설에서 신여성과 구여성의 역할과 관계 설정이 어떻게 되어 있느냐는 작가 간의 페미니즘에 대한 입장 차이를 확인하는 차원에서 매우 중요한 문제이다.

나혜석, 김명순, 김일엽은 1896년 동년에 태어나 공히 일본유학까지 하였던 엘리트 신여성들로서 그녀들의 문학은 큰 틀에서 페미니즘을 지향하고 있다. 즉 그녀들은 "봉건적 가족제도와 결혼제도에 대한 신랄한 비판과 도전을 통하여 사회 전반에 걸친 개조와 개혁을 달성함으로써 여성의 개성과 평등에 기반을 둔 신이상과 신문명의 사회를 건설할 것을 역설하였다."[15] 이처럼 페미니즘이라는 공통분모가 존재함에도 불구하고 세 작가는 신여성과 구여성을 그려내는 데 있어 결코 동일하지 않은 입장 차이를 드러낸 것으로 파악된다. 따라서 본고는 세 작가의 소설에 등장하는 신여성과 구여성의 관계와 그 차이에 대해서 밝혀보고자 한다.

로」, 『문예운동』2019년 여름호, 2019.05, 166-185면.

15) 김경일, 「차이와 구별로서의 신여성 나혜석의 사례를 중심으로」, 『나혜석연구』1-1, 나혜석학회, 2012, 84-85면.

이 글은 신여성과 구여성이 서로 갈등관계를 형성하고 있는 나혜석의 「경희」(1918)와 「어머니와 딸」(1937), 김명순의 「돌아다볼 때」(1924)[16], 김일엽의 「자각」(1926) 등을 중점적 분석 대상으로 삼아 논의를 전개할 것이다.

2. 신여성의 우월성, 설득의 대상으로서의 구여성-나혜석

1913년에 일본에 유학하여 미술을 공부함으로써 우리 근대미술사의 첫 페이지에 등장하는 서양화가 나혜석(1896~1948)은 일찍이 『학지광』을 통해 남녀평등을 지향하는 글 「이상적 부인」을 발표하고, 1918년에는 『여자계』에 페미니즘 소설 「경희」를 발표한다. 소설 「경희」에는 주인공인 신여성 경희를 둘러싸고 여러 명의 구여성이 부인물 또는 주변 인물로 등장한다. 즉 경희 모, 사돈 마님, 수남 모, 하녀 시월 등은 모두 구여성이다.

구여성 가운데 경희 모인 김 부인은 근대교육을 받은 아들의 영향과 경희를 지켜본 직접경험을 통해서 "이 세상에는 계집애라도 배워야 한다니까요"라고 하며 딸인 경희의 근대교육을 지지하고 혼인은 무엇보다도 본인의 의사가 중요하다고 여기는 등 의식면에서 구여성을 벗어나 있다. 그녀는 구여성인 사돈마님과 구시대적 가치관을 가진 경희의 아버지를 향해서 여러 차례 자신의 생각을 피력하며 설득하는 역할을

---

16) 「돌아다볼 때」(『조선일보』, 1924)는 김명순 작품집 『생명의 과실』(한성도서주식회사, 1925)에서 개작되었으며, 본고는 개작본을 텍스트로 하여 분석할 예정임.

담당한다. 그녀가 그런 역할을 수행하게 된 것은 실용주의적인 관점에서 여성교육의 필요성을 체득하였기 때문이다. 이 소설은 아버지가 강요하는 결혼이 아니라 근대교육을 더 받아 주체적 신여성이 되겠다는 결단으로 나아가는 경희의 서사임에 분명하지만 그녀의 그러한 선택을 지지하는 유일한 인물이 바로 어머니 김 부인이다. 그녀는 말하자면 각성한 구여성인 셈이다. 그리고 김 부인의 설득은 그녀의 체험에서 우러나온 것이기에 사돈마님과 경희의 부에 대한 설득에서 경희보다 더 강한 설득력을 가지는데, 이는 이 작품의 서사적 전략이라고 할 수 있다.

사돈마님은 "거기를 또 가니? 인제 고만 곱게 입고 앉았다가 부잣집으로 시집가서 아들딸 낳고 재미드랍게 살지 그렇게 고생할 것 무엇 있니?[17]라고 여름방학이 되어서 집에 돌아온 경희를 향해 고생스런 공부는 그만하고 시집이나 가라고 말한다. 이에 대해서 김 부인은 "네, 하던 공부 마칠 때까지 가야지요"라고 경희의 외국유학을 지지하며 여자도 배위야 존대를 받고 월급도 많이 받고 사람노릇을 한다고 사돈마님을 설득한다. 이처럼 김 부인이 딸의 교육을 지지하는 데에는 여자가 교육을 받아야 인간적 직업적 대우를 잘 받을 수 있다는 경험과 자각과 신념이 포함되어 있다.

"누가 아나요. 이 세상에는 계집애라도 배워야 한다니까요." 이렇게 자기 아들에게 늘 들어오던 말로 어물어물 대답을 할 뿐이었다. 김 부인은 과연 알았다. 공부를 많이 할수록 존대를 받고 월급도 많이 받는다는 것을 알았다. 그렇게 번질한 양복을 입고 금 시곗줄을 늘인 점잖은 감독이

---

17) 이상경 편, 『나혜석 전집』, 태학사, 2000, 82면.

조그마한 여자를 일부러 찾아와서 절을 수없이 하는 것이라든지, 종일 한
달 30일을 악을 쓰고 속을 태우는 보통학교 교사는 많아야 육백스무 냥
이고 보통 오백 냥인데 "천천히 놀면서 일 년에 병풍 두 짝만이라도 잘만
놓아주시면 월급을 꼭 사십 원씩은 드리지요" 하는 말에 김 부인은 과연
공부라는 것은 꼭 해야 할 것이고, 하면 조금 하는 것보다 일본까지 보내
서 시켜야만 할 것을 알았다.[18]

여학생에 대한 편견과 보수적인 가부장주의를 내면화한 사돈마님은
경희 모의 적극적 설득과 경희가 근대교육을 받은 덕택으로 바느질, 청
소, 설거지 등 가사노동을 보다 효율적이고 과학적이고 미적으로 수행
하는 것을 목격함으로써 그녀의 사고방식에 일대 전환이 일어난다. 제
1장의 후반부에 이르러 사돈마님은 경희 모의 말에 반신반의하면서도
"내가 여학생을 잘못 알아왔다. 정말 이 집 딸과 같이 계집애도 공부를
시켜야겠다. 어서 우리 집에 가서 내외시키던 손녀딸들을 내일부터 학
교에 보내야겠다'고 결심을"[19]하는 의식의 변화가 이루어진다. 그녀는
자신의 내적 변화에 "뒤꼍으로 불어 들어오는 시원한 바람 중에는 젊은
웃음소리가 사(沙)접시를 깨뜨릴 만치 재미스럽게 싸여 들어온다"라는
묘사에서 볼 수 있듯이 스스로 만족감을 표현한다. 작품은 제1장에서부
터 근대교육의 가치적 우월성과 신여성 경희의 승리를 보여준 셈이다.
　작품은 제2장에서 떡 장수 수남 모가 자신의 며느리가 바느질이든 가
사노동이든 제대로 하는 것이 없다는 것을 불평하자 경희는 속으로 그
것도 다 교육이 부족한 것으로 치부한다. 즉 무지하고 못 배운 구여성은

---

18) 위의 책, 85면.
19) 위의 책, 86면.

오히려 가정생활조차 불행하게 한다는 것을 보여줌으로써 "여자가 신교육을 받아야 가정생활도 행복하고 살림살이도 잘 할 수 있다"[20]는 가치관을 드러내고 있다. 뿐만 아니라 경희는 사돈영감이나 그 아들이 축첩으로 인해 사돈마님을 비롯해 여성들이 속을 썩이는 것도 다 근대교육을 받지 못한 탓이라 생각한다.

이어서 하녀 시월이 수동적이고 소극적으로 가사노동을 수행하는 것과 달리 경희가 학교에서 배운 근대적 지식을 동원하여 합리적이고 자율적으로 가사노동을 수행하는 것의 대비를 통해 작가는 근대교육의 우월성을 제시한다. 나아가 "경희는 불을 때고 시월이는 풀을 젓는다. 위에서는 '푸푸' '부글부글' 하는 소리, 아래에서는 밀짚이 탁탁 튀는 소리, 마치 경희가 동경 음악학교 연주회석에서 듣던 관현악주 소리 같기도 하다"[21]라고 가사노동을 수행하는 즐거움을 표현한다. 그리고 "열심히 젓고 있는 시월이는 이러한 재미스러운 것을 모르겠구나 하고 제 생각을 하다가 저는 조금이라도 이 미묘한 미감을 느낄 줄 아는 것이 얼마큼 행복하다고도 생각하였다"[22]처럼 "노동의 즐거움과 미감을 느낄 수 있는 감각까지도 결국은 교육의 많고 적음에서 기인된다"[23]고 경희는 생각한다. 근대교육의 가치적 우월성이 가사노동의 차원에서도 제기되고 있는 셈이다. 즉 근대교육의 가치적 우월성을 두고 제1장에서는 경희 모와 사돈마님이 어느 정도 가치를 다투지만 제2장에서는 근대교육을 받지 못한 구여성(수남 모, 시월)과의 관계에서 근대교육을 받은 신

20) 송명희, 「이광수의 『개척자』와 나혜석의 「경희」에 대한 비교연구」, 『비교문학』20, 한국비교문학회, 1995, 122면
21) 이상경 편, 앞의 책, 92면.
22) 위의 책, 92면.
23) 송명희, 「이광수의 『개척자』와 나혜석의 「경희」에 대한 비교연구」, 123면.

여성의 일방적 승리를 보여주었다고 할 수 있다.

작품의 1장과 2장에서 보여주었듯이 가사노동의 차원에서도 근대교육이 도움이 된다는 실용주의적인 설득에 대해서 일제가 식민지 교육의 일환으로 상정한 현모양처 만들기라는 실용주의적 여성교육의 목표를 그대로 답습한 것이 아닌가 하는 식민지적 근대성에 대한 비판이 있다.[24] 하지만 작품의 제4장에서 보면 근대교육을 받으려는 목적은 어디까지나 인간 주체로 바로 서기 위한 것으로서 근대교육을 받으면 가사노동을 보다 효율적으로 수행할 수 있다는 것은 당대에 만연되어 있던 여학생과 신여성에 대한 편견을 불식시키기 위한 일종의 설득 전략일 뿐이다.[25] 나혜석은 일찍이 「이상적 부인」에서부터 남녀차별적인 부덕과 현모양처 교육을 강하게 비판한 바 있는 신여성이다. 따라서 「경희」를 두고 '식민지적 근대성' 운운하는 비판은 다분히 비판을 위한 비판이라 하지 않을 수 없다.

제3장에서 김 부인은 남편 이철원이 신랑 될 사람의 인품, 문벌, 재력 등을 거론하며 경희의 결혼을 서둘러야 한다고 말하지만 동조하지 하지 않는다. 왜냐하면 그녀가 체험한 구여성으로서의 삶이 결코 편안하고 행복하지 않았기 때문이다. 그녀는 양반가의 구여성으로 살아온 자신의 삶을 '비단치마 속에 근심과 설움'으로 표현하는가 하면 "남부럽지 않게 이제껏 부귀하게 살아왔으나 자기 남편이 젊었을 때 방탕하여서 속이 상하던 일과 철원군수로 갔을 때도 첩이 두셋씩 되어 남몰래 속이

---

24) 김복순, 「'딸의 서사'에 나타난 타자의 이중성」, 『인문과학연구논총』23, 명지대학교 인문과학연구소, 2001, 19-38면.
25) 송명희, 「근대소설에 나타난 신여성 모티프」, 15면.

썩던"[26] 것을 생각하며 공부를 마치기 전에는 죽어도 시집을 가지 않겠다는 경희의 결심을 지지한다.

소설 「경희」에서 근대교육을 받지 못한 사돈마님, 수남 모, 시월 등 여러 계층에 걸친 구여성은 각성한 구여성인 김 부인과 신여성인 경희의 설득과 교육 대상이자 피교육자일 뿐이다. 즉 구여성은 축첩 등 가부장적 가족의 피해자이며, 심지어 가사노동조차도 신여성에 비하여 효율적으로 수행하지 못하고, 사람으로서 대접도 제대로 받지 못하는 존재이다. 즉 신여성과의 관계에서 시대적으로 뒤떨어지고 가치적으로 열등한 대상이요, 가부장제의 피해자이며, 비주체적인 타자일 뿐이다. 그리고 그 모든 원인이 바로 근대교육을 받지 못한 데서 기인한 것으로 설정하고 있다. 이는 작가 나혜석의 신여성으로서의 선각자적 가치관이 그대로 반영된 것으로, 신여성의 우월한 입장과 신여성 중심의 시각에서 구여성을 형상화한 결과라고 할 수 있을 것이다.

「어머니와 딸」(1937)에서 여관집 주인마누라는 전형적인 구여성으로서 신여성에 대해서 적대적인 태도마저 갖고 있다. 그녀는 "나는 그 잘났다는 여자들 부럽지 않아", "여자란 것은 침선방적을 하여 살림을 잘하고 남편의 밥을 먹어야 하는 것이야", "내야 무식하니 무얼 알겠소마는 여자가 잘나면 남편에게 순종치 아니하고 남자가 잘나면 계집 고생시켜", "여자가 배우면 무얼 해요?", "많이 알면 무얼 해요, 자식 낳고 살림하면 고만인걸요"라는 등 고루한 의식의 소유자이다. 그녀의 고루하기 짝이 없는 봉건적 사고방식은 여관의 하숙생인 이기봉, 한운으로부터도 조롱받고, 고등여학교를 졸업하고 공부를 더하겠다는 딸 영애

---

26) 이상경, 앞의 책, 94면.

와는 갈등의 근본원인으로 작용한다. 그녀는 자신의 딸에게 정신적으로 영향을 미치고 있는 하숙생 김 선생을 질투하며 하숙에서 나가라고 억지를 부리지만 소설 속에 등장하는 어느 누구도 설득하지 못한다. 이 소설에서 구여성은 시대에 뒤떨어진 봉건적 사고방식과 가부장적 가치관을 내면화함으로써 주위 사람들과 좌충우돌하는 무식한 존재로 그려진다. 반면 신여성인 김 선생은 소설가라는 직업을 갖고 있어 상급학교에 진학하여 문학을 전공하고 싶어 하는 영애의 롤 모델로서 존경받는다. 김 선생은 여관의 다른 투숙객인 도청공무원 한운과 이혼남인 이기붕의 존경도 받고 있다. 딸 영애는 공부를 더 하겠다고 고집을 피우는데, 어머니는 한운이란 하숙생 청년과 결혼을 강요한다. 이 작품에서 실제의 어머니가 단지 육체상의 '생물학적 어머니'로서 딸과 적대적 관계를 형성한 반면 김 선생은 영애의 '정신적인 어머니'로서 존경을 받고 있다. 영애는 생물학적 혈연관계의 친어머니보다 김 선생을 더 존경하고 따른다. 영애가 김 선생을 따르는 이유는 김 선생이 정신적으로 소통이 가능하며, 무엇보다도 그녀가 공부를 더 하여 도달하고 싶은 소설가이기 때문이다.[27] 이 작품은 모녀관계에서도 신/구의 가치가 극단적으로 대립하는 양상을 보여주며, 딸은 혈연관계의 어머니보다도 정신적으로 소통할 수 있고, 자신을 지지해 주며 롤 모델이 되는 김 선생을 정신적 어머니로 여기며 존경한다. 작가는 김 선생과 여관집 주인여자의 인물 대비를 통해 신여성의 인격적 가치의 우월성과 구여성의 인격적 미숙함과 지적 열등성을 대비시키고 있다. 「경희」를 발표한 때로부터 20여 년

27) 송명희, 「나혜석 문학의 공간과 젠더지리학-소설과 희곡을 중심으로」, 『인문사회과학연구』16-3, 부경대학교 인문사회과학연구소, 2015, 62-64면.

이 지난 1937년에 발표한 「어머니와 딸」에서 구여성은 더 이상 설득하고 교육시켜야 할 대상이 아니며, 작품도 전혀 설득적이지 않다. 구여성은 자신의 딸로부터도 존경받지 못하는 존재로서 비난과 조롱의 대상으로 존경받는 신여성과 극단적으로 대비된다. 작가는 인물 간에 나누는 대화를 통해 이를 간접적으로 보여줄 뿐 판단은 독자의 몫이다.

구여성의 열등성은 「규원」(1921)과 「원한」(1926)에서 가장 극대화된다. '규원'과 '원한'이란 제목처럼 두 작품은 구여성인 주인공을 통해 봉건적이고 가부장적 결혼은 언제든지 여성을 불행에 빠뜨릴 수 있다는 것을 여실히 보여준다. 특히 가부장제 사회에서 절대적 의무로 강요된 정절을 잃어버린 구여성이 집에서 어떻게 축출당하고 전락해 가는가를 보여줌으로써 여성도 반드시 근대교육을 받아야만 가부장제의 피해자 위치에서 벗어나 행복하고 주체적인 삶을 살 수 있다는 것을 역설적으로 입증해 보이고 있다.[28]

3. 자유연애를 둘러싼 신여성과 구여성, 그리고 신남성의 삼각관계 - 김명순

김명순(1896~1951)은 1913년부터 여러 차례에 걸쳐 일본유학을 한 엘리트 신여성이다. 그녀는 신여성과 구여성이 서로 이해관계가 엇갈릴 수밖에 없는 자유연애 또는 자유이혼의 문제를 소설에서 반복적으로 그렸던 만큼 과연 그녀가 어떤 시각으로 신여성과 구여성을 그려냈을

28) 위의 논문, 68-72면.

까는 매우 흥미로운 문제가 아닐 수 없다.

　김명순은 등단작인 「의심의 소녀」(1917)에서 구여성을 전통적인 가부장제 결혼제도의 피해자로 설정하였다. 남성에게는 성적 자유를 포함하여 자유를 무제한으로 누리게 하는 반면 여성에게는 자유를 극도로 억압하는 가부장제 결혼에서 가희 모는 남편으로부터 사랑은 고사하고, 자유를 얻을 수도, 이별조차 허용이 안 되는 억압과 의심, 학대, 부자유의 폭력 속에서 고통받다 심신이 피폐해져 마침내 자살로 생을 마친다. 이때 자살은 가부장제 결혼의 억압과 폭력에 대한 일종의 저항의 의미로 해석할 수 있다. 즉 가부장적 억압과 폭력에 시달리는 삶으로부터 벗어날 그 어떤 출구도 찾을 수 없었던 여성이 선택한 유일한 길이 자살이었던 것이다. 사랑, 자유, 이별 그 어느 것도 출구가 보이지 않는 절망 속에서 남편 조 국장에 대한 분노를 해소할 길이 없었던 가희 모는 결국 타인이 아니라 자신을 향해 분노를 표출할 수밖에 없었고, 그것이 자살로 나타난 것이다. 김명순은 「의심의 소녀」에 등장하는 구여성을 가부장제의 피해자로 재현했지만 단순한 피해자가 아니라 가부장제의 억압과 폭력에 자살로써 항거한 여성으로 의미화했다는 점에서 가부장제 결혼제도가 여성에게 가하는 억압과 폭력에 대해 초기부터 비판적 입장에 서 있었다고 할 수 있다.[29]

　「돌아다볼 때」(1924)에서는 자유연애와 봉건적 결혼제도의 갈등이 본격적으로 다루어지는데, 신여성과 구여성이 신남성을 사이에 두고 삼각관계를 형성한다. 이때 구여성 '은순'은 남편 '송효순'의 배려로 뒤늦게 근대교육을 받지만 진전이 없다. 이 소설에서 구여성은 지적 능력

29) 송명희, 「김명순의 소설에 재현된 구여성의 이미지」, 261-264면.

과 교양이 부재하는 무지한 존재로서 남편의 동정심에 기대어 처의 자리는 겨우 보전하지만 남편과 정신적으로나 감정적으로 전혀 소통하지 못하는 존재로 그려지고 있다. 하지만 구여성은 자신의 결혼의 안정성을 위협하는 신여성 '소련'에 대해서 질투심을 보이고, 소련이 마음에도 없는 남성 '최병서'와 결혼하도록 주위의 분위기를 몰아가는 존재감을 과시함으로써 일정 부분 가해자의 역할을 행사한다.

> 소련의 그 얼굴은 해쑥하게 변했다. 그는 입술까지 남빛으로 변했다. 은순은 가만히 앉았다가 차를 탁자 앞으로 가서 그 앞에 걸린 거울 속을 들여다보다가 자기 눈에 독기가 띤 것을 못 보고, 효순이가 소련이와 숨결을 어르듯이 하던 이야기를 그치고 모-든 것이 괴로운 듯이 뜰 앞을 내려다보는 것을 보았다.
>
> 이때 두 사람은 뒤에서 반사되어 비치는 시선을 깨달으면서 똑같이 뒤를 돌아다보았다. 이때이다. 두 지식미를 가진 얼굴과 다만 무엇을 의심하고 투기하는 듯한 얼굴이 뾰족하게 삼각을 지을 듯이 거울 속에 모았었다.
>
> (중략)
>
> 효순은 말없이 미미히 웃으며 은순을 바라보고 소련을 바라보고 고개를 돌려 하늘을 쳐다보았다. 소련은 은순의 불쾌한 낯빛을 미안히 바라보고 숨결 고르지 못하게(후략)[30]

인용문에 나타나 있듯이 세 사람의 삼각관계는 "두 지식미를 가진 얼

---

30) 김명순, 「돌아다볼 때」, 송명희 편역, 『김명순 소설집 외로운 사람들』, 한국문화사, 2011, 92-93면.

굴과 다만 무엇을 의심하고 투기하는 듯한 얼굴이 뾰족하게 삼각을 지을 듯이 거울 속에 모았었다"에 절묘하게 포착되어 있다. 즉 지식미를 가진 신남성과 신여성, 그리고 의심과 투기에 사로잡힌 구여성이 '삼각' 구도를 형성하고 있다. 신여성 '소련'은 탁자 앞에 걸린 거울을 들여다보다가 눈에 독기를 띠고 무엇을 의심하고 투기하는 듯한 표정을 짓고 있는 은순을 발견하고 얼굴이 해쓱하게 변하고 입술까지 납빛으로 변한다. 은순이 그녀 자신도 의식하지 못하는 사이에 눈에 독기를 띠게 된 것은 지식미를 갖춘 남편 효순과 신여성 소련 두 사람이 숨결을 어르듯이 다정하게 앉아 독일의 극작가 게르하르트 하우푸트만의 희곡 『외로운 사람들』을 두고 지적인 대화를 나누며 서로에게 감정적으로 몰입하는 장면을 목격했기 때문이다. 이때 신남성 효순이 취한 태도는 "말없이 미미히 웃으며 은순을 바라보고 소련을 바라보고 고개를 돌려 하늘을 쳐다보았"을 뿐이다. 이는 소련과 은순이 보인 태도와는 매우 대조적이다. 즉 은순이 불쾌한 낯빛으로 두 사람을 질투를 하고, 소련은 구여성 은순에 대해 한편에서 미안함과 죄책감을 느끼며 얼굴색이 변하는데, 정작 신남성은 구여성과 신여성과의 삼각관계에서 그 어떤 선택과 결단도 내리지 않은 채로 "고개를 돌려 하늘을 쳐다보"는 행동에서 알 수 있듯이 당사자로서의 책임을 회피할 뿐이다. 그 후 효순은 이혼과 같은 결단을 내리는 대신 일본으로 유학을 떠나버린다.

따라서 근대교육을 받아 교사라는 직업을 가진 신여성 '소련'은 감정이 소통되고 지적 대화가 가능한 남성을 만났지만 자유연애에 좌절할 뿐만 아니라 마음에도 없는 다른 남자와 결혼하여 불행한 삶을 살아가는 피해자로 그려진다. 어떤 의미에서 소련이 받은 근대교육은 신남성 효순과 감정이 소통되는 연애를 가능하게 하는 지적 교양을 갖게 했을 뿐이다. 또한 구여성 은순에 대해 미안감을 갖는 등 자기성찰에 작용했을 뿐 자신의 사랑을 지키는 데에도, 구여성에 대한 권력행사에도 무기력하다. 그런데 이 작품 서사의 현재 시간에서 효순은 유학에서 돌아온 다음에도 소련의 집 주위를 서성이며 소련을 그리워하고, 소련 역시 마음속으로 효순과의 사랑을 포기하지 못하고 그리워한다. 그런데 효순이 여전히 소련을 그리워한다는 것이 진정 소련에게 위안이 될 수 있을까?

한편 「외로운 사람들」(1924)에서도 구여성은 자신의 목소리를 전혀 갖지 못할 뿐만 아니라 투명인간처럼 아예 존재감이 희박하다. 순철은 중국 유학시절 만난 왕녀 순영과 아내 장 씨 사이에서 갈팡질팡 갈등하다 임신한 아내와 차마 이혼은 할 수는 없다고 생각하며 순영의 사촌이자 후견인인 친구 대영에게 순영을 중국으로 데려갈 것을 요구하며 자신이 이미 결혼했다는 사실을 뒤늦게 밝힌다. 이를 알게 된 충격으로 순영은 심장마비로 사망하고 만다.

이처럼 두 소설에서 구여성은 근대교육을 받지 못함으로써 지적으로 무지한 나머지 남편과 감정적 소통도 되지 않고 사랑도 얻지 못한다. 다만 처의 위치를 지켜내는 데에는 성공한다. 반면 신여성은 대화가 가능하고 감정이 소통되는 남성을 만났지만 이미 결혼제도 하에 들어간 남성과의 사랑을 끝내 성취하지 못한 피해자로 그려진다.

「돌아다볼 때」에서 구여성과 신여성은 서로 가해와 피해를 주고받는 관계이다. 하지만 작가는 신여성 소련을 주인공으로 등장시키고 초점화자로 삼아 신여성의 입장과 시각에서 인물을 그려냈기 때문에 삼각관계의 가장 큰 피해자는 처의 자리를 보전한 구여성이 아니라 신여성이라는 느낌을 불러일으킨다.

김명순의 소설에서 구여성은 한 번도 주인공으로 등장한 적이 없고,

초점화자가 되어 자신의 입장과 시각에서 서사를 이끌어 가지도 않음
으로써 구여성이 처한 실존적 위기와 그에 따른 고뇌와 갈등은 제대로
그려지지 않았던 것이다. 이는 「돌아다볼 때」에서 감정이 소통되고 지
적인 대화가 가능한 기혼남성과 결혼할 수 없었던 신여성의 고통이나
「외로운 사람들」에서 조혼으로 인해 감정이 소통되는 신여성과 결혼할
없었던 신남성의 고통과 갈등이 상세히 드러났던 것과는 대비되는 구
여성에 대한 서사 과정에서의 타자화이자 소외라고 할 수 있다. 결국 김
명순은 신남성 또는 신여성의 입장과 시각에서 인물을 형상화함으로써
구여성이 겪어야 했던 결혼의 위기에 따른 실존적 고통과 갈등을 제대
로 그려내지 못했던 것이다.

따라서 구여성은 일정 부분 신여성에 대한 가해자의 역할을 담당하
기도 하지만 대체로 자기 목소리를 낼 수 없는 무지한 존재이거나 투명
인간처럼 존재감이 희박한 존재로, 그리고 처의 위치는 겨우 보전하지
만 남편의 사랑은 얻지 못하고, 자유연애라는 근대적 가치와 신여성과
신남성의 행복을 가로막는 봉건적 아이콘으로 재현되었을 뿐이다.[31] 하
지만 김명순은 나혜석처럼 신여성의 우월성을 드러내며 구여성을 교육
대상으로 삼지는 않았다. 오히려 신여성을 자유연애에 좌절하는 피해자
로 그렸다.

김명순이 소설에서 재현한 신남성을 둘러싼 신여성과 구여성의
삼각관계야말로 당대 가족제도가 처한 현실을 가장 리얼하게 그려
낸 것으로, 「돌아다 볼 때」(1924.03.31.~04.19.)와 「외로운 사람들」
(1924.04.20.~05.31.)을 『조선일보』에 연달아 연재할 수 있었던 것은 김

---

31) 송명희, 「김명순 소설에 재현된 구여성의 이미지」, 276면.

명순의 작가적 역량과 더불어서 이러한 소재가 당대의 가장 민감한 현실을 반영한 흥미로운 소재였기 때문이었을 것이다. 젠더관계가 새롭게 재편되는 근대라는 시대를 배경으로 구여성과 신여성, 그리고 신남성의 삼각관계와 갈등을 어느 누구보다도 탁월하게 그려낸 김명순은 당위론의 입장에서 신여성의 우월성을 나타내기보다는 리얼리스트로서 당대 현실을 충실하게 재현하는 소설을 썼던 것이다.

어머니가 기생 출신의 첩이라는 불리한 입장에서 성장해야 했던 김명순은 근대교육을 받음으로써 첩의 딸이란 소리를 듣지 않는 당당한 여자가 되고자 했지만, 일본유학시절 겪은 데이트강간으로 인해 비난받는 '나쁜 피 콤플렉스'에다 '정숙하지 못한 여자'라는 치명적 오명과 낙인마저 덮어쓰고 만다. 자전적 소설 「탄실이와 주영이」(『조선일보』 1924.06.14.~07.15.)를 볼 때에 그녀는 어릴 때부터 공부 잘하고 명예심 많은 처녀였지만 집안, 학교, 교회는 기생 출신의 첩인 어머니에 대한 수치심과 혐오감을 지속적으로 심어줌으로써 그녀의 자존감은 극도로 손상되었으며, 데이트강간의 트라우마와 슬픔으로 인해 수치심 중독(toxicshame)에 빠진[32] 나머지 나혜석처럼 신여성으로의 자존감과 선각적 우월성을 확고히 가질 수 없었던 것으로 보인다. 따라서 그녀의 소설은 나혜석의 소설처럼 신여성의 우월성과 구여성의 열등성이란 우열의 이분법으로 신여성과 구여성을 가를 수 없었다. 그 결과 오히려 당대 현실을 훨씬 리얼하게 그려낼 수 있었다.

---

32) 송명희 「김명순, 여성 혐오를 혐오하다」, 『인문사회과학연구』18-1, 부경대학교 인문사회과학연구소, 2017, 142-143면.

4. 교육을 통해 신여성으로 변화한 구여성 -김일엽

이화전문을 졸업(1918)한 후 김일엽(1896~1971)은 나혜석과 김명순에 비해 한 발 뒤늦은 1919년에 일본에 유학한다. 도쿄 영화학교 수료 후 귀국한 일엽은 1920년에 신여자 운동을 전개하기 위한 잡지 『신여자』를 창간하고, 여성교육의 필요성과 가부장적 순결이데올로기에 대항하여 정신적 순결을 주장하는 등 그 누구보다도 강한 어조로 여성해방을 부르짖어 당대 사회에 커다란 센세이션을 일으켰다.

자신의 목소리로 자신의 존재성을 담론화할 수 없다는 근원적 한계, 근대라는 가치 속에서 부정적이고 봉건적인 아이콘으로 재현되거나 신여성과 남성 지식인 사이에서 자신의 존재감을 제대로 부각시키지 못한 구여성이 1920년대에 신여성 작가인 김일엽의 소설 속에서 과연 어떤 존재로 재현되었을까.

김일엽의 소설 「청상(靑孀)의 생활」(『신여자』4호 1920.06)의 주인공인 구여성은 발단단계에서 근대교육을 받지 못한 미자각의 존재로 그려진다. 하지만 결말에 이르면 고령의 나이에도 스스로 공부를 함으로써 각성한 여성으로 변화하는 입체적 인물이다.[33] 구여성이 주인공으로 등장하는 또 다른 소설 「자각」(『동아일보』1926.06.19.~06.26.)에서 젊은 주인공은 이혼 이후 보다 체계적인 학교교육을 받음으로써 확고한 주체성을 획득한 신여성으로 변화한다. 이처럼 김일엽은 자신의 소설에서 구여성을 신여성으로 발전할 수 있는 가능성을 가진 존재로 형상화

---

33) 송명희, 「김일엽 소설에 나타난 섹슈얼리티와 정절이데올로기 비판-「청상의 생활」을 중심으로」, 168면.

했다.

「자각」은 주인공 '임순실'의 일방적 독백형식으로 이루어진 서간체 소설로서, 구여성에서 신여성으로 변화해 나가는 순실의 내적 심경 변화는 상세히 드러난 반면 상대역인 남편의 심경은 제대로 드러나지 않고 있다. 그만큼 이 소설은 엘리트 신여성 김일엽이 페미니스트적 관점에서 쓴 여성중심의 소설이라고 할 수 있다.

작품의 발단단계에서 미자각의 구여성이었던 순실은 친구에게 자신의 시집살이와 이혼의 전말을 편지를 통해 자세히 밝힌다. 「자각」은 남편과의 이혼이라는 위기의 통과의례를 거친 구여성 순실이 근대교육을 받고 주체적 여성으로서 자각을 이루어가는 성장의 서사를 보여준다. 일본으로 유학 간 남편과 순실 사이의 갈등은 남편이 일본에서 연상의 신여성과 자유연애를 한 데서 발생한다. 일본에 있는 신여성은 서간체 소설의 전면에는 등장하지 않지만 남편으로 하여금 임신 8개월의 아내를 향해 이혼을 통보하게 만들었다는 점에서 구여성과 갈등관계인 것은 분명하다.

남편으로부터 이별 통보의 편지를 받기 전까지 순실은 남편의 사랑을 믿으며 시집에 홀로 남아 시집살이의 고통과 설움을 견디는 전형적인 구여성이었다. 가부장제 하에서 여성들은 시집의 절대적 권력에 복종하며 오직 인내로써 현실을 감내하는 윤리만이 주어졌기에 순실 역시 복종과 인내의 에토스로 시집살이의 고통을 참아 나갔던 것이다.

그런데 남편이 "그대와의 혼인은 전연 부모의 의사로만 성립된 것으로 내게는 책임이 없으며 지금까지 부부관계를 계속해 온 것은 인습에 눌리고 인정에 끌렸던 것이니 미안하지만 나를 생각지 말고 그대의 전

정을 스스로 결정하라는"[34] 황당한 편지를 보내오자 당장 순실은 이상
과 거리가 먼 남성과 원치 않는 불행한 결혼생활을 했다고 되받아친다.
순실의 남편을 향한 분노의 파토스는 가부장제의 권력에 균열을 가한
다. 한술 더 뜬 편지를 남편에게 보낸 후 즉각 시가를 나온 순실이 아이
를 낳아 시가에 보내버리자 남편은 졸지에 아내도 잃고 아이를 홀로 키
워야하는 처지로 상황이 역전되고 만다. 즉 그녀가 표출한 분노의 파토
스는 남편의 일상의 안온함과 평화를 뒤흔들고, 가부장제의 질서에 균
열을 가하는 해방의 고리로 작동하였던 것이다. 즉 남편으로 하여금 이
혼 통보를 후회하게 만들며 지배자와 가해자라는 우월한 위치를 역전
시키는 효과를 발생시킨다. 분노는 순실을 부당한 피지배자와 피해자의
위치에서 벗어나 주체적 인간으로 바로 서게 만드는 역동적 에너지로
작용한다. 김일엽은 그 힘이 분노의 파토스뿐만 아니라 근대교육에서
비롯된 것으로 설정했다.

　구여성 순실은 남편으로부터 이혼 통보를 당한 근본적 이유가 근대
교육을 받지 못한 데서 비롯되었다고 생각하고 어머니의 지원 하에 근
대적 학교교육을 받음으로써 자각 있는 신여성으로 성장한다. 김일엽
은 구여성이 남성으로부터 부당한 차별적 대우를 받지 않고 주체적 자
각과 해방을 이루는 데 있어 근대교육이 필수적 요건이라고 생각했다.
여성의 주체적 변화에 있어 근대교육을 필수적 요건으로 설정한 것은
김일엽이 교육을 통한 주체성 자각과 해방을 중시한 자유주의 페미니
스트라는 것을 말해준다. 순실은 3년 동안 근대교육을 받아 주체적이고
자존감이 있는 인간으로 성장한 결과 남자를 보는 새로운 시각을 갖게

---

34) 김일엽, 김우영 편, 앞의 책, 167면.

된다. 따라서 세 차례나 자신의 잘못을 후회하며 돌아와 줄 것을 호소하는 남편을 일언지하에 거절하며 결혼의 신의를 함부로 저버린 그를 향해 속 시원한 일격을 가했던 것이다.[35]

> 나를 끈에 맨 돌멩인 줄 아느냐. 오라면 오고 가라면 가게……. 백 계집을 하다가도 10년을 박대하다가도 손길 한 번만 붙잡으면 헤헤 웃어버리는 속없는 여자로 아느냐.
> 죽어도 이 집 귀신이 된다고 욕하고 때리는 무정한 남편을 비싯비싯 따라 다니는 비루한 여자인 줄 아느냐. 열 번 죽어도 구차한 꼴을 보지 않는 성질을 알면서 다시 갈 줄 바라는 그대가 생각이 없지 않은가 하고…….[36]

체계적인 근대교육을 받음으로써 보다 확고한 주체성을 획득한 신여성으로 변화한 주인공은 작품의 결말에서 "이왕 사람이 아닌 노예의 생활에서 벗어났으니 인제는 한 개 완전한 사람이 되어 값있고 뜻있는 생활을 하여야겠나이다. 그리고 사람으로 알아주는 사람을 찾으려나이다"[37]라고 선언한다. 즉 김일엽은 구여성의 결혼생활을 노예생활로 규정하며 이혼이야말로 노예생활을 벗어나 완전한 사람이 되어 값있고 뜻있는 생활을 할 수 있는 계기를 제공한 것으로 평가한다. 그리고 순실의 전 남편과 같은 이기적인 남성이 아니라 여성을 한 명의 주체적 인간으로 알아주는 사람과의 결혼이라는 새로운 결혼관을 제시한다.

---

35) 송명희, 「복종과 인내의 에토스에서 분노의 파토스로-김일엽의 「자각」을 중심으로」, 166-185면.
36) 김일엽, 김우영 편, 앞의 책, 170면.
37) 위의 책, 171면.

김명순의 소설에서 그려진 구여성이 이혼의 위기에 내몰린 상황을 전전긍긍 불안해하고 신여성을 질투한 것과 달리 김일엽의 소설에서 구여성은 이혼을 요구하는 남성을 되받아치는 용기 있는 여성으로 제시된다. 이 작품에서 신여성과 구여성은 갈등적 관계가 전혀 없다고는 말할 수 없다. 즉 신여성과 남편의 연애는 구여성으로 하여금 이혼의 위기를 제공하였다는 점에서는 부정적으로 작용하였다. 하지만 그에 대한 반작용으로 구여성이 인간다운 삶을 살 수 있는 계기를 찾게 되었다는 점에서는 긍정적으로 작용하였다고 할 수 있다. 뿐만 아니라 신여성은 구여성의 적대적 배척 대상이 아니라 추구해야 할 롤 모델이 되고 있다. 이 점에서 구여성과 신여성을 적대적 갈등관계로 그린 김명순의 소설과 차이를 보인다. 오히려 이 작품에서 작가는 구여성과 신여성을 갈등관계로 끌고 가기보다는 갈등의 근본원인을 제공한 신남성을 향해 비판을 가한다.

> 어쨌거나 지금 생각하니 내가 이상하는 이성은 그이와 같은 이는 아니었나이다. 남성답지도 못하고 줏대가 없고 여자를 사랑하기는 하지만 인격적으로 대하지 아니하고 이왕 상당한 아내를 둔 이상 절대로 정조를 지켜야 하겠다는 자각이 없는 그이었나이다.[38]

작품 속의 남편으로 형상화된 신남성은 남성답지도 못 하고 줏대가 없고, 여성을 사랑하기는 하지만 인격적으로 대하지 않고, 결혼을 했지만 아내에 대한 절대적 정조를 지켜야 하겠다는 자각도 없는 인물이

---

38) 위의 책, 170면.

다. 대체로 신여성 작가들의 작품 속에 형상화된 신남성의 모습은 김일엽의 소설 「자각」에서 크게 벗어나지 않는다. 김명순의 소설 「돌아다볼 때」에 등장하는 송효순도 아내와 소련 사이에서 확고한 입장을 견지하지 못하고 왔다 갔다 하며 소련과의 사랑에 대해 책임지지 않았다.

신여성과 대화가 소통되는 연애를 지속하고는 싶지만 이혼도 하지 못하는 줏대 없고 우유부단한 신남성의 모습은 1920년대 조혼으로 결혼제도 속에서 갈등하던 대부분의 신남성의 모습에 다름 아닐 것이다. 이런 우유부단한 신남성들로 인해 소위 제2부인 문제가 발생했던 것이다. 제2부인이란 일부다처제하에서의 비천한 첩과 다를 바가 없다. 그런데 제2부인에 해당하는 여학생은 구여성인 처에 비해서 지식이 월등할 뿐만 아니라 지식인 신남성들과 감정이 소통되고 대화가 가능한 이상적인 배우자였다. 자유연애, 그리고 감정이 소통되는 신여성과의 결혼이 근대 지식인 남성들의 이상향이었겠지만 조혼으로 인해 이미 결혼제도 하에 들어가 있던 남성들은 부모를 모시며 자식을 키우고 있는 구여성인 아내와 이혼을 쉽게 선택할 수 없었다. 따라서 구여성과 이혼하고 신여성과 재혼하는 대신 두 여성 사이를 어정쩡하게 왔다 갔다 하는 중혼 상태에 있었다. 즉 봉건적 가족제도와 근대적인 자유연애 사이에서 적당히 타협하고자 했다. 그것이 제2부인의 민낯이었다.

그런데 김일엽의 소설에서 구여성은 결혼관계에 연연하지 않고 이혼을 과감히 수용한다. 그리고 그것을 계기로 삶의 주체성을 자각한다. 신여성으로서 주체적 삶에 자신감이 넘쳤던 김일엽은 이혼을 불사하는 구여성을 그려내는 데 전혀 주저하지 않았지만 경제적 능력이 없고 전통적 모성에서 자유롭지 못한 당대의 현실 속 구여성은 「자각」의 순실과 같은 선택을 하기는 매우 어려웠을 것으로 생각된다. 오히려 김명순의 「돌아다 볼 때」에서 은순이 더 실제현실에 가까울 수 있는 것이다.

김일엽은 구여성을 포섭하여 신여성화시킴으로써 가정을 개혁하고 사회를 개혁하는 주체세력으로 만들고자 하였던 것 같다. 그녀의 소설에서 구여성은 당당한 주인공으로 설정되었으며, 작품의 전반부에서는 미자각의 상태였지만 점차 각성을 도모하여 작품의 결말에서는 한 명의 주체적 인간으로 자각을 획득한 여성으로 변화하였다. 일엽이 구여성을 교육 대상으로 파악한 것은 분명하지만 신여성과 구여성을 이분법적으로 분리하는 대신 교육을 통해서 신·구 여성이 통합하여 가정과 사회 개조의 대열에 함께 나서는 연대의식의 필요성을 말하고자 한 것으로 보인다.

그런데 김일엽의 소설에서 구여성은 스스로가 신여성으로 변화하기 위한 교육을 자발적으로 선택했다는 점에서 선각자적 신여성 의식으로 구여성을 설득과 교육의 대상으로 삼았던 나혜석과는 차별성을 나타냈다. 김일엽은 구여성과 신여성을 이분법적으로 분리하는 대신 구여성의 신여성화를 도모한 페미니즘 작가라고 할 수 있을 것이다.

5. 나가며

이 글은 페미니즘이라는 문학적 공통분모가 존재함에도 불구하고 신여성과 구여성을 그려내는 데 있어 입장 차이를 드러낸 것으로 파악되는 나혜석, 김명순, 김일엽의 소설에 등장하는 신여성과 구여성의 관계를 살펴 그 차이에 대해서 분석했다.

나혜석은 구여성에 대해서 지적으로 무지하며 시대에 뒤떨어진 열등한 존재로서 설득과 교육의 대상이자 피교육자이며, 때로 비난과 조롱을 받는, 삶의 주체성을 상실한 존재로 그린 반면, 신여성은 주체적이고 지적으로 우월하며 존경을 받는 선각적 존재로서 구여성을 교육시켜야할 존재로 그려냈다. 신여성은 그녀의 소설에서 주인공으로 등장하는 반면 구여성은 그 상대역이나 부인물로 등장한다. 구여성이 주인공으로 등장하는 소설에서도 구여성은 삶의 주체성을 상실하고 전락하는 인물로 그려졌다. 이는 나혜석이 신여성으로서 책임의식을 갖고 구여성을 설득 내지 교육하여 시대 변화를 앞장서서 이끌어야 한다는 선각적 의식을 투영한 결과라고 생각된다.

김명순의 소설은 자유연애와 신여성의 출현이라는 근대의 변화 속에서 이혼이냐 애정 없는 결혼관계의 지속이냐라는 위기에 내몰린 구여성과 감정이 소통되는 신남성과의 자유연애를 갈망하지만 결국 좌절하는 신여성, 그리고 그 사이에서 갈등하는 신남성의 삼각관계를 그리고 있다. 그녀의 소설에서 구여성은 일정 부분 신여성에 대한 가해자의 역할을 담당하기도 하지만 대체로 자기 목소리를 낼 수 없는 무지한 존재이거나 투명인간처럼 존재감이 희박한 존재로, 그리고 처의 자리는 겨우 보전하지만 남편의 사랑은 얻지 못하는, 자유연애라는 근대적 가치와 신여성과 신남성의 행복을 가로막는 봉건적 아이콘으로 재현되었다. 반면 신여성은 감정이 소통되고 대화가 가능한 남성을 만났음에도 결국 사랑의 성취에 좌절하는 피해자로 그려졌다.

김명순의 소설에서 구여성은 한 번도 주인공으로 등장한 적이 없고, 초점화자가 되어 자신의 입장과 시각에서 서사를 이끌어 가지도 않음으로써 구여성이 처한 실존적 위기와 그에 따른 고뇌와 갈등은 제대로 그려지지 않고 있다. 이는 「돌아다볼 때」에서 감정이 소통되고 지적인 대화가 가능한 기혼남성과 결혼할 수 없었던 신여성의 고통이나 「외로운 사람들」에서 조혼으로 인해 감정이 소통되는 신여성과 결혼할 수 없었던 신남성의 고통과 갈등이 상세히 드러났던 것과는 대비되는 구여성에 대한 서사과정에서의 타자화이자 소외라고 할 수 있다. 이러한 서사적 타자화는 김명순이 신여성 또는 신남성의 입장과 시각에서 인물들을 형상화했기 때문에 일어났다.

　김명순은 나혜석처럼 신여성의 우월성을 드러내며 구여성을 교육 대상으로 삼지 않았다. 오히려 근대를 배경으로 구여성과 신여성, 그리고 신남성의 삼각관계와 갈등을 어느 누구보다도 극명하게 그려냄으로써 젠더관계와 결혼의 풍속이 급격하게 변화하는 근대 가족의 현실을 누구보다도 리얼하게 그려낸 리얼리스트라고 할 수 있다.

　교육을 통해 구여성을 변화시킴으로써 가정을 개혁하고 사회를 개혁하는 주체로 만들고자 잡지 『신여자』를 발간하며 신여성운동에 나섰던 김일엽의 소설은 가부장제하에서 억압받는 구여성을 신여성화시킴으로써 가정을 개혁하고 사회를 개혁하는 주체세력으로 포섭하고자 하였다. 일엽의 소설에서 구여성은 다른 작가들의 소설과는 달리 당당한 주인공으로 설정되었으며, 작품의 발단단계에서는 미자각의 상태였지만 점차 각성을 도모하여 작품의 결말에서는 자각한 여성으로 변화한다. 김일엽은 구여성과 신여성의 적대관계나 이분법적 분리를 넘어서서 신·구 여성의 통합과 연대를 통해 가족과 사회를 개조하고자 한 페미니즘 작가이며, 여성운동가라고 할 수 있을 것이다.

　1920~1930년대에 구여성은 신여성의 부상과 함께 그에 대비되는 존재로서 신여성의 교육 대상(나혜석)이거나, 자유연애의 실현에서 이를 방해하는 봉건적 아이콘으로서 신여성과 적대적 갈등관계를 형성하며

일정 부분 가해자 역할도 수행한다(김명순). 하지만 김일엽은 신여성과 구여성을 분리하지 않고 구여성을 포용하여 신여성화시킴으로써 가정 개조와 사회 개혁의 주역으로 만들기 위해 여성 교육의 필요성을 강하게 역설하였다.

　신여성인 나혜석, 김명순, 김일엽의 소설은 가부장적 결혼과 전통적 가족제도를 비판하고 여성의 주체성 실현을 강조하였지만 신여성과 구여성의 관계라는 측면에서는 다소간의 입장과 시각의 차이를 나타냈다. 하지만 구여성은 버려야 할 가치로, 신여성은 도달하여 할 가치이자 롤모델이라는 점에서는 일치하는 공통점을 보였다고 할 수 있다.

(『문예운동』 2020년 여름호(146호), 2020.05)

8
성적 욕망의 불교적 승화
- 『청춘을 불사르고』를 중심으로

1. 들어가며

내가 김일엽이 쓴 책을 처음으로 읽은 것은 1970년대 중반, 아직 이십대 초반에 불과하던 나이였다. 그때 읽었던 책의 제목은 『청춘을 불사르고』[1]였다. 나는 그 책에 수록된 글 가운데서 일엽이 B(백성욱)에게 보낸 편지에 대해서 오래도록 잊지 못했다. 그리고 B가 어떤 사람인지가 너무 궁금했었다. 궁금증이 폭발했던 이유는 대체 그가 어떤 인물이기에 일엽이 승려로 출가 수도한 지 13년의 세월이 지난 다음에도, 그리고 그와 헤어진 지는 18여 년이나 지났음에도 B가 보낸 선물에 그토록 마음이 흔들리며 성불을 다음 생으로 미뤄도 좋다고 생각하게 만들었던가 하는 점 때문이었다. 하지만 당시에는 백성욱(1897~1981)[2]이라는 인

---

1) 김일엽, 『청춘을 불사르고』, 문선각, 1962.
2) 백성욱은 승려 · 정치가 · 교육자이다. 내무부장관과 동국대학교 총장을 지냈으며, 불교의 전파 및 학교 발전에 힘쓴 인물이다.

물에 대해서 구체적으로 더 상세하게 알지 못했다.

그러다가 삼십대가 되었을 때 논문 검색을 하던 중에 우연히 동국대학교 총장을 역임했던 백성욱 박사의 회갑기념논문집을 보게 되었다. 회갑기념논문집에 실린 백성욱의 프로필 사진을 보는 순간 나는 왜 일엽이 그토록 백성욱이란 인물을 평생 잊지 못하고 그리워했었는지가 단번에 이해되었다. 그만큼 백성욱이란 인물의 외모와 풍기는 분위기는 회갑의 연령이 무색할 만큼 너무나 출중해 보였다.

『청춘을 불사르고』에 등장하는 B라는 인물은 일엽이 출가 전 영육을 바쳐 사랑했던 백성욱이다. 두 사람은 1928년에 잠시 만나 사랑했으나 백성욱의 일방적 떠남으로 헤어지고, 김일엽도 그의 뒤를 따라 1933년에 마침내 출가의 길로 들어서게 된다. 백성욱을 처음 만났을 때 1896년생인 일엽은 이미 결혼과 이혼을 경험했고, 다른 남성들과 연애도 경험했던 삼십대 초반의 나이였다. 그럼에도 일엽은 그녀가 '신정조론'에서 주장했던 대로 새로운 영혼과 육체로 백성욱을 순일하게 사랑했다.

일엽이 말한 '신정조'란 육체적 정조(순결)와는 다른, 즉 사랑이라는 순수한 감정에 따라 좌우되는 새로운 정조개념으로서 정신적 순결을 의미한다.[3] 일엽은 육체적 순결을 의미하는 '처녀성'이라는 단어 대신에 '처녀 기질'이라는 개념도 만들어냈는데, 처녀 기질이란 과거에 이성을 전혀 접촉하는 않은, 육체적 처녀라는 의미와는 달리 새 애인을 만났을 때 과거의 감정을 완전히 벗어나 새로운 영과 육을 가진 깨끗한 사람이라고 자처하는 기질을 말한다.[4] 그러니까 일엽은 신정조론에 입각한 정

---

3) 송명희, 「섹슈얼리티에 대한 김일엽의 급진적 사유」, 『문예운동』2019년 가을호, 2019.08, 173면.
4) 위의 글, 174면.

신적 순결과 처녀 기질을 갖고 백성욱을 영육을 바쳐 사랑했던 것이다.

이십대의 젊은 나이에 독일에서 철학박사 학위를 받고 돌아와 활발히 불교활동과 사회활동을 하던 백성욱은 목사의 딸이었던 일엽으로 하여금 불교로 개종하는 것을 넘어서서 아예 승려의 길을 걷도록 절대적 영향을 끼친 인물이다. 나는 한 논문에서 일엽의 출가를 백성욱과 관련하여 다음과 같이 해석한 바 있다.

> 1928년의 이별 이후 그녀의 삶은 떠나버린 연인 백성욱의 정체를 찾아 이리저리 방황하다 마침내 그로 하여금 그녀를 떠나도록 만들었던 불교에 본격적으로 입문하는 과정으로 파악된다. 즉 불교를 제대로 알아야만 백성욱이란 인물을 제대로 파악할 수 있기에 아예 수행자의 길로 나선 것으로 보인다.[5]

본고는 짧은 기간의 사귐에도 일엽의 영혼을 뒤흔들고 갑작스럽게 떠나버림으로써 일엽에게 평생 지울 수 없는 이별의 트라우마를 안겨준 인물, 나아가 일엽으로 하여금 승려가 되어 불교 수행을 하도록 절대적 영향력을 끼친 B를 수신자로 한 일엽의 고백체 산문집 『청춘을 불사르고』에 수록된 「청춘을 불사르고-B씨에게 제1신」, 「영원히 사는 길-B씨에게 제2신」을 중심으로 일엽의 백성욱을 향한 에로스의 욕망과 이를 극복하여 불교적 도반으로 승화해 나가는 과정을 살펴보도록 하겠다.

두 편의 산문은 마치 한 편의 소설처럼 에로스의 욕망과 극복의 드라마를 펼쳐 보여준다. 이 글들은 서간체의 장편 에세이로 보기보다는 자

---

5) 송명희, 「에로스와 타나토스의 딜레마 사이에서」, 『문예운동』2020년 봄호. 2020.02, 86면.

전적 소설로 보아도 무방한 작품이다. 왜냐하면 이 작품에는 등장인물이 있고, 두 사람의 만남과 사귐과 이별 그리고 종교적 승화에 이르기까지의 서사가 존재하고, 서사에는 시간에 따른 기승전결의 변화가 존재하는 등 소설의 기본조건을 충분하게 갖추고 있기 때문이다. 작품은 자전적 이야기를 기본으로 하여 부분적으로 허구적 이야기를 창조하고 있다. 가령, 일엽과 보성고보의 영어교사 하윤실과의 결혼을 일엽의 벗으로 설정된 원주희(元周姫)와 임(林)XX의 결혼으로 비틀어서 서술한 점 등에서 자서전이 아니라 자전적 소설로 볼 수 있다. 또한 이 작품은 프라이(Northrop Frye)의 소설 유형으로 분류하자면 내향적이며 지적 경향이 짙은 고백(confession)의 양식에 해당된다.

이 작품은 독자로 하여금 에로스의 충동과 그 극복이 출가자에게도 얼마나 어려운 일인가를 일엽 자신의 자전적 고백을 통해서 보여준다. 그리고 세속적 사랑의 남녀관계를 불교적 도반의 관계로 어떻게 승화시켜 나가는가의 실례를 잘 보여준다. 출가 전 젊은 날에 영육을 다 바쳐 사랑했던 백성욱을 노년의 일엽이 『청춘을 불사르고』를 쓰며 새삼스레 소환했던 이유도 바로 위에서 말한 출가자에게도 에로스의 충동을 극복하는 일이 얼마나 지난한 일인가, 나아가 그것을 어떻게 승화시켜 나가야 하는가의 전범을 자신의 직접 경험을 통해 보여주기 위한 것이었다고 할 수 있다. 즉 책의 출간은 상구보리 하화중생(上求菩提 下化衆生)이란 대승불교의 보살도를 실천하기 위한 하나의 방편이요, 전략이라 생각되는 것이다.

일엽은 출가하면서 스승 만공선사의 가르침에 따라 문필활동을 중단하였지만 1960년대가 되자 『어느 수도인의 회상』(1960), 『청춘을 불사르고』(1962), 『행복과 불행의 갈피에서』(1964) 등 불교 산문집을 연달아 발간하며 대중포교에 나선다. 그동안 일엽은 선종(禪宗)의 선승으로서 수행해온 만큼 문자에 의존하지 않고, 오로지 좌선을 닦아 자신이 본래 갖추고 있는 부처의 성품을 체득하는 방법으로 깨달음에 이르고자 했다. 따라서 깨달음의 내용도 오도송과 같은 짧은 경구를 통해 표현하여 왔을 뿐인데, 1960년대가 되자 대중을 향한 포교의 방편으로 다시 문학가로서의 기량을 마음껏 발휘하며 산문집을 연달아 발간한 것이다.

불교적 자장 안의 일엽에 대해서 방민호는 여성으로서의 '나'라는 자아를 무화시키는 선불교적 실천을 통해서 그녀 자신의 삶을 근본적으로 새롭게 만들고자 했던 것으로 파악했으며,[6] 김무숙은 일엽이 백성욱으로부터는 불이사상(不二思想)을, 스승 만공으로부터는 견성성불(見性成佛) 사상을 체득하였다고 『청춘을 불사르고』(1962)을 중심으로 분석한 바 있다.[7]

2. 성적 욕망의 대상에서 불교적 도반으로

「청춘을 불사르고-B씨에게 제1신」은 「당신은 나에게 무엇이 되었삽기에」라는 시로 시작된다.

　　당신은 나에게 무엇이 되었삽기에

---

6) 방민호, 「김일엽 문학의 사상적 변모과정과 불교 선택의 의미」, 『한국현대문학연구』 20, 한국현대문학연구학회, 2006, 357-403면.
7) 김무숙, 「김일엽의 선(禪)적 문학관 고찰-『청춘을 불사르고』를 중심으로」, 『국제언어문학』40, 국제언어문학회, 2018, 51-75면.

살아서 이 몸도
죽어서 이 혼까지도
그만 다 바치고 싶어질까요.
보고 듣고 생각는 온갖 좋은 건
모두 다 드려야만 하게 되옵니까?
내 것 네 것 가려질 길 없사옵고
조건이나 대가가 따져질 새 어딨겠어요?
혼마저 합쳐진 한 몸이지만……

그래도 그래도,
그지없이 아쉬움
그저 남아요……
당신은 나에게 무엇이 되었삽기에
-「당신은 나에게 무엇이 되었삽기에」전문[8]

 이 시는 「청춘을 불사르고-B씨에게 제1신」의 서두로서 글 전체의 프롤로그에 해당된다. 일엽은 이 시를 1928년 4월에 창작한 것으로 명시하고 있다.[9] 1928년 4월은 출가 전 일엽이 백성욱을 만나 매혹되었던 시기이다. 일엽은 제목인 '당신은 나에게 무엇이 되었삽기에'를 통해 당신(B)이라는 존재가 자신에게 무엇인가를 밝히는 일이야말로 이 글을 쓴 목적이며, 자신의 출가수행의 가장 큰 화두라는 것을 암시적으로 제시한다. 일엽에게 당신(B씨)은 "살아서 이 몸도/죽어서 이 혼까지도" 그

---

8) 김일엽, 앞의 책, 10면.
9) 위의 책, 10면.

만 다 바치고 싶은, 즉 영육을 다 헌신하고 싶은 절대적 사랑의 대상이다. "보고 듣고 생각는 온갖 좋은 건/모두 다 드려야만 되옵니까?/내 것 네 것 가려질 길 없사옵고/조건이나 대가가 따져질 새 어딨겠어요?"처럼 감각하고 생각하는 온갖 좋은 것을 다 드리고 싶고, 내 것 네 것의 분별조차 넘어선, 즉 아무런 조건이나 대가도 따지지 않고 모든 것을 다 헌신하고 싶은 절대적 사랑의 대상이다. 문제는 그러고도 "그지없는 아쉬움/그저 남아요……"처럼 그지없는 아쉬움이 남는 욕망의 대상이 바로 당신이라는 존재이다. 그와 같은 당신의 정체를 규명하는 일이야말로 일엽이 청춘을 다 불살라서 해야 할 대명제요, 일엽으로 하여금 출가 수행을 하게 만든 근본원인이라 할 수 있을 것이다.

시는 영육의 일체화와 자타의 분별조차 넘어서는 사랑의 완전성에 대한 관념은 환상의 수준으로만 존재한다는 것을 여실히 보여준다. 라캉(Jacques Lacan)에 의하면 낭만적이고 열정적인 사랑은 상상계 속에서만 존재할 뿐이다. 인간 주체는 상상계 속의 상실된 통일성을 되찾으려는 끊임없는 욕망에 사로잡힌 결핍의 존재이다. 인간은 원초적 통일성이 분열된 상태 속에서 통일성을 되찾으려는 욕망(성적 욕망)과 그 결핍 속에서 살아가는 분열된 주체이다. 시의 화자는 생사를 초월하여 영육을 모두 다 헌신하고 싶은 사랑의 열정에 사로잡혀 있다. 하지만 절대적 헌신과 열정을 바치는 사랑일지라도 결국 그지없는 아쉬움이 남는다고 토로한다. 이때 아쉬움이란 바로 결핍이며, 결핍으로서의 욕망은 본질적으로 성적 욕망이다. 인간은 원초적 남녀 양성(androgyny)의 충만함을 상실하고 남자와 여자로 분리되었기 때문에, 상실된 충만함을 되찾으려는 줄기찬 욕망은 다름 아닌 성적 욕망이다. 인간은 성적 결합을 추구함으로써 이러한 상실에 기인한 주체의 고통을 해결하려는 무의식적 욕망에 사로잡힌 존재이다.[10] 주체는 큰 타자에게 결여한 것을 채워주는 대상으로, 타자에게 스스로를 제공함으로써 자기 자신의 결여를 채우고자[11] 하지만 사랑은 그 불가능성만을 확인시켜 줄 뿐이다. 그것이 욕망의 본질적 속성이다. 설령 대상을 통해 신체 감각적 욕구 (need)는 채워질지 모르지만 사랑의 욕망(desire)은 끝없이 만족할 줄 모르는, 주체의 밖에 존재하는 결여(결핍)일 뿐인 것이다.[12]

일엽은 절대적 사랑의 대상이라고 믿었던 B가 갑자기 떠나버리자 이를 되찾으려는 끊임없는 욕망과 결핍 속에서 자신과 이별하고 불교를 선택했던 B를 제대로 이해하기 위해서 결국 출가수행을 감행하게 된다. B야말로 일엽에게 사랑의 불가능성을 확인시켜주고, 욕망이란 무엇인가에 대한 평생의 화두를 던져준 인물이라고 할 수 있을 것이다.

일엽은 자신의 일생을 관통한 B에 대한 사랑을 통해서 바로 욕망의 본질을 통찰하고 있음을 시 「당신은 나에게 무엇이 되었삽기에」는 잘 보여준다. 시는 채워지지 않는 결핍, 끊임없는 욕망(성적 욕망)에 사로잡힌 인간 주체의 분열을 탁월하게 노래하고 있다. 이 프롤로그는 「청춘을 불사르고-B씨에게 제1신」이라는 글 전체의 방향을 성공적으로 제시하고 있는 셈이다.

일엽은 "……인연이 다하여서 다시 뵈옵지 못하겠기에……"라는 B가 떠나면서 남긴 편지를 떠올린다. 그리고 '인연이 다하였다'는 알 수 없는 한마디를 남기고, 떠나는 이유도 설명하지 않고 행방도 알리지 않은

---

10) 전경갑, 『욕망의 통제와 탈주』, 한길사, 1999, 128-129면. ; 송명희, 「일엽 시의 주체와 욕망」, 『문예운동』2020년 가을호 2020.08, 91-92면.

11) 마단 사럽, 김해수 역, 『알기 쉬운 자끄 라깡』, 백의 1995, 190면.

12) 송명희, 「일엽 시의 주체와 욕망」, 앞의 책, 91-92면.

채 떠나버린 그를 원망하면서도 '인연'이란 대체 무엇일까라는 화두에
사로잡힌다. 뿐만 아니라 출가한 이후에도 "원수의 칼에는 몸이나 상하
지만 사랑의 손길에는 몸과 마음이 함께 해를 보는 줄이야 누가 알았사
오리까?"라고 길고 긴 세월을 원망의 감정에 빠진 한편에서 B가 소식을
전해오길 기다리고 또 기다린다.

일엽은 B라는 인물에 대해 매혹을 느끼는 이유에 대해 다음과 같이
적고 있다.

> 더구나 정적(情的)에만 기울어져서 당신만 따르는 것도 아니외다.
> 다만 당신은 세상의 사상가니 인격자니 하는 이들까지도 상상도 못 하
> 는 초연한 인생관을 가진 분으로, 쉬지 않는 자신의 수양과 함께 일심으
> 로 사회적 봉사를 하고 계시니 그러한 고답적인 인물이 오랜 수양과 많
> 은 경험을 쌓은 후일에는 반드시 세계적으로 인류에게 많은 도움이 될
> 위대한 분이 될 것을 예측하는 나는, 연인으로보다 지도자로 당신을 여의
> 지 않겠다는 염원을 하게 되니 자연히 당신이 나의 생활의 전체가 되어
> 버린 것이외다.[13]

위의 인용문은 일엽의 B에 대한 매혹과 사랑은 단지 정적(情的)이고
육체적인 것만은 아니라고 밝히고 있다. 일엽은 B를 초연한 인생관을
가진 분, 자신의 수양과 함께 사회적 봉사를 하는 고답적 인물, 오랜 수
양과 많은 경험을 쌓은 후일에 반드시 세계적으로 인류에게 도움이 될
위대한 인물이라 평가한다. 따라서 B를 연인이라기보다는 지도자라고
여기었기에 정신적 연인이자 지도자를 잃지 않겠다는 일념으로 그를

---

13) 김일엽, 앞의 책, 19-20면.

사랑하고 따랐다고 서술하고 있다. 즉 자신의 B에 대한 욕망이 단순한 성적 욕망만이 아니라 그것을 넘어서는 정신적 차원의 것임을 진술하고 있는 것이다.

당신은 과연 황량한 가을 같은 나의 마음 동산에 봄바람을 날려 온갖 꽃을 피게 하였나이다. 그보다 더 좋은 열매를 맺을 가을날을 위하여 미리 기뻐하는 그 기쁨은 과연 어떠하였사오리까?

나는 지금의 추억만으로도 가끔 이별의 설움까지 잊어버리고 황홀한 가경(佳境)에 배회할 때가 없지 아니하오이다.

그러나 잠시 맛본 추억의 즐거움은 기나긴 현실적 슬픔의 학대로 내 가슴에서 잠시도 견디질 못하나이다.[14]

어쨌든 일엽의 B에 대한 욕망은 갑작스런 이별로 끝나버림으로써 사랑의 기쁨과 추억에 대한 황홀한 가경에 사로잡히는 한편에서 이별에 따른 기나긴 슬픔의 학대로 고통스럽다. 말하자면 B는 일엽에게 고통스런 기쁨을 안겨주는 주이상스(jouissance)의 존재인 것이다. 즉 생물학적 성적 욕구의 충족과 관련한 쾌락원칙을 넘어서는, 고통스러운 쾌락을 안겨주는 존재이다. 작품은 오랜 세월 동안 일엽을 지배해온 욕망의 결핍과 주이상스에 대해 반복적으로 진술하고 있다.

「청춘을 불사르고-B씨에게 제1신」은 B와의 만남과 이별뿐만 아니라 일찍 부모님을 여의고 외할머니의 도움으로 공부를 하게 된 사정, 신여성으로 주목을 받게 된 사연, B와 이별한 후 하윤실과의 결혼생활 등에 대해서 적고 있다. 흥미로운 것은 B와 이별 후 일엽은 와세다대학 영문

---

14) 위의 책, 63-64면.

과를 졸업하고 보성고보의 영어교사를 하는 하윤실과 결혼하게 되는데, 이를 벗인 원주희(元周姬)와 임(林)XX의 결혼으로 비틀어서 이야기하고 있다는 것이다.

> "나의 벗인 원주희(元周姬)라고 하는 여자가 예산군 덕숭산 견성암이라는 절에 가서 중이 되었다"고 당신에게 언젠지 말씀한 적이 있지만, 그 여자의 남편인 임(林)XX도 어릴 때는 중으로 있다가 향학열 때문에 절에서 나와 고학으로 일본 와세다(早稲田) 영문과를 마쳐가지고 XX중학에 교유로 있는데 몹시 정에 주리던 노총각이었던 탓인지 그 아내를 어찌 대단하게 아는지(후략)[15]

앞에서 이 작품을 자전적 소설로 규정해도 무방하다고 했는데, 자신과 하윤실의 결혼 이야기를 원주희[16]와 임(林)XX의 결혼으로 비틀어서 서술한 것도 이 작품을 자서전이 아니고 허구적 요소가 가미된 자전적 소설로 평가하게 만드는 중요한 요소이다. 이 이야기에서 드러나는 것은 일엽과 하윤실의 결혼이 "결혼 초에는 언제든지 같이 입산할 것을 의논"[17]하던 특별한 결혼이었다는 것이다. 「영원히 사는 길-B씨에게 제2신」에서 일엽은 "오직 한 분인 B씨라는 당신을 여읜 나는 그때 외톨이의 몸이 험난하고 광막한 세상을 홀로 살아가기는 참으로 어려웠던 것입니다. 하는 수 없이 다른 B씨를 찾으러 헤매었으나 정은 흔하지만 B씨는 있지 않았습니다"[18]라고 하윤실과의 결혼을 왜 하게 되었는가의 이

---

15) 위의 책, 65면.
16) 원주희라는 이름은 김일엽의 속명 김원주에서 '원주'를 따온 것이다.
17) 김일엽, 앞의 책, 74면.
18) 위의 책, 282면.

유를 밝히고 있다. 어릴 적 승려이기도 했던 하윤실은 갑자기 떠나버린 B를 대체하는 인물이었던 것이다. 하지만 일엽은 '다른 B', 즉 B의 대체적 존재는 현실 속에 존재하지 않는다는 실망감을 하윤실과의 결혼에서 확인할 따름이었다. 따라서 결혼 초기의 같이 출가하자던 약속과는 달리 일엽만이 혼자서 출가를 결행하게 된다. 흔히 세간에서 경제적으로 어려웠던 일엽이 하윤실과의 결혼을 통해 생활의 안정을 찾으려 했다는 추측과는 달리 일엽은 원고료를 받아 하윤실이 결혼을 위해 진 빚을 모두 갚고 난 후 1933년에 출가를 했다는 것이 글에서 밝혀진다.

일엽은 B에 대해 "어쨌거나 당신 같은 분을 나의 남편으로 공공연하게 세상에 내세우게 되는 그날을 얼마나 손꼽아 기다렸사오리까. 그날을 미리 기뻐하는 나는 유일의 행운녀로 느끼었나이다"[19]라고 말하는 한편으로 "만일 내가 당신으로 더불어 즐거운 가정이나 꾸미었더라면 믿지 못할 세상일이라는 것보다 순일한 정신으로 돌아갈 기회를 얻기 어려웠을 것이요, 순일한 정신으로 돌아갈 기회를 얻기 어려웠다면 정진하기는 더욱 어려웠을 것이 아니오리까"[20]처럼 과거에 세속적 여인으로서 가졌던 성적 욕망과 현재의 순일한 정신으로 정진을 해야 할 출가수행자로서의 종교적 욕망 사이에서 갈등하는 양가적 감정을 노출하기도 한다. B를 만나 기쁨에 사로잡히던 때의 추억, 이별 후의 고통스런 감정, 나아가 출가수행을 해온 현재의 입장에서는 순일한 정신으로 정진할 기회를 갖게 된 것을 다행으로 여기는 마음 등 시시각각으로 변화하는 감정 상태를 노출한다.

---

19) 위의 책, 63면.
20) 위의 책, 98면.

어쨌든 애욕과 소유욕, 명예욕이 굳센 중생계에서는 사랑 때문에 고
(苦)와 다툼은 끊어지지 아니할 것은 사실이외다. 더구나 만나면 떠나지
않을 수 없는 인연관계조차 모르는 것이외다.
　다만 사랑과 미움이 둘이 아니요, 성과 성이 본래 하나인 '나'에 체달해
야 할 뿐이외다.[21)]

　나아가 애욕, 소유욕, 명예욕이 지배하는 중생계에서는 사랑 때문에
고통과 다툼이 끊이지 않고, 회자정리(會者定離)의 이치조차 깨닫지 못
하지만 사랑과 미움이 둘이 아니요, 성(性)과 성(聖)이 본래 하나라는
것을 체달하는 자아의 경지를 깨달음의 목표로 삼기도 한다. 그리고 "나
는 지금 당신의 애인도 동지도 될 자격이 이루어졌다는 자신이 생긴 때
문이외다. 그리고 만나고 떠남은 둘이 아님을 알았음이외다"[22)]라고 회
자정리의 이치를 체달함으로써 B의 애인도 동지도 될 자격이 이루어졌
다는 자신감과 만남과 떠남이 둘이 아니라는 것에 대한 깨달음은 B에
대한 결핍의 고통을 완화시켜준다. 즉 입산수도 이후 수행을 통해 일엽
은 이별의 고통으로부터 어느 정도 벗어나 있었다고 할 수 있다.
　하지만 입산한 지 13년 된 가을날에 반전의 기회가 찾아온다. 즉 오랫
동안 소식을 전해오길 기다린 B가 선물을 보내온 것이다. 불교철학에
관한 서책 3권과 B가 직접 번역한 경책 3권을 소포로 보내오고, 겨울이
되었을 때는 아는 여승 편에 보내온 보약과 우유, 그리고 1년치의 약값
을 현금으로 받고 보니 일엽은 "가슴속에서 무슨 따스한 미풍이 스르르
일어나는 듯"한 감정의 변화가 생긴다. 그리고 이듬해 봄에 카라멜 10갑

---

21) 위의 책, 103-104면.
22) 위의 책, 106면.

을 다시 받고 보니 "갑을 뜯을 때부터 그 물건이 따로이 애틋하고 정다
운 듯이 느껴지며 가슴에서는 무엇이 스르르 일어나 온몸에 감도는 것
이었습니다"[23]와 같은 감정의 격동을 느끼게 된다. 이처럼 B가 보내준
뜻밖의 선물들은 일엽으로 하여금 이미 넘어섰다고 생각했던 중생계의
고뇌와 감정의 격동에 다시 사로잡히게 만들며, 급기야 "성불의 길이 조
금은 더디어도 좋아요! 당신이 웃으며 당신의 그 부드러운 손으로 어루
만져 주시는 즐거움을 한번이라도 맛보여 주실까 바라는 애달픈 마음
은 성불(成佛 곧 完人) 다음 가는 희망일 뿐입니다"[24]라는 내용의 편지
를 B에게 보내게 만든다. 즉 입산수도 13년이 지난 수행자라고는 도저
히 믿을 수 없는 사랑의 열정에 다시금 휩싸이게 된다.

하지만 B는 다음과 같은 답신으로 격정에 휩싸인 사랑의 불을 꺼뜨리
도록 가르침을 준다.

> 모든 존재가 다 인연이란 오색찬란한 다양각색의 그 줄이 얽혀서 생사
> 바다에 일일무수래(日日無數來)로 부침하고 있는 것입니다.
> 그 인연 줄이 나머지 없이 끊어져야 생사에 자유를 얻어 길이 평안함
> 을 얻게 됩니다.
> 모든 인연을 끊고 나면 홀로 나만 남는데 이 조그만 소아만 바치면 무
> 한대의 우주는 내 것이 됩니다. 우선 이 몸이 살아서 남이 돼야 합니다.
> 남만 되면 이 몸을 태우든지 부수든지 내게 관계없지 않습니까? 그때 무
> 슨 생각이 있겠습니까? 무슨 생각이 일어나든지 정진으로 녹여서 생각이
> 끊어지고 언어의 길이 다한 자리에 이르시기를 진심으로 권할 뿐입니다.

---

23) 위의 책, 285면.
24) 위의 책, 288면.

정진의 힘이 약하게 되신 듯 성현의 가피력이 필요한 듯하오니 참회기도를 하십시오.[25]

도고마승(道高魔勝)으로 맹렬한 정신력에는 가장 강한 마군이 대들게 됩니다. 크게 용기를 내어 이겨 넘기면 정진력이 늘어갈 것이고 이기지 못하면 금생에 애써 한 정진력뿐 아니라 여러 경으로 닦아오던 전생 노력도 아깝게 스러져 생사해(生死海)에 떨어지게 됩니다. 더구나 육체가 좋아하는 일을 한번이라도 실행하게 된다면 붙은 불에 연료를 더하는 셈으로 애욕의 불을 더욱더욱 일으키는 것이니 얼마나 위험한 일입니까?[26]

인연의 줄을 끊어야 생사의 자유를 얻을 수 있으며, 인연을 끊고 홀로 남은 "조그만 소아만 바치면 무한대의 우주는 내 것"이 된다는 가르침이다. 그리고 일엽이 언어도단의 오도의 경지에 이르도록 정진을 다하기를 B는 격려한다. 그리고 정진을 위한 참회기도를 하라고 권한다. 만약 그에 성공하지 못한다면 전생부터 지금까지 해온 정진이 도로가 되어 생사해에 떨어질 뿐만 아니라 육체적 욕망의 불길은 단 한 번의 실행으로도 걷잡을 수 없이 위험한 지경에 이르게 만들 뿐이라고 설득한다. 일엽의 수행자로서의 고요한 마음을 온통 흔들어버린 그가 보낸 선물들은 세속의 인연을 다시 잇고자 한 의도가 아니었다는 것이다. 그 옛날 인연이 다하였다는 편지 한 장을 남기고 홀연히 떠나며 일엽을 고통 속에 빠뜨렸던 B는 이제 모든 인연의 줄을 끊고 대자유를 얻어 우주적 대아, 완인이 되도록 정진하라고 수행자가 된 일엽을 격려한다. 오래 전 일

25) 위의 책, 293면.
26) 위의 책, 300면.

엽에게 인연이 다하였다는 화두를 던져주고 떠났지만 이제는 출가자로
서 더욱 정진하여 완인이 되라고 여지를 주지 않고 단호하게 지도한 것
이다.

이에 일엽은 "아아! 한 생각 돌리게 한 당신에게 나는 어떻게 보은을
해야 하오리까. 무념에 들게 한 은혜는 사랑의 배신과 상쇄되고도 멀리
남는 진리를 몰랐던 지난날을 이 순간 남김없이 청산하였나이다"[27]라
고 긴 세월 동안 B를 사랑했던 마음과 이별의 상처를 일시에 청산하며
보은이란 단어를 써가며 감사를 표현한다. 그리고 "나는 다만 내 가슴속
에 남아 있는 당신의 '몸과 혼의 영상'이 죄다 사라지고 당신과 나와 하
나화한 대아(大我), 곧 완인(完人 곧 佛)이 될 날을 위하여 정진일로에
매진하렵니다"[28]라고 가슴속에 남아 있는 욕망에 사로잡혔던 몸과 혼의
영상을 벗어나 B와 자신이 하나가 되어 대아, 즉 완인인 부처가 될 날을
위하여 정진하겠다고 다짐한다. "달래고 타일러서 다시 깨우치게 한 당
신은 나와의 무량겁에 인연을 맺은 선연(善緣)의 결과로 서로 제도(濟
度)할 서원(誓願)을 세웠던 것입니다"[29]처럼 결국 두 사람 사이의 인연
은 세속적 부부의 연이 아니라 서로 제도할 도반의 인연이었다는 것을
깨닫게 된 것이다.

　　그러므로 나는 보은할 만한 완전한 인간이 되기 위하여, 남을 모두 구
　제하기 위하여 미래세가 다하고 남도록 정진과 노력의 쌍수적 길, 곧 인

---

27) 위의 책, 109면.
28) 위의 책, 307면.
29) 위의 책, 302면.

생의 정로(正路)로 정로로만 매진할 것이외다.[30]

따라서 "완전한 인간이 되기 위하여, 남을 모두 구제하기" 위한 삶을 위해 정진하겠다고 약속한다. 바로 상구보리 하화중생의 보살도를 실천하겠다는 다짐이다. '쌍수적 길'이란 바로 위로는 완전한 인간, 즉 부처가 되기를 욕망하면서 아래로는 중생 구제라는 보살도를 실천하겠다는 것이다. 즉 한 남성을 욕망하는 성적 욕망의 회로를 빠져나와 수행자의 길로 제대로 접어들었음을 보여준 것이다. 제2신은 남녀의 성적 욕망을 다 불사르고 불교적 도반으로서 거듭 나 서로를 제도하는 인연을 자각한 기쁨으로 결말된다. 이때의 기쁨은 고통을 수반한 주이상스와는 구별되는 온전한 기쁨이요, 불교적 열락이라 할 수 있을 것이다.

"인연이 다하여서 다시 뵈옵지 못하겠기에…"라는 B의 마지막 편지에서 말한 인연의 의미를 제대로 깨우치는 데까지 정말 긴 세월이 흘렀다. 이처럼 남녀의 성적 욕망은 끝이 없고, 그로부터 벗어나는 일은 출가 수행자의 경우에도 너무 지난하다는 것을 일엽은 두 편의 자전적 글을 통하여 보여주었다.

일엽은 물질적 욕구(need)에 대한 깨달음에 대해서 다음과 같이 적고 있다.

> 그 어느 날은 원고료 받은 것을 쓰지 않고 모아서 내 생전에 처음 많은 돈을 뭉쳐가지고 '히라다(平田)', '미쯔고시(三越)' 등 큰 상점으로, 사고 싶은 물건을 사려고 헤매 다니다가 엄청나게 많이 쌓인 그 물건들을

바라보고는 내가 요구하는 물건과 그 대금과의 차이는 너무나 큰 것임을 알고, 아무리 많은 돈을 가져 봐도 결국 돈의 갈증만 심해질 것을 깨닫고, 창자를 위로할 만한 음식과 한서(寒暑)를 피할 만한 옷이 있으면 그만이라는 생각으로 가난의 고(苦)로 느끼지 않게 되었나이다.[31]

위의 인용문은 "아무리 많은 돈을 가져 봐도 결국 돈의 갈증만 심해질 것"에 대한 깨달음에 대해서 적고 있다. 즉 육체적 생리적 욕구를 충족시켜주는 돈과 물욕으로부터 벗어나는 일은 보통의 사람들에게는 어려운 일이지만 일엽에게는 그리 힘든 일은 아니었다. 돈에 대한 갈증은 끝이 없다는 것과 물욕은 최소한의 음식과 옷만 있으면 된다는 깨달음을 얻었기 때문이다. 따라서 가난의 고통으로부터 일엽은 어렵지 않게 초월하게 된다. 즉 물질적 욕구(need)로부터는 굳이 출가수행 같은 것을 하지 않아도 일찍부터 자유로워질 수 있었던 것이다.

하지만 상실된 충만함을 되찾으려는 줄기찬 성적 욕망(desire)은 결핍이 해소되지 않는 한 집요하고도 줄기차게 계속된다는 것을 B를 수신자로 한 두 편의 글은 보여주었다. 성적 결합을 추구함으로써 상실에 기인한 주체의 고통을 해결하려는 무의식적 욕망에 사로잡혀 살아왔던 일엽은 B의 촌철살인의 가르침을 통해 자신의 욕망이 잘못되었다는 것을 깨우치고 두 사람 사이의 인연의 참 의미를 깨달음으로써 욕망의 부자유로부터 비로소 벗어나게 된다. 물질적 욕구로부터는 쉽게 벗어날 수 있었던 일엽이지만 성적 욕망으로부터 벗어나는 길은 너무나도 많은 시간이 걸리고 어렵다는 것을 자신의 자전적 경험을 고백함으로써

---

31) 위의 책, 16면.

일엽은 대중들에게 교시하였다.

3. 나가며

『청춘을 불사르고』에 수록된 B를 수신자로 한 두 편의 글은 일엽의 백성욱을 향한 집요한 욕망과 그 결핍을 보여준다. 모든 욕망은 만족할 줄 모르는, 즉 영원히 충족될 수 없는 결핍과 연관되어 작동되는 것이지만 그 욕망과 결핍으로부터 벗어나는 길은 상구보리 하화중생의 보살도를 향한 끝없는 정진을 계속하는 수행뿐이라고 일엽은 자신의 수행경험을 통해 교시하고 있다. 백성욱은 일찍이 일엽에게 충족될 수 없는 성적 욕망과 결핍을 안겨준 인물이지만 동시에 일엽으로 하여금 출가수행을 하도록 절대적 영향을 끼친 인물이다. 뿐만 아니라 두 사람의 인연이 세속적 남녀의 결합에 있는 것이 아니라 완인, 즉 부처가 되기 위한 도반의 인연이었음을 깨우쳐준 선지식(善知識)으로서, 일엽으로 하여금 결핍된 성적 욕망에 대한 집착으로부터 벗어나 보살도를 향해 정진하도록 이끌어주는 역할을 담당했다. 백성욱의 가르침으로 일엽은 상구보리 하화중생의 보살도에 정진하여 오도의 경지에 오를 수 있었고, 자신의 자전적 경험을 솔직하게 고백한 글을 세상에 출간함으로써 중생 제도의 방편으로 사용하였다.

(『문예운동』 2021년 가을호(151호), 2021.08)

제4부

김일엽의 시적 주체와 욕망

9
김일엽 시에 나타난 봄 이미지

1. 서론

캐나다의 신화비평가 노드롭 프라이(N. Frye)는 『비평의 해부』에서 계절의 주기(봄, 여름, 가을, 겨울), 하루의 주기(아침, 오후, 저녁, 밤), 인생의 주기(청년, 장년, 노년, 죽음), 물의 주기(비, 샘, 강, 바다)들을 교합하여 각 주기에 상응하는 신화와 인물들, 그리고 여기에 상응하는 구성상의 장르를 설명하였다. 그에 의하면 모든 이야기의 원형은 사계절의 신화다. 봄, 여름, 가을, 겨울이라는 사계절의 순환은 인간이 태어나서 성장하고 성숙하여 죽음을 맞이하고 소멸하는 인생의 과정과 같고, 아침에서 정오로 저녁으로 밤으로 순환하는 하루의 주기와도 상응한다. 뿐만 아니라 비, 샘, 강, 바다로 나아가는 물의 순환 주기와도 같다. 프라이가 말한 사계절에 상응하는 문학의 구성상 장르는 봄은 희극, 여름은 로맨스, 가을은 비극, 겨울은 아이러니(풍자)이다.

그는 생물이 출생하는 봄에 관련된 기본 신화(또는 원형)와 희극은 뗄 수 없는, 서로 같은 구조를 갖고 있다고 본 것이다. 즉 희극의 기본양식은 즐거운 낙원에서의 아름다운 청춘의 행복한 이야기이다. 여름의 이야기는 로맨스로서 소원과 욕망이 실현되는 모험담이다. 가을의 이야기는 비극, 즉 영웅의 쇠망의 이야기인 것이다. 겨울은 아이러니와 풍자문학의 원형이 된다.[1]

　신화비평은 모든 문학 장르와 개별적인 문학작품을 어떤 원형이나 신화의 전형적인 형태의 재현으로 해석하는 비평이다. 따라서 작품을 작자와 시대·사회적인 연관 속에서 보는 비평적 태도를 반대한다. 또한 신화비평은 신비평이 문학 작품, 특히 시 작품 자체만을 분석하고 평가하는 비평 태도도 비판한다. 즉 작품의 분석, 곧 단어 상호간의 관계라든지 의미의 세부, 작품의 행과 행, 연과 전체가 갖는 연관성을 파악하는 데 힘쓰는 태도를 비판하면서 작품의 개별성보다는 시공을 초월하는 신화적 상상력과 보편적 원형을 확인하려는 특징을 나타낸다. 프라이는 오랜 세월 동안 인간의 상상력에 의해 형성되어 온 고대 신화나 종교, 계절의 변화와 같은 근본적인 인간 경험으로부터 작품의 서사구조의 원형을 추출해냄으로써 개별 작품들에 나타난 인간 상상력의 근본적 보편성을 밝혀보려고 했다.

　소설, 시, 산문 등 여러 장르에서 작품을 발표했던 일엽은 72편의 시를 남기고 있다.[2] 양적인 면에서 결코 적은 분량이 아니지만 다른 장르에 비해 페미니즘의 요소가 미약한 시는 페미니스트 일엽의 광휘에 가

---

1) 김광길, 「신화·원형 비평이론의 제 양상에 대하여」, 『시민인문학』9, 경기대학교 인문과학연구소, 2001, 39-40면.
2) 송정란, 「김일엽의 선사상과 불교 선시 고찰」, 『한국사상과 문화』85, 한국사상문화학회, 2016, 455면.

려져 독자와 연구자들로부터 제대로 관심을 받지 못했다.

일엽의 시에 대한 연구는 정영자[3]와 김현자[4]의 초기 연구, 송정란의 불교시 연구[5], 우남희의 니체와 불교의 치유적 사유 연구,[6] 박선영의 근대적 주체성 확립의 절차 연구[7], 송명희의 라캉의 주체와 욕망의 개념에 의한 연구[8] 등 소수의 연구자들에 의해 간헐적으로 시도되어 왔을 뿐이다. 연구자의 수도 적지만 방법론도 다양하지 않다.

이 글은 일엽의 시 가운데 유독 봄의 이미지를 형상화한 시들이 많다는 데 착안하여 일엽의 시에 나타난 봄 이미지를 프라이의 사계절의 신화를 원용하며 분석하여 그 의미를 규명하려는 데 목적이 있다. 하지만 작가 일엽이나 작품이 산출된 시대를 완벽히 배제하며 작품 해석을 하지는 않겠다.

---

3) 정영자, 「김일엽문학연구」, 『수련어문연구』14, 부산여자대학 국어교육과, 1987, 1-26면.

4) 김현자, 「김일엽 시의 자의식과 구도의 글쓰기」, 『한국시학연구』9, 한국시학회, 2003, 31-58면.

5) 송정란, 「김일엽(金一葉)의 출가 과정과 불교시 변모 양상」, 『한국사상과 문화』80, 한국사상문화학회, 2015, 31-57면. ; 송정란, 「김일엽의 선(禪)사상과 불교 선시(禪詩) 고찰」, 『한국사상과 문화』85, 한국사상문화학회, 2016, 443-466면. ; 송정란, 「일엽 선시에 나타난 수사적 표현기법-적기수사법(賊機修辭法)을 중심으로」, 『한국사상과 문화』90, 한국사상문화학회, 2017, 39-65면.

6) 우남희, 「니체와 불교의 치유적 사유로 본 김일엽의 시」, 『문학치료연구』54, 한국문학치료학회, 2020, 285-311면.

7) 박선영, 「신감각, 신감성, 신윤리-신여자의 출현과 김일엽의 시」, 『한국문예비평연구』59, 한국문예비평학회, 2018, 117-140면.

8) 송명희, 「김일엽 시의 주체와 욕망」, 『문예운동』2020년도 가을호, 2020.08, 78-96면.

2. 일엽 시의 봄 이미지

봄은 시작, 탄생, 도약, 소생을 상징한다. 봄은 일 년을 구성하는 사계절 가운데 첫 번째 계절에 해당한다. 봄은 하루의 주기에서 아침(새벽)에 해당하고, 인생의 주기에서는 탄생에 해당한다. 아침(새벽)은 밤, 어둠, 암흑이 물러가는 시간이고, 겨울이 상징하는 죽음에서 부활하는 시간이기도 하다. 그러므로 봄은 생명, 아름다움, 시작과 출발, 희망, 청춘을 상징한다.[9]

공식적인 매체에 발표한 것은 아니지만 1907년에 쓴 시 「동생의 죽음」은 일엽의 최초의 작품으로 알려져 있다. 이 작품은 제목처럼 동생의 죽음을 소재로 하고 있다. 일엽(1896~1971)은 1907년에 동생을 여읜 데 이어 모친을 여의었고(1909), 1915년에는 부친마저 유명을 달리했다. 십대의 어린 나이에 그녀는 친족의 죽음을 연달아 경험해야만 했던 것이다.[10] 인생 초기에 경험한 친족의 잇단 죽음은 이후 일엽으로 하여금 불교에 귀의하게 만든 한 원인으로 작용했을 것이라고 생각한다.

땅 밑은 겨울에도
그리 춥지 않다 하지만……
아아, 가여운 나의 동생아!
언니만 가는 제는
따라온다 울부짖던

---

9) 이승훈, 『문학으로 읽는 문화상징사전』, 푸른사상, 2009, 252면.
10) 송명희, 「김일엽의 자살모티프 소설과 페미니즘」, 『문예운동』 2019년 겨울호, 2019, 11, 165면.

그런 꿈꾸면서 잠자고 있니?
내 봄에 싹트는 움들과 함께
네 다시 깨어 만난다면이야
언제나 너를 업어
다시는 언니 혼자
가지를 아니하꼬마…….
-「동생의 죽음」 부분11)

이 작품에서 겨울은 동생의 죽음을 상징하는 계절 이미지이다. 그리고 봄은 그 죽음으로부터의 재생과 부활을 갈구하는 언니의 동생에 대한 안타까운 사랑을 표현하는 계절 이미지이다. 즉 계절상의 겨울은 죽음의 이미지로, 봄은 부활과 재생의 이미지로 그려졌다. 이 시에서 그린 겨울과 봄은 프라이가 말한 사계절의 신화와도 그대로 상응하는 원형적 보편성을 지닌다. 겨울이란 계절은 인생의 죽음을, 봄은 태어남을 상징하는 것이다. 다만 이 시에서 동생은 어린 나이에 세상을 떠났기 때문에 그 태어남은 단순한 인생 주기의 첫 단계에 해당하는 탄생이 아니라 재생을 의미한다. 즉 봄이 되어 "내 봄에 싹트는 움들과 함께/네 다시 깨어 만난다면이야"처럼 봄이 되어 다시 싹트는 식물의 움처럼 죽은 동생의 재생과 부활을 염원하는 것이다. 화자는 땅 밑에 누운 동생이 다시 깨어나 줄 것을 혈육의 입장에서 사계절의 순환론을 통해 환상적으로 염원했다. 그리고 살았을 적에 언니를 따라오겠다고 투정을 부리던 동생이 만약 다시 깨어난다면 언제나 업어서 데리고 다니겠다며 때늦은 사랑을 고백하고 있다.

---

11) 김일엽, 김우영 편, 『김일엽 선집』, 현대문학, 2012, 19-20면.

식물(자연)이 죽음의 계절인 겨울을 지나 봄이 되면 다시 움을 트는 소생의 순환과정을 거치듯이 인간도 봄이 되면 죽음으로부터 다시 깨어나는 재생의 순환과정을 겪을 수 있다면 하는 간절함이 사계절의 신화를 통해 절절히 표현되고 있는 것이다. 그런데 식물은 사계절의 순환 속에서 생사를 거듭할 수 있지만 개체로서의 인간은 생사의 순환에서 벗어나 단지 일회성의 삶을 살 뿐이다. 따라서 이 시는 재생과 부활을 소망하지만 일회성의 존재로서 인간의 재생할 수 없는 한계의식, 허무감, 나아가서 인간 존재의 무상함을 표현하고 있다. 인간 존재의 무상함을 통찰한 이 작품은 결코 열한 살의 어린 나이에 썼다고 볼 수 없는 정신적 성숙을 보여준다. 그리고 이 작품에서 일엽이 의식하지 못하는 가운데 보여준 프라이의 사계절의 신화와 상상력, 그리고 인간의 원형적 집단무의식을 확인하지 않을 수 없다.

쌀쌀히 쏟아지는 찬 눈 속에서
그래도 꽃이라고 피었습니다.

높고도 깊은 산의 골짜기에서
드문히 떨어지는 조그만 샘물

그래도 깊이 없는 대양의 물이
그 샘의 뒤끝인 줄 알으십니까.

공연히 어둠 속에 우는 닭소리
그래도 아십시오, 새벽 오는 줄

-「『신여자』 창간호 서시」 전문[12]

「『신여자』 창간호 서시」(1920.03)에는 명시적으로 봄이라는 단어는
나오지 않는다. 다만 시인은 아직 겨울에 핀 꽃, 산골짜기의 샘물, 어둠
속의 닭소리라는 시각적 청각적 기표들을 통해 미래의 봄날, 대양, 새벽
이 되는, 즉 일엽이 주도하여 새로 창간한 잡지 『신여자』가 여성해방의
새로운 시대를 활짝 열 것이라는 기대와 희망을 표현하고 있다. 이 작품
에서 겨울/봄, 산골짜기의 샘물/대양, 어두운 밤/밝은 새벽은 서로 대
립적 의미를 산출한다. 그리고 그것들은 여성 억압/여성 해방이라는 현
실/미래의 기의와 상응한다. 즉 현실은 아직 찬 눈이 내리는 겨울이며,
드문히 떨어지는 조그만 산골짜기의 샘물이며, 어둠 속에서 우는 닭소
리의 시공간 속에 놓여 있다. 즉 현실은 아직 부자유와 억압 속에 놓여
있으므로, 페미니즘이라는 매혹적인 상상적 미래 가치를 구현할 선구적
주체로서 잡지 『신여자』와 신여자(신여성)의 역할을 선언적으로 강조
한 것이다. 일엽은 『신여자』란 잡지가 여성해방의 꽃이며, 샘물이며, 새
벽을 알리는 닭소리가 될 것이라는 신념을 창간호의 서시에서 노래한
것이다. 즉 『신여자』의 창간이 여성이 억압된 엄혹한 현실 속에서도 꽃
을 피우고, 어둠을 깨우고, 새 시대의 새벽을 알리는 닭소리가 되기를 소
망했다.[13]

이 시도 철저히 프라이의 사계절의 신화적 상상력을 바탕으로 쓰여졌
다. 즉 하루의 주기로서의 밤/새벽, 계절의 주기로서 겨울/봄, 물의 주기
로서의 골짜기의 샘물/대양과 같은 대립적인 구조는 프라이의 사계절

---

12) 위의 책, 21면.
13) 송명희, 「김일엽 시의 주체와 욕망」, 85면.

의 신화에 그대로 부응한다. 그리고 봄을 나타내는 꽃까지…. 화자는 사
계절의 신화라는 원형적 상상력을 바탕으로 하루, 계절, 물의 순환적 구
조를 통찰하면서 밤, 겨울, 골짜기의 물이 상징하는 여성 억압의 현실 너
머 새벽, 봄, 대양이 상징하는 미래적 가치인 여성해방이 도래할 것이라
는 기대와 희망을 표현했다.

가을 해당 꽃 새로 뵈는 하늘에
부드러운 솜 같은 한 조각구름
무슨 비밀 말 않고 가는 그것이
후에 뭘로 변할 줄 네가 아느냐

끝도 없는 넓은 들 눈 속에 묻혀
아무것도 안 뵈는 그 어름 속에
뵈지 않는 무엇이 숨겨 있어서
봄에 어찌 될지를 네가 아느냐

부드러운 긴 머리 틀어 올리고
입만 벙긋 잠잠히 두 볼 붉히던
아직 뜯지 아니한 처녀 가슴에
감춰 있는 비파를 네가 아느냐

알-거든 나서라 막힘 헤치고
모든 준비 가지고 따라나서라
아름다운 새벽을 나서 맞어라
새때 새날 새일이 함께 오도다

　　-「알거든 나서라」 전문[14]

　　이 시도 『신여자』 창간호에 발표한 것으로, 여성 억압적 현실은 "눈 속에 묻혀/아무것도 안 뵈는 그 어름 속"처럼 겨울의 눈과 얼음의 이미지로, 여성해방의 희망적 미래는 "봄이 어찌 될지를 네가 아느냐"와 "아름다운 새벽을 나서 맞어라/새때 새날 새일이 함께 오도다"처럼 계절 상의 주기인 봄과 하루 주기의 새벽(새때, 새날, 새일)의 이미지로 표현되고 있다. 시인은 겨울(눈, 얼음)과 봄(새벽, 새때, 새날, 새일)을 대립적 구도로 구성함으로써 여성해방의 봄이 오기를 간절히 희구하며 그에 대한 충만한 기대감을 강렬하게 표현하고 있다. 그리고 1, 2, 3,연의 마지막 행에서 "네가 아느냐"를 반복함으로써 시적 운율을 맞추며 '아느냐'는 질문이 아니라 '너는 알아야 한다'는 화자의 강력한 소망을 나타낸다. 그리고 마지막 4연에서는 "알-거든 나서라"라고 확신에 차서 행동하라고 권한다. 반드시 알아야 하고, 알았거든 사명감을 갖고 나서야 할 때라는 것을 여성들을 향해 촉구했다고 할 수 있다. 일엽은 이 시에서 프라이가 말한 계절상의 봄에 상응하는 하루의 주기인 새벽, 새때, 새날, 새일이 상징하는 여성해방의 봄날이 반드시 올 것이라는 확신을 나타냈다.

　　「『신여자』2호 서시」(1920.04)에서도 "동편에 아침 달 솟아오르니/또다시 세상은 밝아오도다"라고 하여 새로운 세상에 대한 기대감을 표현한다. 그리고 "그늘 속에 갇혔던 붉은 월계화/이제야 따뜻한 햇빛을 보니/고운 꽃 잎잎이 기쁨에 차고/달콤한 화향(花香)이 누리에 가득"처럼

---

14) 김일엽, 김우영 편, 앞의 책, 22-23면.

밤/아침, 그늘 속/따뜻한 햇빛이란 대립적 구조를 통해 아침, 새로운 세상, 따뜻한 햇빛, 고운 꽃잎, 달콤한 월계화의 화향이 온 누리에 가득하다는 충만감을 강조한다. 즉 봄이란 계절과 이에 상응하는 아침을 생명력, 약동, 생육, 따뜻함을 나타내는 이미지로 표현함으로써 새로운 세상, 즉 여성이 해방된 세상이 도래할 것이라는 확신과 기대를 나타냈다. "그늘 속에 갇혔던 붉은 월계화"는 억압된 여성에 대한 상징이다. 이 시에서는 '겨울' 대신 '그늘'을 통해서 여성이 억압된 상황을 표현했다. 이 시도 프라이의 사계절의 신화를 바탕으로, 여성해방의 미래와 잡지 『신여자』에 대한 기대와 희망을 봄이라는 계절과 이에 상응하는 아침(새벽, 새때, 새일)이라는 하루의 주기로 나타냈다.

즐거운 봄날이 이제 오도다
훗훗한 선녀 입김 몰아가지고
다수한 햇빛이 가만히 와서
얼었던 음애(陰崖)를 녹이어주니
적은 내 물 흐름 기쁨의 노래
골짜기 어린 풀 새로이 싹 남
하늘이 내리신 조화의 원칙
다 같이 우리게 생(生)을 줌일세

푸르고 상쾌한 맑은 하늘엔
종달새 비비비 높이 떠 있고
정원의 화분에 새 꽃이 피니
나비는 펄펄펄 춤추어 오니

아느냐 모르냐 작일(昨日)과 금일(今日)

무슨 일 있을 줄 네가 아느냐

뒤떨어져- 헤매는 어린 제매(弟妹)야

발 빠르게- 걸어서 함께 나가자

　　　　　　　　-「봄의 옴」 전문[15]

　시「봄의 옴」도『신여자』2호에 발표한 작품이다. 1연의 봄은 양기, 생기가 상승하는 계절이다. 자연과 인간 모두 봄에 번식하고 생육한다. 봄의 따뜻한 입김, 즉 봄바람과 따뜻한 햇빛은 "얼었던 음애(陰崖)"를 녹여 냇물을 흐르게 하고 어린 새싹을 움트게 한다. 봄은 자연에게나 인간에게나 생(生)을 느끼게 해주는 생육의 계절, 활력의 계절이다. 그래서 봄은 즐겁고 기쁜 감정을 갖게 한다. 2연에서 봄 하늘에는 종달새가 날고, 정원에선 꽃이 피고 나비가 펄펄펄 춤추는 즐겁고 아름답고 생명력이 약동하는 정경을 그려내고 있다. 이 시는 천지만물을 생육하고 활력에 넘치게 하며, 생명력을 약동케 하는 봄처럼 잡지『신여자』도 시대에 뒤떨어지고 방황하는 어린 제매를 함께 선도하여 발 빠르게 여성해방을 이루어 나가겠다는 선구자적 사명의식을 피력한다. 즉 여성해방의 봄을 위하여 잡지『신여자』를 중심으로 형제자매들이 함께 협력하여 나아가자는 결의를 나타내고 있다. 1, 2연에서 봄의 이미지는 생육, 활력, 생명력이 약동하는 아름다운 계절로 표현되었는데, 3연에서는 여성들에게도 봄과 같은 여성해방의 봄날, 새날이 올 것을 기대하며, 잡지『신여자』가 그 봄날을 빨리 오게 만드는 역할을 하겠다는 선도자적 의지를

---

15) 위의 책, 25-26면.

천명한다. 그리고 그 새날은 분명 여성이 억압받았던 어제(昨日)와는 다른, 여성이 해방된 금일(今日)이 될 것이라는 확신을 나타낸다. 이 시 역시 사계절의 신화를 바탕으로 한 번식, 생육, 생동력의 봄 이미지를 통해 여성해방의 미래에 대한 기대와 희망을 표현하고 있다.

> 조금 통통히 살진 몸
> 화기(和氣)가 있는 얼굴
> 애(愛)가 있는 눈
> 미소하는 입
> 고운 머리는 길게 어깨에 드려
> 칠(漆)과 같이
> 염(艶)이 있고 광(光)이 있다
> 한번 얼굴을 펼 때에는
> 새는 재잘거리고 나비는 춤춘다
> 강산은 웃고 사람은 둥싯
> 즐거운 생의 발랄(潑剌)
> 이것이 신(神)의 애(愛)인가 자(慈)인가?
> ─「춘(春)의 신(神)」 전문

「춘(春)의 신(神)」(『신여자』2호)은 봄에 대한 찬미를 나타낸다. 봄은 제목이 말해 주듯이 신격화되고 있다. 봄의 아름다움과 발랄함과 생기는 젊은 여인의 아름다움에 비유된다. 말하자면 봄은 여신인 셈이다. 그 여신의 아름다움은 조금 통통한 살찐 몸의 풍요, 온화한 기색의 얼굴, 사랑이 담긴 눈, 미소 짓는 입, 옻칠한 것과도 같은 윤기와 광택이 나는 곱고 긴 머리 등 애(愛)와 자(慈)를 갖추고 있다. 뿐만 아니라 봄의 신은 새를 재잘거리게 하고, 나비를 춤추게 한다. 강산, 즉 자연을 웃게 하고, 사람을 둥싯거리게 한다. 한마디로 자연과 인간을 즐겁고, 생기발랄하게 만든다.

따라서 화자는 질문을 던진다. 그것이 애(愛)인가, 또는 자(慈)인가 하고…. 애는 에로스(eros)적 사랑일 테고, 자는 아가페(agape)적 사랑일 것이다. 에로스는 남녀 간의 사랑, 성적이고 육체적 사랑으로서 성적 매력에 이끌린 남녀가 나누는 열정적인 사랑이다. 반면 아가페적 사랑은 정신적 사랑, 자기희생적 사랑, 상대방에게 요구하지 않는 사랑이다. 이런 사랑은 부모 자식 간의 사랑이나 부처나 신의 인간에 대한 사랑에서 찾아볼 수 있다. 화자가 두 차례에 걸쳐 봄의 사랑이 애(愛)인가, 자(慈)인가 하고 질문한 이유는 봄은 애(愛)와 자(慈), 두 가지의 요소를 다 갖추고 있기 때문일 것이다. 즉 봄은 남녀 간의 사랑처럼 생명을 탄생케 하고, 천지만물을 소생시키고, 꽃이 피고 벌과 나비가 날아들어 번식하게 만드는 계절이다. 대자연과 인간은 모두 봄에 번식하고 생육한다. 아름답게 핀 꽃 속의 꿀을 찾아 벌과 나비가 날아드는 계절도 봄이다. 정욕과 번식, 그리고 생육의 계절이고, 모든 생명에 활력을 불어넣어 생명력을 약동케 하는 계절인 것이다. 그러한 봄이란 계절의 본질은 에로스적인 사랑인 애로 파악될 수 있을 것이다. 그렇지만 일엽이 '춘의 신'이라고 제목을 붙인 것을 보면 봄의 그 모든 활동은 상대방에게 그 어떤 것도 요구하지 않는 아가페적인 사랑인 자(慈)일 수 있다고 본 것이다. 바로 일엽은 봄의 약동하는 생명력과 넘치는 사랑에 매력을 느끼고 그것이 마치 신(神)의 경지와 같다고 본 것이다. 이 시의 봄도 프라이의 사계절의 신화에 그대로 상응한다.

눈 녹인 물속에도 봄 그림자 비추이고
저진듯 바람에도
봄 숨길에 품기는데
건넌 산 아지랑이 속엔 무슨 신비 쌓였노.

다사한 햇빛 이불 봄을 덮어 길러주고
촉촉한 보슬비가 봄을 먹여 살찌는데
펴지 않은 그 날개 밑엔 온갖 미(美) 꿈꾼다네.
　　　　　　　　　　　　-「어린 봄」전문[16]

　「어린 봄」(『제일선』, 1933.03)의 1연에서 화자는 겨울 속에서도 이른 봄의 숨결을 느끼고 있다. 즉 눈 녹은 물속에서 봄 그림자를 찾고, 젖은 바람 속에서도 봄의 숨결을 느낀다. 그리고 건너편 산의 아지랑이 속에서 봄을 느끼며 무슨 신비가 쌓였는가 하고 질문을 던진다. 마치 그 신비를 풀어보라고 화자가 독자(청자)에게 던지는 질문 같다. 2연에서는 봄의 다사로운 햇빛과 촉촉한 보슬비가 생명을 길러내고, 살찌우게 하는 모성성을 지녔음을 진술한다. 조춘(早春)이므로 봄은 아직 날개를 활짝 펴지 않았지만 그 날개 밑에 온갖 미를 꿈꾸고 있다는 것이다. 이 시는 생명을 키워내는 계절상의 봄이 가진 신비를 풀어보라고 선(禪)의 화두를 던지듯이 독자에게 질문을 던져본다. 그 질문은 단지 봄이란 계절의 신비만이 아니라 자연의 더 큰 신비를 풀어보라는 의미로 받아들여진다. 이 시에서 봄은 다사한 햇빛, 촉촉한 봄비와도 같은 생명을 키워내는 생육의 계절이다. "길러주고"와 "살찌는데"와 같은 시어들은 봄이

---

16) 위의 책, 42면.

생육의 계절, 모성성을 지닌 계절이라는 것을 환기시킨다. 이 시 역시 사
계절의 신화에 상응하는 상상력을 보여준다.

> 솔솔솔 우리 뺨에 스치는 건
> 강산을 품에 안은 봄님의 숨결인데
> 지저귀는 저 새들은 합례(合禮)식장 악사인가.
>
> 님 손길에 가슴 풀린 치렁치렁 그 강물과
> 님 주신 새 옷 자락 파릇파릇
> 그 산들은
> 묵묵히 마주 보며 감격에 잠겼는 듯
>
> 푸른 눈 바로 뜨고 북풍을 노리던 강
> 엄연히 버티어 서서
> 눈서리 골리던 산이
> 언약을 중히 아는 그 님을 믿었구나.
>
> 겨울 또 겨으살에 시드으는
> 우리 넋은
> 절절(節節)이 강산에만 오는 봄의
> 길목이나 지켜볼까
> 아니다 뉘게든지 제 봄 따로
> 있다니-
> -「봄은 왔다 그러나 이 강산에만」전문[17]

___

17) 위의 책, 40-41면.

이 시는 앞에서 언급한 1920년에 발표한 시들과는 창작 시기도 다르고, 시의 정서에서도 많은 차이를 보이고 있다. 「봄은 왔다 그러나 이 강산에만」(『조선일보』, 1933.02.28.)은 계절상의 봄이 왔음에도 우리의 넋에는 봄이 오지 않았다는 비대칭성을 말하고 있다. 1연에서 화자는 "강산을 품에 안은 봄님의 숨결", 즉 솔솔솔 부는 봄바람이 우리의 뺨을 스치는 가운데 합례식장의 악사처럼 즐겁게 지저귀는 새 소리를 듣는다. 2연에서는 님의 손길, 즉 봄의 손길에 가슴 풀린 치렁치렁한 강물과 봄이 되어 파릇파릇한 (님이 주신) 옷을 입은 산들이 묵묵히 서로 마주보며 감격에 잠긴 듯하다고 진술한다. 즉 봄이 되어 생기발랄하게 변화한 강과 산들은 마주하며 감격에 잠겨 있다. 그런데 정작 감격에 잠겨 있는 것은 강과 산이라기보다는 봄이 되어 변화한 강과 산을 바라보는 화자의 마음일 것이다. 시는 3연에 와서 다음과 같이 진술한다. "푸른 눈 바로 뜨고 북풍을 노리던 강/엄연히 버티어 서서/눈서리 골리던 산이/언약을 중히 아는 그 님을 믿었구나"처럼 봄의 변화는 우연히 찾아온 것이 아니다. 즉 강은 서슬 푸른 눈을 바로 뜨고 한겨울의 북풍을 노려보았고, 산은 엄연히 버티어 서서 한겨울의 눈서리를 골나게 했기 때문에, 즉 시련과 고난을 겪어내며 극복을 위한 저항을 했기에 봄의 강과 산이 생명력이 넘치게 변화한 것이다. 즉 언약을 중히 여기는 그 님을 믿고 고난을 극복했기에 봄을 맞이할 수 있었던 것이다. 그 언약은 순환론적 세계관에 대한 확신일 것이다.

그런데 우리 인간의 넋은 겨울과 겨우살이에 시들어 간다. 즉 자연에는 봄이 찾아왔으나 우리의 마음에는 아직 봄이 오지 않아 힘들고 고달픈 겨우살이에 넋이 시들어간다는 것이다. 화자는 자연(강과 산)에 찾아온 봄이 인간의 마음에 찾아오지 않는 이유를 언약을 잘 지키는 자연

의 님, 즉 절대자와 달리 인간인 님은 언약을 지키지 않기 때문으로 생
각하는 것 같다. 그럼에도 화자는 오지 않는 님을 원망하는 대신 행여
님이 올까 길목을 지키며 기다린다. 그리고 "아니다 뉘게든지 제 봄 따
로 있다니-"라고 생각하며 님이 올 것이라는 희망을 버리지 않는다. 어
찌 보면 이 시는 누구에게든지 자신만의 봄이 따로 있다는 것, 따라서
지금은 겨울과도 같은 엄혹한 시련 속에 있을지라도 언젠가는 봄이 찾
아올 것이라는 희망을 버리지 말라는 메시지를 던져 주는 것 같다.

　이 시에서도 봄과 겨울의 이미지는 대립적이다. 봄은 생명력이 넘치
고 즐거운 계절인 반면 겨울은 엄혹한 시련을 안겨주는 고난과 죽음의
계절이다. 자연의 세계에 온 봄과 달리 인간의 마음에 찾아오지 않는 봄
을 기다리며 아직 희망을 버리지 않는 화자의 태도에서 일엽의 희망을
잃지 않는 긍정적인 인생관을 엿볼 수 있다. 그리고 그 긍정적 인생관은
사계절의 순환을 확신하는 데서 나온다. 자연의 세계에서 겨울이 지나
면 봄이 오듯이 인생에도 겨울과 같은 고난과 시련의 시기가 지나면 반
드시 희망이 찾아오리라는 통찰을 바로 사계절의 순환에서 얻을 수 있
었다고 생각한다.

3. 나가며

　일엽의 시 가운데서 봄의 이미지를 그려낸 시들을 살펴보았다. 그녀
의 시에서 봄의 이미지는 겨울의 이미지와 대립적 구도를 이루는 작품
이 대다수를 차지했다. 이는 봄의 이미지를 대조를 통해 강화하기 위한
구조라고 할 수 있을 것이다. 일엽의 시에서 봄과 겨울의 이미지는 프라

이가 『비평의 해부』에서 말한 사계절의 신화에 그대로 상응한다. 즉 사계절의 첫 번째에 해당하는 봄은 부활과 재생의 계절이며, 생명의 탄생과 생육의 계절이고, 생명력이 약동하고, 사랑의 아름다움이 충만한 계절이고, 시작과 출발의 계절로 표현되었다. 반면 사계절의 마지막에 해당하는 겨울은 죽음의 계절이고, 고난과 시련의 계절로 표현되었다. 이를 통해 신화비평에서 말한, 동서고금을 뛰어넘는 인간의 보편적 상상력과 근본적 원형을 확인할 수 있었다.

신화비평은 모든 문학 장르와 개별적인 문학작품을 어떤 원형이나 신화의 전형적인 형태의 재현으로 해석하는 비평이다. 따라서 작품의 개별성보다는 시공을 초월하는 신화적 상상력과 보편적 원형을 확인하려는 특징을 나타낸다. 프라이는 생물이 출생하는 봄에 관련된 기본 신화(또는 원형)와 희극 양식은 뗄 수 없다고 했다. 일엽의 시는 서사장르는 아니기에 봄의 이미지를 통해서 희극 양식이 표현하고자 한 긍정적이고 희망적인 인생관을 표현했다고 생각한다.

일엽은 봄을 구체적으로 환기하는 꽃, 바람, 나비, 종달새, 강과 산과 같은 대상을 통해 생명력, 아름다움, 즐거움, 희망, 여성해방 등의 의미를 산출해냈다. 반면에 겨울은 눈, 눈서리, 북풍, 얼음, 음애(그늘진 낭떠러지)와 같은 대상을 통해 죽음, 인생의 고난과 시련, 여성의 억압이란 의미를 산출해냈다. 봄의 이미지를 표현한 시들에서 겨울이 대립적 이미지로 그려진 것은 겨울의 추위와 고난을 극복해야만 봄이 올 수 있기 때문이다. 사계절의 주기에서도 겨울이 지나야 봄이 오기 때문에 이는 지극히 자연스런 구도라고 할 수 있다.

이 글에서 분석한 김일엽의 시들은 1907년에 쓴 1편, 1920년에 쓴 5편, 그리고 1933년에 쓴 2편 등 총 8편이다. 일엽은 「동생의 죽음」이란 시에서는 십대 초반의 어린 나이에도 생의 허무를 통찰할 만큼 정신적인 성숙을 보여주었다. 1920년에 『신여자』에 발표했던 5편의 시에서는 일엽이 『신여자』를 일본의 신여성 히라쓰카 라이초가 주도하여 창간했던 일본의 페미니즘 잡지 『세이토(靑鞜)』(1911년 4월 창간)과 같은 잡지로 만들고자 했던 만큼 『신여자』를 중심으로 여성해방을 이루어나가겠다는 사명감과 기대를 봄의 이미지를 통해서 거듭 천명했다. 일엽은 1920년대에 산문을 통해서 여성해방과 페미니즘을 강력한 논조로 주장하였다면, 시에서는 페미니즘에 대한 논리적 주장보다는 여성이 해방된 미래에 대한 희망과 기대를 정서적으로 표현하였다.

그런데 1933년에 발표한 2편의 시는 1920년에 발표했던 시들과는 사뭇 차이를 보인다. 선의 화두를 던져주듯이 봄의 신비를 풀어보라고 질문을 던지는가 하면 계절상의 봄이 왔는데도 화자의 넋에는 봄이 찾아오지 않았다는 불일치와 아이러니를 통해서 삶에 대한 보다 복잡한 인식과 태도를 보여주는 한편 희망도 버리지 않고 있다. 1933년은 일엽이 불문에 출가를 결정한 시기이다. 시가 보여주는 복잡한 인식 변화는 불교적 세계관을 반영한 것으로 파악된다.

(『문예운동』 2021년 봄호(149호), 2021.02)

10
김일엽 시의 주체와 욕망

1. 라캉의 주체 그리고 욕망

라캉(Jacques Lacan)은 인간의 존재론적 본질을 영원히 충족할 수 없는 결핍으로 규정하며 인간 존재를 다음과 같이 상정한다. 첫째, 인간 주체는 그 원초적 통일성이 분열된 상태이므로 상실된 통일성을 되찾으려는 끊임없는 욕망에 사로잡힌 결핍의 존재이다. 둘째, 이러한 결핍으로서의 욕망은 본질적으로 성적 욕망이다. 인간은 원초적 남녀 양성(androgyny)의 충만함을 상실하고 남자와 여자로 분리되었기 때문에, 상실된 충만함을 되찾으려는 줄기찬 욕망은 다름 아닌 성적 욕망이다. 셋째, 인간은 성적 결합을 추구함으로써 이러한 상실에 기인한 주체의 고통을 해결하려는 무의식적 욕망에 사로잡힌 존재이다.[1]

따라서 라캉의 주체는 합리주의 철학이 상정하는 정체감 있는 주체,

---

1) 전경갑, 『욕망의 통제와 탈주』, 한길사, 1999, 128-129면.

투명한 주체, 통합된 주체가 아니라 불확실한 주체, 결핍된 주체, 끝없이
분열된 주체이다. 존재론적 차원에서 인간은 상실된 통일성과 전체성을
동경하면서도 이를 영원히 달성할 수 없는 상실과 결핍의 존재이며, 그
래서 욕망의 존재로 본다. 인간 주체는 원초적 통일성이 분열된 상태이
므로, 그 본질에 있어서 결핍된 상실이고, 그래서 욕망으로 정의될 수밖
에 없다. 즉 상실된 통일성을 회복할 수 없는 영원한 결핍과 욕망의 존
재가 바로 인간이다. 주체는 세 가지의 균열 혹은 분리를 경험하는데, 첫
째는 어머니로부터의 분리요, 둘째는 거울에 비친 자기 몸의 통일적 영
상 즉 이상자아로부터 분리됨이며, 셋째는 상징체계 속에 위치 지어짐
으로 인한 자아 이탈이다.[2]

　라캉에게 있어 욕망(desire)은 언어, 상징계의 작용으로 도입된 결여,
혹은 절대적 대상의 상실을 의미한다. 그리고 라캉의 욕망은 프로이트
와 달리 철저히 상징적, 심리적 의미를 부여하고 있다. 그는 신체적 욕구
(need), 언어적 요구(demand)와는 다른 개념으로 욕망이란 개념을 설
정하였다. 그에게 욕망은 항상 자신의 대상에서 빗나가며, 결여의 차원
에서 작동한다. 즉 욕망의 완전한 충족의 구조적(structural) 불가능성을
강조하는 것이 라캉의 욕망이론의 특징이다. 그는 욕망 속에 내재한 결
여의 차원을 해명하기 위해 구조주의 언어학 이론을 원용한다. 그에게
욕망은 결여를 의미하고, 욕구는 생물학적 필요를 의미하며, 요구는 채
워질 수 없는 욕망이 완전히 충족될 것을 요구하는 것을 뜻한다. 그러므
로 욕망은 상징계에 속하고, 요구는 상상계에 속한다. 요구는 어머니의
절대적 '현존'에 대한 무조건적 요구이고, 욕망은 그러한 요구는 완전히

2) 전경갑, 『현대와 탈현대의 사회사상』, 한길사, 1993, 163-170면.

채워질 수 없다는 것을 의미한다. 라캉에 따르면 인간의 욕망은 타자의 욕망이며, 주체는 타자가 욕망하는 방식으로 욕망한다는 것을 의미한다. 나는 타자가 욕망하는 대상을 역시 욕망하며, 타자가 욕망하는 방식으로 욕망하는 것이다.[3]

2. 김일엽 시의 주체와 욕망

근대 초기 문인들이 다양한 장르에서 전천후적인 활동을 하였듯이 김일엽도 시, 소설, 산문 등 여러 분야에서 작품을 발표했다. 근대 초기 페미니즘 잡지 『신여자』 발간(1920)을 비롯하여 가부장제의 순결이데올로기를 비판한 '신정조론'을 둘러싼 센세이셔널한 논쟁 등 일엽은 페미니즘과 섹슈얼리티 담론의 중심에 서 있었다. 1933년 이후 불문에 귀의하여 승려가 된 일엽은 오랫동안 글쓰기를 중단하였지만 1960년에 『어느 수도인의 회상』을 발간하며 다시 문필가로 복귀한다. 이때의 일엽의 글은 근대 초기의 페미니스트로서의 면모와는 거리가 너무 멀어 그 간극에 독자들은 당황하지 않을 수 없었다.

김일엽에 대한 문학적 연구는 아직 충분하다고 할 수 없다. 아니, 아직 시작단계이다. 특히 그녀의 시에 대한 연구는 정영자[4], 김현자[5] 등 몇

---

3) 전경갑, 『욕망의 통제와 탈주』, 141-142면. ; 한국문학평론가협회, 『문학비평용어사전』, 국학자료원, 2006.
4) 정영자, 「김일엽문학연구」, 『수련어문연구』 14, 부산여자대학 국어교육과, 1987, 1-26면.
5) 김현자, 「김일엽 시의 자의식과 구도의 글쓰기」, 『한국시학연구』 9, 한국시학회, 2003, 31-58면.

몇 학자들에 의해 진행되어 왔을 뿐이다. 최근 송정란은 일엽의 출가 이후의 시를 불교의 선시라는 관점에서 연구함으로써 그간 일엽의 시에 대한 연구가 출가 이전의 작품에 경도되었던 데서 벗어나 연구 영역을 확장하였다.[6] 우남희는 니체와 불교의 치유적 사유에 근거하여 일엽의 시를 분석하였으며,[7] 박선영은 일엽의 출가 전 시를 대상으로 하여 근대적 주체성 확립의 절차에 주목하여 일엽의 시를 재독하였다.[8] 이처럼 일엽의 시에 대한 연구는 연구자도 소수에 불과하며 연구방법도 다양하지 못한 상태이다.

김일엽의 시는 그녀가 아직 페미니즘의 한복판에 서 있던 1920년대 중반에도 '님' 또는 '당신'의 부재와 결여, 즉 주체의 불확실성과 결핍과 분열에 대해 노래하기 시작한다. 이러한 시적 경향은 페미니스트 김일엽과는 상충되는 새로운 면모이다. 여성의 자유와 평등에 대한 주장이 주로 성과 사랑에 초점이 맞추어졌다는 이유에서 급진주의 페미니스트로 평가받는[9] 일엽은 "여성해방의 핵심적 의제로 여성 일방에게만 요구하는 가부장적이고 봉건적인 순결이데올로기를 강하게 비판하며 여성의 성적자기결정권을 주장했다. 섹슈얼리티야말로 가부장제 사회가 여

---

6) 송정란, 「김일엽(金一葉)의 출가 과정과 불교시 변모 양상」, 『한국사상과 문화』80, 한국사상문화학회, 2015, 31-57면. ; 송정란, 「김일엽의 선(禪)사상과 불교 선시(禪詩) 고찰」, 『한국사상과 문화』85, 한국사상문화학회, 2016, 443-466면. ; 송정란, 「일엽 선시에 나타난 수사적 표현기법-적기수사법(賊機修辭法)을 중심으로」, 『한국사상과 문화』 90, 한국사상문화학회, 2017, 39-65면.
7) 우남희, 「니체와 불교의 치유적 사유로 본 김일엽의 시」, 『문학치료연구』54, 한국문학치료학회, 2020, 285-311면.
8) 박선영, 「신감각, 신감성, 신윤리-신여자의 출현과 김일엽의 시」, 『한국문예비평연구』 59, 한국문예비평학회, 2018, 117-140면.
9) 김경일, 『여성의 근대, 근대의 여성』, 푸른역사, 2004, 125면.

성을 억압하고 통제하는 핵심적인 영역으로 파악"[10]하는 등 일엽은 당대 최고의 페미니스트였다. 그리고 페미니즘, 특히 급진주의 페미니즘에서는 낭만적 사랑이야말로 여성을 억압하고 지배하기 위한 가부장제의 심리적 도구라고 비판해왔다.

일엽이 『신여자』를 발간하며 가부장제에 대한 비판의 선봉에 서고, 「나의 정조관」(1927) 등의 산문을 통해 남성중심의 순결이데올로기에 정면 도전을 하는 동안 그녀의 소설들은 가부장제의 여성 억압과 남녀 불평등을 비판하는 주제를 일관성 있게 서사화하였다. 즉 급진주의 페미니즘에서 비판하는 낭만적 사랑 같은 것이 1920년대 그녀의 소설문학에 끼어들 여지는 없었다. 그런데 일엽의 시는 다른 경향을 보이고 있는 것이다.

일엽은 1929년부터, 즉 「희생」(1929.01), 「X씨에게」(1929.06), 그리고 「애욕을 피하여」(1932.04) 등의 소설에서는 페미니즘과는 거리를 두기 시작한다. 즉 연작관계에 있는 세 소설은 사랑하던 대상과의 갑작스런 이별에 대한 당혹감을 표명하는 등 이별 모티프를 소설화하며 주인공의 에로스에 대한 욕망과 미련, 대상에 대한 간절한 그리움과 원망 등을 집중적으로 표현하는 변화를 보여준다.

> 일엽의 「희생」(1929.1), 「X씨에게」(1929.6), 그리고 「애욕을 피하여」
> (1932.4)는 연작관계에 있는 작품이다. 이 세 편의 소설의 배경에는 일엽
> 과 교제하다 그녀에게 일방적으로 이별을 통보하고 금강산으로 수행의
> 길을 떠나버린 백성욱과의 이별의 트라우마(trauma)가 작용하고 있다.

---

10) 송명희, 「섹슈얼리티에 대한 김일엽의 급진적 사유」, 『문예운동』2019년 가을호, 2019.08, 170-189면.

즉 세 편의 소설은 일엽의 백성욱에 대한 떨치지 못한 미련과 미처 준비
가 안 된 이별에 대한 당혹감, 그리고 해소되지 못한 에로스의 욕망과 간
절한 그리움 등이 공통으로 작용하고 있다는 점에서 동일한 모티프를 가
진 연작소설로 파악할 수 있다.[11]

소설 장르와는 달리 일엽은 시 장르에서는 좀 더 일찍부터, 즉 1926년
께부터 사랑의 대상인 '님'의 부재와 결여, 사랑이라는 욕망의 불가능성
과 결핍에 대해 집중적으로 형상화하기 시작했던 것으로 보인다. 즉 페
미니즘과는 분명 거리가 있는 시세계를 보여주기 시작한 것이다. 독자
로서는 그 새로움과 변화에 주목하지 않을 수 없고, 그 이유가 무엇일까
에 대해서 궁금해 하지 않을 수 없다. 정말 무엇이 그녀로 하여금 산문
이나 소설 장르와는 다르게 시 장르에서 그와 같은 변화를 일찍부터 일
으키게 한 것일까?

필자는 일엽으로 하여금 '님'의 부재와 결여, 사랑이라는 욕망의 불가
능성과 결핍을 노래하게 만든 대상이 있다면 그 대상이 백성욱이 아닌
가 조심스럽게 추측해 본다. 하지만 문제는 일엽과 백성욱(1897~1981)
은 1928년 전후해서 만나 잠시 교제하다 헤어진 것으로 알려져 있어 시
기가 잘 들어맞지 않는다. 일엽은 『불교』지에 글을 발표하면서 당시 주
필이었던 백성욱을 알게 되었다고 회고한 바 있다. 일엽이 1928년 7월
에 『불교』지에 산문 「회고」를 처음으로 발표했던 만큼 적어도 1928년
전반기 이전에 백성욱과의 만남은 이루어졌을 것이다. 그리고 백성욱
과의 이별의 트라우마를 서사화한 작품들이 1929년 1월부터 연달아 발

11) 송명희, 「에로스와 타나토스의 딜레마 사이에서」, 『문예운동』2020년 봄호, 2020.02,
84면.

표된 것으로 보아 이미 1929년이 되기 전인 1928년 말에 이별한 것으로 보인다. 하지만 그것은 정황상의 추측일 뿐 그 누구도 두 사람이 정확히 언제 만나 언제 헤어졌는지 알 수 없다.

백성욱은 일엽으로 하여금 세속을 떠나 승려의 길을 걷도록 결정적 영향을 미친 인물이다.[12] 그는 1925년에 독일 뷔르츠부르크대학에서 28세의 젊은 나이에 철학박사학위를 받은 후 귀국하여 불교에 관련한 집필활동과 강연활동, 그리고 사회활동을 왕성하게 전개하였던[13] 만큼 일엽은 그의 명성을 일찍부터 들었을 것이다. 이십대의 젊은 나이에 철학박사 학위를 받고 귀국한 백성욱의 존재는 당시 조선의 지식인 사회에서 큰 화제와 관심을 불러일으켰기에 일엽이 그의 존재에 대해서 알았을 가능성은 충분한 것이다. 두 사람이 직접 교제를 시작한 것이 1928년 전후라고 해도 일엽은 당시 셀럽(celebrity)이던 백성욱의 존재를 이미 알고 있었으며, 그에 대한 흠모의 감정을 키워오며 일련의 시들에서 시적 대상인 '님'으로 형상화하고, 그리움의 감정을 표출한 것이 아닌가 생각되는 것이다.

이런 추측을 해보는 것은 1926년 이후 수년 동안에 발표한 일엽의 시들이 1920년에 『신여자』에 수록한 시들, 즉 여성해방과 관련한 희망, 기대, 선구자 의식을 강하게 표출한 페미니즘 시들과는 너무 상이한 시 세계를 보여주고 있기 때문이다. 뿐만 아니라 일엽이 여러 남성들과 만나고 헤어졌지만 평생토록 그리워하고 영향을 받은 유일한 인물이 백성욱이기 때문이다.

---

12) 위의 글, 83면.
13) 위의 글, 83면.

　김일엽은 일생에 걸쳐 여러 명의 남자와 만나 사랑하고 헤어졌으며, 결혼하고 이혼하였다. 1920년에 처음으로 결혼했던 연희전문 교수 이노익, 1921년 일본 유학시절에 만났던 일본인 세이조, 일본 유학 시 알게 된 예술지상주의 작가 임노월과는 1923년에 서울에서 재회하여 동거했으나 1925년에 헤어졌다. 그 후 잠시 만났던 『동아일보』 기자 국기열, 그리고 백성욱을 만나 짧게 사귀다가 1928년 후반에 돌연 헤어졌으며, 그 후 와세다대학 영문과를 졸업하고 보성고보의 영어교사를 하던 하윤실과 재혼하였지만 이혼하고 1933년부터 본격적으로 승려의 길을 걸었다.

> 쌀쌀히 쏟아지는 찬 눈 속에서
> 그래도 꽃이라고 피었습니다.
>
> 높고도 깊은 산의 골짜기에서
> 드문히 떨어지는 조그만 샘물
>
> 그래도 깊이 없는 대양의 물이
> 그 샘의 뒤끝인 줄 알으십니까.
>
> 공연히 어둠 속에 우는 닭소리
> 그래도 아십시오, 새벽 오는 줄
> ─「『신여자』 창간호 서시」 전문[14]

---

14) 김일엽, 김우영 편, 『김일엽 선집』, 현대문학, 2012, 21면.

「『신여자』 창간호 서시」(1920.03)는 겨울의 찬 눈 속에 핀 꽃을 통하여 여성해방의 희망을 제시한다. 이 시는 깊이 없는 대양의 물도 높고도 깊은 산골짜기에서 드문히 떨어지는 조그만 샘물에서 비롯되고 있다는 것을 통해 새로 창간한 잡지『신여자』에서 비롯된 여성해방의 미미한 샘물은 미래에 대양의 물이 될 것이라는 기대와 확신을 나타낸다. 그리고 어둠 속에 우는 닭소리를 통해서는 여성해방의 새벽이 다가오고 있다는 확신을 표현한다. 일엽은『신여자』란 잡지가 여성해방의 희망의 꽃이며, 샘물이며, 새벽을 알리는 닭소리가 될 것이라는 신념을 창간호의 서시에서 노래하고 있다. 즉『신여자』의 창간이 어둠을 깨우고 새 시대의 새벽을 알리는 닭소리가 되기를 소망한다. 시인은 겨울의 꽃, 산골짜기의 샘물, 어둠 속의 닭소리라는 시각적 청각적 기표들이 미래 어느 날의 봄, 대양, 새벽이 되는, 즉 여성해방의 '새 시대가 도래할 것이라는 기의를 산출한다.'[15] 그러나 여성해방이란 기의는 아직 미래적 가치일 뿐이다. 현실은 여전히 찬 눈이 내리는 겨울이며, 드문히 떨어지는 조그만 산골짜기의 샘물이며, 어둠 속에서 우는 닭소리의 시공간 속에 놓여 있다. 즉 현실은 아직 부자유와 억압 속에 놓여 있으므로, 페미니즘이라는 매혹적인 상상적 미래 가치를 구현할 선구적 주체로서 잡지『신여자』와 신여자(신여성)의 역할을 선언적으로 강조한 것이다.

이처럼 여성해방이라는 상상적인 미래 가치에 대한 확신과 선구적 주체로서의 역할 인식은 잡지『신여자』에 수록된 「알거든 나서라」(1920.03)」,「『신여자』 2호 서시」(1920.04), 「봄의 옴」(1920.04), 「춘(春)의 신(神)」(1920.04) 등의 일련의 시에서 반복적으로 나타나고 있다.

---

15) 김현자, 앞의 논문, 35면.

하지만 1926년 이후에 발표한 일련의 시들에서는 여성해방의 미래에
대한 확신에 찬 목소리가 사라지는 대신 님의 부재와 결여, 그리고 사랑
에 사로잡힌 여인의 대상에 대한 그리움과 고독감, 안타까움 등이 지배
적인 정서로 나타나기 시작한다.

따라서 본고는 일엽의 주체와 욕망에 관한 인식이 현대의 정신분석학
자인 라캉의 주체와 욕망의 개념과 맞닿아 있다고 보고 작품을 해석해
보고자 하는 것이다.

　　무정한 님이어니
　　생각한들 무삼하리
　　차라리 남들에게
　　님 향한 정 옮기려 했네
　　때늦은 이제 님의 맘 아니
　　가슴 아파하노라

　　못 만날 님이어든
　　그대로 언제까지
　　무정한 님으로나
　　가슴속에 묻어두고
　　한세상 되어가는 대로
　　그럭저럭 지낼 걸-
　　-「자탄(自歎)」 전문[16]

16) 김일엽, 김우영 편, 앞의 책, 29면.

「자탄(自歎)」(1926.07.16.)이란 시에서 시적 주체인 화자가 욕망하는 대상은 '못 만날 님', '무정한 님'으로 언제나 부재하는 대상이며, 결여의 차원에서 화자와 분리되어 존재한다. 「자탄(自歎)」은 바로 욕망의 대상인 님에 대한 결핍과 분열을 노래한 시이다. 제1연에서 화자는 자신에게 정을 주지 않는 무정한 님이기에 님을 향했던 정을 타인들에게 옮기려고 하다 뒤늦게 님의 속 깊은 마음을 알고 가슴 아파한다. 사실 모든 욕망, 심지어 가장 순수한 사랑까지도 타자, 즉 상대방에 의해서 인정받아야 하는 욕망이며, 스스로를 어떤 식으로든 타자에게 부과시키는 욕망이다.[17] 인간은 늘 타자를 욕망한다. 달리 말하면 나에 대한 타자의 인정을 욕망한다. 라캉은 욕망이 인정 혹은 승인과 같은 상징적 차원에서 작동하고 있음을 말한다. "사랑에 빠진 두 연인은 서로에게 인정받고 싶어 한다. 그러나 이 사랑의 요구는 연인들의 갈망을 채워주기는커녕 점점 더 큰 욕망의 회로 속으로 밀어 넣어 두 사람을 외롭게 만든다. 인정받고 싶을수록 갈망이 클수록 외로움은 더욱 커질 뿐이다."[18] 제2연에서는 님의 마음을 알았다고 하더라도 어차피 현실의 차원에서 못 만날 님이기에 차라리 가슴속에 무정한 님으로 묻어둔 채 세상 되어가는 대로 그럭저럭 지낼 것을 공연히 님의 마음을 얻기를 욕망하고, 남들에게 그 정을 옮기려 했던 것을 후회하고 탄식한다. 즉 님의 마음을 알든 못 하든 님은 못 만날 부재의 존재이며, 나아가 사랑(또는 사랑하는 대상)은 영원히 소유할 수 없는 결핍과 결여의 긴장관계를 내포한 존재라는 것을 일엽은 이미 통찰하고 있었음을 이 시는 보여주고 있다.

---

17) 마단 사럽, 김해수 역, 『알기 쉬운 자끄 라깡』, 백의, 1995, 190면.
18) 자크 라캉, 앞의 책, 21면.

뒤뜰에 홀린 조희(종이)

날려 온 휴지임을

모름이 아니언만

하-두 아쉰 맘에

행여나 님 던진 편지인가

만저거려 보노라.

－「휴지(休紙)」전문[19]

「휴지(休紙)」(1926.08.06.)는 뒤뜰에 날아온 휴지라는 기표를 통하여 사랑의 허상과 판타지를 노래하고 있다. 화자는 휴지를 님이 던져준 편지, 즉 사랑의 메시지(언어)를 담은 종이인가 착각하며 만지작거려보지만 그것은 어김없이 텅 빈 휴지조각에 불과하다. 라캉에게 있어 사랑은 성취될 수 있는 것이 아니라 영원한 결핍, 결여와 관련되어 있다. 사랑이란 일종의 허상이요, 판타지에 불과한 것으로 결코 충족될 수 없는 것이다. 그리고 환상의 본질은 그 불가능성이다.[20] 즉 화자가 바란 것은 사랑의 메시지를 전달하는 편지지만 그가 실제로 만져볼 수 있는 것은 텅 빈 휴지조각에 불과하다. 즉 사랑이란 욕망은 언어(편지)로 구사될 수 없기에 마치 휴지 같은 영원히 충족될 수 없는 결핍이라고 진술하고 있다. 휴지야말로 사랑이란 기의의 존재론적 결핍과 결여를 나타내주는 탁월한 기표이다. 이 시는 사랑이란 욕망을 인간이 가지지만 그가 실재계에서 만나는 사랑은 휴지와도 같은 텅 빈 허상이요, 판타지라는 것을 암시한다. 사랑은 결코 성취되는 것이 아니다. 사랑이란 기의는 말로 가득 찬

19) 김일엽, 김우영 편, 앞의 책, 30면.
20) 마단 사럽, 앞의 책, 112면.

편지가 아니라 휴지처럼 텅 빈 기표에 불과하다는 것을 통해 일엽은 사랑의 불가능성과 사랑의 결여를, 결핍되고 분리된 주체를 표현하고 있다. 이 시는 주체와 님(대상a)의 관계에서 발생하는 근원적인 결여, 욕망의 충족 불가능성을 노래하고 있다.

> 고적(孤寂)도 서러움도
> 모도 다 잊고서는
> 한세상 웃음 웃고
> 살아볼까 하건마는
> 불의에 나타난 님은
> 눈물의 씨 되어라
> -「틈입자」 전문[21]

「틈입자」(1926.12.06)는 님의 존재로부터 자유로워지고 싶은 화자의 심경을 노래한다. 화자는 님의 부재와 사랑의 결여로부터 기인하는 고적과 서러움으로부터 벗어나서 한세상 웃음 웃고 살아보고자 한다. 하지만 불의에 나타난 님의 존재로 하여금 다시 눈물, 즉 슬픔에 사로잡힌다. 여기서 불의에 나타난 님은 현실적으로 님의 존재가 화자의 눈앞에 나타났다는 의미가 아니다. 즉 님의 존재로부터, 즉 사랑의 욕망으로부터 자유로워졌다고 생각한 바로 그 순간 불의에 님은 다시 화자의 마음 속에 틈입자처럼 끼어들며 그를 구속한다. 즉 님에 대한 생각이 모두 다 잊혀졌다 여겨지는 그 순간에 님에 대한 생각이 갑자기 틈입해 옴으로써 웃음이 슬픔으로 변해버리는 심경을 말한 것이다. 이 시도 님의 존재

---

21) 김일엽, 김우영 편, 앞의 책, 32면.

로부터, 즉 사랑이란 욕망으로부터 부자유한 존재인 화자의 내면을 보여주는 한편, 사랑의 결핍과 결여, 즉 사랑이란 감정의 구조적 불가능성을 표현하고 있다. 욕망은 이처럼 항상 자신의 대상에서 빗나가며, 결여의 차원에서 작동한다.

> 당신은 나에게 무엇이 되었삽기에
> 살아서 이 몸도
> 죽어서 이 혼까지도
> 그만 다 바치고 싶어질까요.
> 보고 듣고 생각는 온갖 좋은 건
> 모두 다 드려야만 하게 되옵니까?
> 내 것 네 것 가려질 길 없사옵고
> 조건이나 대가가 따져질 새 어딨겠어요?
> 혼마저 합쳐진 한 몸이지만……
> 그래도 그래도,
> 그지없이 아쉬움
> 그저 남아요……
> 당신은 나에게 무엇이 되었삽기에
> ―「당신은 나에게 무엇이 되었삽기에」전문[22]

「당신은 나에게 무엇이 되었삽기에」는 일엽이 출가 후 오랜 침묵을 깨고 출간한 두번째 장편 에세이 『청춘을 불사르고』(1962)에 수록된 첫번째 글인 「청춘을 불사르고-B씨에게 제일언」의 서두에 삽입한 시로

---

22) 위의 책, 390면.

서 일종의 프롤로그 성격의 시이다. 일엽은 이 시를 1928년 4월에 창작
한 것으로 회고하고 있다.[23] 이 시에서 화자가 영육을 다 헌신하고 싶은
'당신'은 백성욱이다. 부제에 등장하는 B씨 역시 백성욱이다. 목사의 딸
이었던 일엽은 동생, 어머니, 아버지 등 잇단 친족의 죽음을 경험하면서
기독교에 깊은 회의를 품고 있던 중 백성욱과 만남으로써 불교에 깊게
매혹된다.[24] 그리고 마침내 1933년에는 수덕사의 만공스님 문하로 출
가하여 승려가 된다. 일엽으로 하여금 종교적인 개종까지 하며 승려의
길을 걷도록 결정적 영향을 미친 인물은 한때 연인관계였던 백성욱이
다. 두 사람은『불교』지의 주필과 필자의 관계로 만나 잠시 사귀었지만
1928년 말에 백성욱이 일방적으로 일엽을 떠나버림으로써 갑자기 헤어
졌다.[25] 일엽이 출가 후 승려 신분으로 발간한『청춘을 불사르고』가 출
판된 것은 1962년의 일이다. 이별 후 무려 35년의 긴 세월이 흘렀음에
도 백성욱에 대한 그리움과 갑작스런 이별로부터 입은 마음의 상처가
글의 서두부터 생생하게 소환된다. "당신이야 내 영육을 어루만지던 당
신의 손길의 변신인 별리(別離)의 칼에 중상을 입은 심장을 안고 사랑
의 폐허에서 홀로 신음하고 있는 내 고(苦)가 어떠한지 알기나 하오리
까?"[26]라는 대목은 일엽에게 이별로 인한 트라우마가 얼마나 깊었는지
충분히 짐작케 한다.

　시「당신은 나에게 무엇이 되었삽기에」에서 화자는 사랑은 분리된
존재들을 하나로, 즉 일체화시켜 준다는 지독한 환상을 갖고 있다. 하

---

23) 위의 책, 33면.
24) 김우영이 작성한 연보에 의하면 일엽은 이보다 일찍, 즉 1923년 충남 예산 수덕사에
　　서 만공스님의 법문을 듣고 크게 발심한 것으로 되어 있다. 위의 책, 507면.
25) 송명희,「에로스와 타나토스의 딜레마 사이에서」, 83면.
26) 김일엽, 김우영 편, 앞의 책, 391면.

지만 영육일치의 사랑을 느꼈던, 즉 혼마저 합쳐진 한몸과 같은 존재라고 할지라도 너와 내가 하나가 되는 사랑의 일체화란 이데올로기가 환상에 불과하다는 것을 화자는 깨우친다. 자타의 일체화와 영혼과 육체가 일치되는 사랑의 완전성에 대한 관념은 환상의 수준으로만 존재한다는 것을 이 시는 여실히 보여주고 있는 셈이다. 라캉이 강조한 낭만적이고 열정적인 사랑은 상상계 속에서의 사랑이며, 그것은 오랫동안 굴레로 일엽의 일생을 관통해 왔음을 보여주는 것이다. 시의 화자는 생사를 초월하여 영육을 모두 다 헌신하고 싶은 희생정신, "보고 듣고 생각는 온갖 좋은" 것을 드리고 싶고, 내 것, 네 것을 가리지 않고 다 주고 싶고, 조건이나 대가를 따지지 않고 당신을 채워줄 것이고 당신을 완성시킬 것이라는 헌신의 열정에 사로잡혀 있다. 하지만 "그래도 그래도,/그지없이 아쉬움/그저 남아요……"처럼 영육일치의 사랑일지라도 그지없는 아쉬움이 남는다고 진술한다. 주체는 큰 타자에게 결여한 것을 채워주는 대상으로, 타자에게 스스로를 제공함으로써 자기 자신의 결여를 채우고자[27] 하지만 사랑은 그 불가능성만을 확인시켜 줄 뿐이라는 것이다. 그것이 욕망의 속성이다. 설령 신체 감각적 욕구는 채워질지 모르지만 사랑의 욕망은 만족할 줄 모르는, 주체의 밖에 존재하는 결여인 것이다.

  님께서 부르심이
  천 년 전가? 만 년 전가?
  님의 소리 느끼일 땐

---

27) 마단 사럽, 앞의 책, 190면.

금시 님을 뵈옵는 듯
법열에 뛰놀건만
들쳐보면 거기로다

천궁에서 시 쓸 땐가?
지상에서 꽃 딸 땐가?
부르시는 님의 소리
듣기는 들었건만
어디인지 분명치 못하여

뺑뺑이만 치노라
님이여! 어린 혼이
님의 말씀 양식 삼아
슬픔을 모르옵고
가노라고 가건마는
지축지축 아기걸음
언제나 님 뵈리까?
―「행로난(行路難)」전문[28]

　「행로난(行路難)」(1932.04)에서의 님은 에로스의 대상이라기보다는
'법열'이란 시어에서 보듯이 불교적 님인 부처나 깨달음으로 해석된다.
하지만 이때의 님도 쉽게 소유하거나 도달할 수 있는 대상이 아니다. 오
히려 불교적 깨달음의 세계는 에로스의 대상에게 다가가는 것보다 더

어려울 수 있다. "금시 님을 뵈옵는 듯/법열에 뛰놀건만/들쳐보면 거기
로다"처럼 화자는 일시적으로 법열에 취한 즐거움과 기쁨에 빠져보지
만 속을 들추어보면 여전히 '거기'에 불과하다고 진술한다. 즉 한때의 깨
달음에서 느끼는 황홀한 법열, 즉 불교적 주이상스는 저 멀리 달아나고
"뻥뻥이만 치노라"에서 보듯이 언제나 제자리걸음을 하고 있다는 것이
다. 뿐만 아니라 "부르시는 님의 소리/듣기는 들었건만/어디인지 분명
치 못하여"에서도 깨달음의 어려움을 반복하여 진술한다. 님의 존재는
'님의 소리'라는 청각적인 감각으로 다가오는 듯하지만 그 소리가 정확
히 어느 방향에서 들려오는지 알 수 없다. 즉 님의 존재는 감각의 차원,
즉 욕구(need)의 차원에서 충족되고 느껴지는 듯하지만 그것을 넘어서
서 결코 충족될 수 없다. 왜냐하면 욕구는 만족할 수 있으되 욕망은 만
족할 수 없기 때문이다.[29] 또한 님의 말씀을 양식 삼아 수행의 길을 가건
마는 어린아이처럼 지축지축 그 발걸음은 더디기만 하여 언제쯤 님을
뵐 수 있을지 그 또한 알 수 없다. 그만큼 깨달음의 길, 수행의 길은 멀고
더디다는 것을 이 시는 말하고 있다. 그리고 부처님의 말씀을 양식으로
삼아 수행하는 과정에서 일시적으로 불교적 깨달음의 환희인, 법열에
뛰놀기도 하지만 진정한 깨달음은 결코 쉽지 않다는 것을 말하고 있다.
즉 불교적 깨달음에 대한 욕망 역시 에로스적 대상에 대한 사랑의 욕망
처럼 계속 미끄러지는 결여와 결핍이 되고 만다. 「님에게」(1932.04)에
서도 법열에 뛰놀던 화자가 여전히 제자리를 맴도는 깨달음의 어려움
을 말할 뿐만 아니라 깨달음이란 욕망의 기표, 대상a도 결국 환영적 대
상으로서 계속 미끄러진다는 것을 말한다.

---

29) 마단 사럽, 앞의 책, 110면.

우주에 가득 찬 것 모두 다 님의 손길
잡으라 잡으라고 소리소리 치시건만
눈멀고 귀 어두운 중생 헛손질만 하더라
―「님의 손길」(1932.05) 전문[30]

이 시는 우주에 편만한 부처, 일체중생실유불성(一切衆生悉有佛性)
임에도 불구하고 그 존재를 알아차리지 못하고 눈 멀고 귀 어두운 중생
이 헛손질만 하고 있는, 즉 무명(無明) 속을 헤매는 중생의 어리석음에
대한 탄식을 나타내고 있다. 그만큼 불교적 진리를 깨닫는다는 것은 지
난한 일이다. 중생의 욕망의 대상인 부처의 존재는 늘 결여와 결핍으로
나타난다. 인간의 존재론적 본질은 영원히 충족할 수 없는 결핍이며, 인
간 주체는 그 원초적 통일성이 분열된 상태이므로 상실된 통일성을 되
찾으려는 끊임없는 욕망에 사로잡힌 결핍의 존재이다. 불교적 진리를
성취하고자 하는 욕망뿐만 아니라 무릇 인간의 모든 욕망은 우주에 편
만하여 쉽게 손에 잡을 수 있다는 듯이 유혹적으로 다가오지만 인간은
근원적으로 영원히 욕망을 충족할 수 없는 불확실한 주체, 결핍된 주체,
끝없이 분열된 주체이다. 존재론적 차원에서 인간은 상실된 통일성과
전체성을 동경하면서도 이를 영원히 달성할 수 없는 상실과 결핍의 존
재이다. 「님의 손길」을 썼던 1932년에 일엽은 아직 승려의 길로 입문하
지 않았다. 일엽은 결핍된 주체와 충족할 수 없는 욕망으로부터 벗어나
기 위한 불교적 진리의 깨달음을 갈구하며 1933년에 승려가 되었지만
그녀가 불완전성과 결핍을 넘어서서 통합된 주체로 거듭났는지의 여부

---

30) 김일엽, 김우영 편, 앞의 책, 36면.

는 이후의 선시들을 검토함으로써 확인할 수 있을 것이다.

3. 마무리

이 글은 일엽이 1926년 이후 출가 이전(1932)까지의 시들을 라캉의 주체와 욕망이란 개념으로 해석해 보았다. 일찍이 친족의 죽음을 연달아 경험하고 만남과 헤어짐을 반복하였던 일엽은 인간은 존재론적 차원에서 상실된 통일성과 전체성을 동경하면서도 이를 영원히 달성할수 없는 상실과 결핍의 존재라는 것을 체득하며 살았을 것이다. 여성해방의 목표로서의 대상a든, 에로스적 욕망으로서의 대상a든, 불교적 깨달음이란 욕망으로서의 대상a든 욕망은 항상 자신의 대상에서 빗나가며, 결여의 차원에서 작동한다는 것을 일엽은 경험하고 자각했을 것으로 생각된다.

위에서 검토한 일련의 시들에서 보여준 결핍된 주체의 결여된 욕망에 대한 일엽의 자각은 그녀가 페미니즘이라는 사회개혁에 대한 욕망과 에로스적 대상에 대한 욕망을 모두 버리고 자타의 분열과 결여가 아니라 통합되고 완전한 세계를 찾아 승려의 길로 접어들게 만든 내적 동인이 되지 않았을까 생각하게 만든다.

하지만 그녀의 시는 깨달음이라는 목표나 욕망도 결코 쉽게 도달할 수 없는 결여와 결핍으로 다가올 뿐이라고 진술하고 있다. 그것은 일엽이 아직 수행이 얕은 단계에 머물렀기 때문일 수도 있지만 모든 욕망은 만족할 줄 모르는, 즉 영원히 충족될 수 없는 결핍과 연관되어 작동되는 것이라는 욕망의 본질적 속성을 말해주는 것이라고 생각된다. 불교는 욕망을 헛되고 헛된 것으로 여기며 모든 욕망을 버리라고 말하고, 욕망하는 '나'라는 주체조차 버려야 한다고 말하지만 모든 욕망과 주체조차 버리라는 명제 역시 하나의 욕망이 되어 수행자들을 억압하고 구속하는 것은 분명해 보인다.

필자는 일엽의 초기 시로부터 후기의 불교적 선시에 이르기까지의 모든 시들을 주체와 욕망이라는 관점에서 다시 고찰할 기회를 갖기를 바라면서 아쉽지만 본고를 여기에서 마무리한다.

(『문예운동』 2020년도 가을호(147호), 2020.08)

11
김일엽 불교시의 시간과 주체

1. 들어가며

　김일엽(1896~1971)은『신여자』를 발간하면서 공식적 문학활동을 시작했고, 1920년대 후반부터 불교에 깊은 관심을 보이다가 1933년에 속세의 인연을 모두 끊고 출가하여 불교의 승려가 되었다. 승려가 된 일엽은 스승 만공선사(滿空禪師)의 권유로 절필을 함으로써 신여성이자 작가로서 일엽이란 이름은 세인들의 기억에서 잊혀져갔다. 하지만 1960년대에 접어들어 일엽은 돌연『어느 수도인의 회상』(1960),『청춘을 불사르고』(1962),『행복과 불행의 갈피에서』(1964) 등 산문집을 연달아 출간하며 스님 일엽이란 새로운 얼굴로 세인들의 앞에 복귀한다.

　일엽은 여성해방과 성해방을 주창하는 신여성이자 근대여성문학 초기의 대표적 문학가로 활동한 시기보다 더 긴 기간인 38년을 불교의 품안에서 살았다. 그런데도 일엽에 대한 기존 연구가 출가 이전 시기의 문학,『신여자』 발간, 근대성, 페미니즘 등에 경도된 불균형성을 드러내므

로 중후반기의 불교신자와 승려로서의 치열한 삶과 그 성취 역시 고려
되어야 한다는[1] 주장이 있다. 그와 같은 불균형성은 근대여성문학과 페
미니즘 활동에서 일엽이 이룬 성취가 역사적 가치를 획득하고 있기 때
문일 것이다. 그러나 일엽에 대한 역사적 가치를 넘어서서 한 인물의 전
체적 평가에 있어서는 중후반기의 불교적 성취와 업적도 중요하게 살
피지 않을 수 없다.

일엽의 불교적 성취의 중요성을 인식한 연구들이 전혀 없었던 것은
아니다. 김일엽 문학의 사상적 변모 과정을 임노월의 신개인주의적 예
술지상주의와 불교사상을 통해 규명한 논문[2], 일엽의 불교 입문과 출
가의 과정을 추적하여 밝힌 논문[3], 기존 연구에 불교적 의미를 부가하
거나[4] 중국작가와의 비교를 통해 불교적 영향력을 밝힌 논문[5], 본격적
으로 불교문학을 연구한 논문[6], 아예 불교사상 그 자체의 성취에 주목

1) 김광식, 「김일엽 불교의 재인식-인연, 수행, 출가를 중심으로-」, 『불교학보』72, 동국
대학교 불교문화연구원, 2015, 231면.
2) 방민호, 「김일엽 문학의 사상적 변모과정과 불교 선택의 의미」, 『한국현대문학연구』
20, 한국현대문학연구학회, 2006, 357-403면.
3) 김광식, 앞의 논문, 229-259면.
4) 양정연, 「근대시기 여성 지식인의 삶 죽음에 대한 인식과 불교관」, 『철학논집』33, 서
강대학교 철학연구소, 2013, 59-83면. ; 우남희, 「니체와 불교의 치유적 사유로 본 김
일엽의 시」, 『문학치료연구』54, 한국문학치료학회, 2020, 285-313면.
5) 한운진, 「김일엽(金一葉)과 홍일(弘一)의 불교문화 영향력 비교 연구」, 『대각사상』34,
대각사상연구원, 2020, 99-121면.
6) 송정란, 「김일엽의 불교시 고찰을 위한 서설」, 『한국사상과 문화』75, 한국사상문화학
회, 2014, 61-85면. ; 송정란, 「김일엽(金一葉)의 출가 과정과 불교시 변모 양상」, 『한
국사상과 문화』80, 한국사상문화학회, 2015, 31-57면. ; 송정란, 「김일엽의 선(禪)사
상과 불교 선시(禪詩) 고찰」, 『한국사상과 문화』85, 한국사상문화학회, 2016, 443-
466면. ; 김무숙, 「김일엽의 선(禪)적 문학관 고찰-『청춘을 불사르고』를 중심으로」,
『국제언어문학』40, 국제언어문학회, 2018, 51-75면.

한 논문[7]도 있다.

그럼에도 일엽의 불교적인 문학적 성취에 대해서는 그 가치와 의의가 충분히 밝혀지지 않았고, 아직 출발선상에 있다. 따라서 이 글에서는 일엽의 불교시를 중심으로 시간과 주체라는 관점에서 그의 문학적 성취에 대해 살펴보고자 한다. 선시(禪詩)보다는 불교시라고 범박하게 부른 이유는 선시라고 할 때에는 모든 형식이나 격식을 벗어나 궁극의 깨달음을 추구하는 선적(禪的) 사유(思惟)와 깨달음을 담고 있는 시를 이르는데, 일엽의 시 가운데 선적 깨달음에는 이르지 못했지만 불교적 범주 안에서 읽을 수 있는 출가 이전의 시들이 다수 있기 때문이다.[8]

이 글의 텍스트는 『김일엽 선집』[9], 『일엽 선문』[10], 『미래세가 다하고 남도록』[11]에 수록된 시들 가운데 선별하였다. 왜냐하면 책마다 수록하고 있는 시들도 다르고 번역도 다른 경우가 있기 때문에 그때그때 최상의 텍스트라고 생각되는 작품을 선택하였다. 그만큼 일엽 시는 아직 완전한 정전이 확립되지 않았다.

---

7) 경완(한운진), 「일엽선사의 출가와 수행」, 『한국 비구니의 수행과 삶』, 예문서원, 2007. ; 경완(한운진), 「일엽선사와 선」, 『한국 현대작가와 불교』, 예목, 2007. ; 경완(한운진), 「일엽(一葉) 선사의 만공 사상 재해석과 독립운동」, 『대각사상』 29, 대각사상연구원, 2018, 211-242면.

8) 일엽의 불교시를 집중 연구해온 송정란은 일엽이 쓴 총 72편의 시 가운데 1932년부터 출가 때까지 17편의 불교적인 시를 발표했으며, 출가 이후에는 20여 편의 시를 썼다고 밝혔다.: 송정란, 「김일엽(金一葉)의 출가 과정과 불교시 변모 양상」, 31-57면.

9) 김일엽, 김우영 편, 『김일엽 선집』, 현대문학, 2012.

10) 김일엽, 수덕사 환희대 편, 『일엽 선문』, 문화사랑, 2001.

11) 김일엽, 『미래세가 다하고 남도록』(상), 인물연구소, 1974.

2. 깨달음의 지난함

일엽은 출가 이전인 1932년부터 불교적인 범주 안에서 해석할 수 있
는 시들을 집중적으로 발표하기 시작한다. 즉 1933년 9월의 출가수행
이전부터도 불교적 수행을 해 나가고 있었다는 것이 일엽의 외적 행적
뿐만 아니라 시적 맥락에서도 발견되는 것이다. 일엽은 1928년에 백성
욱과의 만남을 통해 불교에 경도되기 시작했고[12], 하윤실과의 결혼생활
을 통해 불교를 생활 속에서 직접 체화해나가기 시작한다. 출가 직전인
1932년 이후 1933년까지 발표한 작품들은 직·간접으로 모두 불교와
관련되어 있다.

필자는 「김일엽 시의 주체와 욕망」이란 글에서 「행로난(行路難)」
(1932.04), 「님에게」(1932.04), 「님의 손길」(1932.05) 등의 시가 불교적
깨달음의 지난(至難)함을 노래한 것으로 해석한 바 있다.[13] 이 세 편의
시뿐만 아니라 「귀의(歸依)」(1932.05), 「무제」(1932.11) 등도 불교에 귀
의하게 된 것을 기뻐하며 깨달음을 지향하지만 그것을 성취하는 일이
결코 쉽지 않다는 것을 진술하고 있다.

> 님께서 부르심이
> 천 년 전가? 만 년 전가?
> 님의 소리 느끼일 땐

---

12) 필자는 일엽의 불교에의 큰 관심은 백성욱과의 만남과 이별로부터 기인되었다는 것
을 「일엽 시의 주체와 욕망」(『문예운동』 2020년 가을호)과 「에로스와 타나토스의
딜레마 사이에서」(『문예운동』 2020년 봄호)에서 자세하게 밝힌 바 있다.
13) 송명희, 「김일엽 시의 주체와 욕망」, 『문예운동』 2020년 가을호, 2020.08, 92-95면.

금시 님을 뵈옵는 듯
법열에 뛰놀건만
들쳐보면 거기로다   .

천궁에서 시 쓸 땐가?
지상에서 꽃 딸 땐가?
부르시는 님의 소리
듣기는 들었건만
어디인지 분명치 못하여

삥 삥이만 치노라
님이여! 어린 혼이
님의 말씀 양식 삼아
슬픔을 모르옵고
가노라고 가건마는
지축지축 아기걸음
언제나 님 뵈리까?
　　　–「행로난(行路難)」 전문[14]

　「행로난(行路難)」에서 님은 에로스의 대상이 아니라 '법열'이란 시어
에서 드러나듯이 불교적 님인 부처나 깨달음에 대한 상징이다. 하지만
이때의 님도 쉽게 소유하거나 도달할 수 있는 대상이 결코 아니다. 화자
는 금시 님을 뵈옵는 듯 법열에 뛰놀지만 다시 들쳐보면 거기, 즉 제자

리걸음을 하고 있다고 탄식한다. 한때의 법열에 취한 기쁨에 빠져보지
만 속을 들추어보면 여전히 깨달음은 한걸음도 나아가지 못하고 '거기'
의 답보상태에 머물러 있다는 인식이다. 한때의 작은 깨달음이란 돈오
(頓悟)를 의미할 터이다. 불교의 선종(禪宗)에서는 돈오점수(頓悟漸修)
의 수행법을 말한다. 이는 순간적 깨달음, 즉 돈오가 있었다고 하더라도
점진적인 수행을 계속해야 한다는 수행법이다. 돈오로 인한 일시적인
황홀한 법열은 저 멀리 달아나고 "뺑뺑이만 치노라"와 같은 제자리걸음
은 점진적인 수행, 즉 점수(漸修)가 뒷받침되지 못한 데서 나오는 것이
다. 화자는 "부르시는 님의 소리/듣기는 들었건만/어디인지 분명치 못
하여"(2연)에서도 자신의 깨달음이 불완전하다는 것을 자인한다. 님의
존재는 '님의 소리'라는 청각적인 감각으로 다가오는 듯도 하지만 그 소
리가 정확히 어느 방향에서 들려오는지조차 알 수 없다. 즉 님의 존재는
감각의 차원, 즉 신체적인 욕구(need)의 차원에서 잠시 느껴지는 듯하
지만 그 이상의 깨달음으로 이어지지 못한다. 즉 님(깨달음)을 붙잡을
수가 없는 것이다. 왜냐하면 라캉이 설파했듯이 욕구는 만족할 수 있으
되 욕망은 만족할 수 없기 때문이다.[15] 또한 3연에서도 님의 말씀을 양
식 삼아 수행의 길을 가건마는 어린아이처럼 지축지축 그 발걸음은 더
디기만 하여 언제쯤 님을 뵐 수 있을지 그 또한 알 수 없다고 진술한다.
그만큼 깨달음의 길, 수행의 길은 멀고 더디다는 것을 이 시는 말하고
있다. 그리고 부처님의 말씀을 양식으로 삼아 수행하는 과정에서 일시
적인 돈오의 법열에 취할 때도 있지만 진정한 깨달음에 이르는 것은 결
코 쉽지 않다고 거듭 진술한다. 즉 불교적 깨달음에 대한 욕망 역시 에

---

15) 마단 사럽, 김해수 역, 『알기 쉬운 자끄 라깡』, 백의, 1995, 110면.

로스적 사랑에 대한 욕망처럼 계속 미끄러지는 결여와 결핍으로 다가
올 뿐이라는 것이다.

「님에게」[16]에서도 법열에 뛰놀던 화자가 여전히 제자리를 맴도는, 수
행의 답보상태를 진술하고 있다. 깨달음이란 욕망의 기표, 즉 대상a도
결국 환영적 대상으로서 계속 미끄러진다는 것이다.[17]

> 우주에 가득 찬 것 모두 다 님의 손길
> 잡으라 잡으라고 소리소리 치시건만
> 눈멀고 귀 어두운 중생 헛손질만 하더라
> ―「님의 손길」 전문[18]

「님의 손길」에서도 "우주에 가득 찬 것 모두 다 님의 손길/잡으라 잡
으라고 소리소리 치시건만/눈멀고 귀 어두운 중생 헛손질만 하더라"라
고 진술한다. 이 시는 우주에 편만한 부처, 즉 일체중생실유불성(一切衆
生悉有佛性)임에도 불구하고 불성의 존재를 알아차리지 못하고 눈멀고
귀 어두운 중생이 헛손질만 하고 있는, 즉 진리를 깨우치지 못하고 무명
(無明) 속을 헤매는 중생의 어리석음에 대해 진술한다. 이 시에서도 욕
망의 대상인 진리 또는 진리의 깨달음(부처의 존재)은 늘 결여와 결핍
으로만 다가온다. 인간의 존재론적 본질은 영원히 충족할 수 없는 결핍
이며, 인간 주체는 그 원초적 통일성이 분열된 상태이기에 이 시의 화자

---

16) 「님에게」(삼천리, 1932.4)는 「행로난(行路難)」(1932.4)의 원작으로 두 작품의 내용
   은 대동소이하다.
17) 송명희, 「김일엽 시의 주체와 욕망」, 93-94면.
18) 김일엽, 김우영 편, 앞의 책, 36면.

도 상실된 통일성, 즉 불교적 진리를 찾으려는 끊임없는 욕망에 사로잡힌 결핍의 존재일 뿐이다. 이 시의 화자가 가진 불교적 진리를 성취하고자 하는 욕망뿐만 아니라 무릇 인간의 모든 욕망은 우주에 편만하여 금방이라도 손에 잡을 수 있다는 듯이 유혹적으로 다가온다. 하지만 인간은 근원적으로 영원히 욕망을 충족할 수 없는 불확실한 주체, 결핍된 주체, 끝없이 분열된 주체이다. 즉 존재론적 차원에서 인간은 상실된 통일성과 전체성을 동경하면서도 이를 영원히 달성할 수 없는 상실과 결핍의 존재이다.[19] 따라서 화자는 헛손질만 하며 계속 미끄러진다.

> 헤매던 미(迷)한 몸이
> 불법(佛法)에 귀의하여
> 선지식(善知識)을 모시오니
> 기쁘기야 끝없지만
> 나에게 밝은 귀 없으니
> 그를 접허합니다.
> ─「귀의(歸依)」 전문[20]

「귀의(歸依)」에서는 "헤매던 미(迷)한 몸이/불법(佛法)에 귀의하여"라고 하며 방황하던 혼미한 존재가 불법에 귀의하게 된 것을 기쁘게 여기지만 다른 한편에서 "나에게 밝은 귀 없으니/그를 접허합니다[21]"라고 두려움을 표현한다. 불법에 귀의하게 된 것이 기쁘면서도 화자가 두려

---

19) 송명희, 「김일엽 시의 주체와 욕망」, 94면.
20) 김일엽, 김우영 편, 앞의 책, 37면.
21) '접허하다'는 '저어하다'의 의미로 해석하였다.

움에 사로잡히는 이유는 깨달음의 길이 멀다는 인식과 자신에게 불법
을 제대로 알아들을 수 있는 밝은 귀가 없다는 것, 즉 무명(無明)에 대한
자각 때문이다.

> 세상 일 헤아리면
> 하염없이 꿈이로다.
> 꿈의 꿈인 이 목숨을
> 그 얼마나 믿을소냐.
> 대도를 깨치고자
> 맘만 홀로 뛰어라.
> ─「무제(無題)」 전문[22]

「무제(無題)」도 "대도를 깨치고자/맘만 홀로 뛰어라"라고 불법을 깨
우치고자 하는 열정에 사로잡혔으나 그 욕망이 결코 쉽게 달성되지 않
는다는 것을 "맘만 홀로 뛰어라"라고 표현하고 있다. 즉 깨달음을 얻고
자 하는 욕망과 현실 간의 분열을 말한 것이다.

살펴본 것처럼 일엽이 출가 전에 쓴 일련의 시들은 깨달음의 어려움
을 반복적으로 진술하고 있다. 그에 대한 자각은 일엽으로 하여금 아예
속인으로의 삶을 청산하고 승려의 길로 접어들게 만든 큰 동기로 작용
했을 것이란 추측을 가능하게 한다.

---

22) 김일엽, 김우영 편, 앞의 책, 38면.

3. 시간에 대한 불안의식

일엽이 출가 직전 발표한 일련의 작품들에서는 깨달음의 어려움뿐만 아니라 시간에 대한 초조함 또는 불안의식이 집중적으로 표현되고 있다. 즉 깨우치지 못하고 시간만 자꾸 흘러간다는 데 대한 초조함과 불안의식이 반복적으로 진술된다.

밤이나 낮이나 한결같이 왔다 갔다 왔다.
언제나 그것만 되풀이하는 시계추의 생활은 얼마나 심심할꼬
가는가 하면 오고 오는가 하면 가서 언제나 그 자리언만
긴장한 표정으로 평생을 쉬지 않고 하닥하닥 걸음만 걷고 있는 시계추
의 생활을
나는 나는 비웃을 자격이 있을까
나 역시 가는 것도 오는 것도 아닌 그저 그 세월 안에서
세월이 간다고 간다고 감각되어 과거니 현재니
구별을 해가면서 날마다 날마다 늙어가는 인생이 아닌가
늙고는 죽고, 죽고는 나고, 나고는 또 늙는 영원한 길손여객(旅客)이
아니런가.
　-「시계추를 쳐다보며」(1933.07) 전문[23]

이 시에서 화자는 왔다갔다하는 시계추의 반복적인 동작과 생로병사의 회로를 빠져나오지 못하고 헛되이 시간만 보내며 늙어가는 자아를 동일시하고 있다. 밤낮없이 왔다갔다 되풀이되는 생활에 대한 권태뿐만

---

23) 위의 책, 43면.

아니라 하루하루 늙어가지만 생로병사의 고통을 벗어나지 못하는 자신을 반성하는 자기반영적 화자는 바로 일엽 자신이다. 그 옛날 석가가 출가를 하게 된 동기도 시간의 흐름, 인생의 무상함이 가져오는 고통을 극복하고자 함이었다.[24] 다시 말해 생로병사라는 인생의 네 가지 고통으로부터 벗어나고자 출가한 것이다. 석가와 마찬가지로 이 시의 화자도 시간에 대한 초조함뿐만 아니라 과거니 현재니 하는 시간에 대한 분별심과 "늙고는 죽고, 죽고는 나고, 나고는 또 늙는" 생로병사의 소용돌이에서 벗어나지 못하는 데 대한 존재의 불안을 시계추라는 대상에 빗대어 표현하고 있다.

시간에 대한 초조함과 두려움은 「시계소리를 들으면서」에서는 더욱 강렬하게 표현된다.

> 무상살귀(無常殺鬼)의 발자국인 저 시계 소리는 나의 가슴을 얼마나
> 뛰게 하는가
> 나는 나의 온 곳도 모르거니와 갈 곳 또한 알 수가 없나
> 나는 왜 또는 어떻게 이 살이에 던져졌는지 모른다.
> 다만 나를 따르는 저 살귀의 발자국 소리가 급한 것을 들을 뿐이다.
> 저 살귀의 검은손은 오늘 밤이라도 내일 아침이라도 나의 덜미에 덮칠
> 지 모른다.
> 덮치었다가 또 어떤 살이에 던지어버릴는지도 알 길이 없다
> 스스로의 전후(前後)살이를 좋거나 그르거나
> 저 험상궂은 논바다에 던져두지 아니치 못하는 미약한 내가

---

24) 이은영, 「무상, 시간, 영원의 관계-설일체유부와 유식학파를 중심으로-」, 『한국불교
학』85, 한국불교학회, 2018, 191면.

무엇을 위하여 싸우려 했던가 무엇에 의지하여 노력하려 했던가

저 험한 손은 태산을 문허 평지를 만들고 바다를 말려 길바닥을 지을

날을 집어 오고야 말 것이다.

산(山)아 너도

물아 너도

가튼 약자(弱者)

그리하여 나의 동무가 아니냐

......

......근본 힘을 찾아 무도(無道)한 살귀의 손에서 휘어나야 하지 않겠

는가

어찌 그리 무심하게도

산 너는 우두커니 서 있기만 하고

물 너는 절절 흐르기만 하는가

아아 무상살귀(無常殺鬼)의 발자국인 저 시계소리는 점점 더 크게 들

려오는구나.

－「시계소리를 들으면서」(1933.12) 전문[25]

이 작품은 출가(1933년 9월)[26] 이후인 1933년 12월에 지상 발표되었

으나 출가 전에 투고한 작품일 것이다. 무상살귀(無常殺鬼)는 불교에서

---

25) 김일엽, 김우영 편, 앞의 책, 44-45면.

26) 김우영은 일엽의 출가를 1933년 9월 수덕사 만공선사 문하로 입산수도를 결정(김일
엽, 김우영 편, 508면)한 것으로 연보 작성을 했는데, 경완이 작성한 연보에 따르면
일엽은 1933년 6월, 금강산 마하연에서 주석하고 계시던 만공선사를 법사로 금강
산에서 이성혜(李性慧) 비구니를 은사로 하여 입산. 9월, 금강산에 계시던 만공선사
가 주석처를 덕숭산으로 옮김에 따라 충남 예산군 덕산면 덕숭산 수덕사 견성암에
안거 수도한 것으로 되어 있다.(경완, 「일엽(一葉) 선사의 만공 사상 재해석과 독립
운동」, 238면.)

흔히 세월에 비유한다. 덧없이 죽음을 부르는 귀신이 바로 무상살귀다. 그리고 그것을 청각적 감각으로 수시로 일깨워주는 것이 화자에겐 바로 시계 소리이다. 이 시의 제1행 시계 소리는 무상살귀의 발자국 소리처럼 화자의 가슴을 뛰게 만든다. 이때 가슴을 뛰게 만든다는 것이 정확히 어떤 감정 상태인지 알 수 없다. 하지만 제4, 5, 6행에 와서 뛰는 가슴의 정체는 흥분이나 설렘이 아니라 공포와 불안의식임이 드러난다. 화자는 제2, 3행에서 자신이 어디서 와서 어디로 가야 하는 것인지 알 수 없다고 진술한다. 즉 시간에 대한 불안의식이 존재에 대한 질문으로 이어진다. 본디 '시간의 인식은 존재의 인식과 맞닿아 있다. 그리고 결국 과거의 '나'와 오늘의 '나'를 고정적인 하나의 자아라고 인식하는 것은 우리로 하여금 과거의 일들로부터 집착하게 하고 그 집착은 욕망을 낳음으로써 고통의 근원이 되기도 한다.'[27] 제4행에서 화자는 자신을 덮칠 듯이 급하게 쫓아오는 살귀의 발자국 소리를 듣는다. 마치 살귀의 검은 손이 오늘 밤에나 내일 아침에라도 덜미를 덮칠지 알 수 없는 공포를 시계 소리는 불러일으킨다. 그리고 그 검은 손길이 화자를 어떤 살이(생활)에 던져버릴지 알 수 없는 불안의식에 사로잡히게 만든다. 그래서 제18행에서 "……근본 힘을 찾아 무도(無道)한 살귀의 손에서 휘어나야(헤어나야) 하지 않겠는가"라고 진술하며 무심하게 서 있는 산과 절절 흐르는 물을 동무라고 칭하며 도움을 청한다. 그렇지만 "아아 무상살귀(無常殺鬼)의 발자국인 저 시계소리는 점점 더 크게 들려오는구나"라고 세월과 시간으로부터 쫓기는 불안의식과 공포에서 끝내 헤어나지 못하고 있다.

---

27) 이지향, 「불교 시간과 수행」, 『문학/사학/철학』51, 한국불교사연구소, 2017, 96면.

이 시를 보면 일엽은 세월이 무의미하게 흘러가고 있는 데 대한 초조함과 그로부터 야기된 주체의 불안으로부터 헤어나기 위한 '근본 힘'을 찾기 위해 불교에 입문하여 승려가 된 것 같다. 시간에 대한 불안의식만이 아니라 인간이 어디에서 와서 어디로 가는가라는 존재론적인 질문, 그리고 생로병사의 고통으로부터 벗어나야 한다는 절박한 화두를 갖고 일엽이 출가했다는 것이 밝혀진 셈이다. 시간에 대한 불안의식을 표현한 두 편의 시는 출가 직전 일엽의 심경에 대한 솔직한 고백을 보여주고, 특히 출가의 내적 동기를 밝혀준다는 점에서 매우 중요한 작품이라고 하지 않을 수 없다.

> 그대와 나의 혼마저
> 느닷없이 뺏어 가고야 말 그 세월이 아니오리까.
> 구원겁(久遠劫)으로 뒤에서나 무엇이나
> 모두 다 앗아만 가는 세월이건만
> 그래도 그 모습은 사람의 눈에는 한 번도 띄어 본 적이 없어요.
>
> (중략)
>
> 그래도 사람은
> 아득한 옛날부터
> 세월의 정체를 본 일이
> 있지 않나 하지요.
> 그러나 저러나
> 오래잖아
> 그대와 나의 몸뚱이마저

앗아가고야 말
그 세월이 아니오리까.
그대는 웃어주소서.
―「그대여, 웃어주소서」부분[28]

「그대여, 웃어주소서」는 정확히 몇 년에 발표했는지 밝혀지지 않았다. 하지만 이 시에서도 시간과 세월에 대한 불안의식이 반복적으로 표현되고 있다는 점에서 출가 직전에 발표한 작품으로 추정된다. 이 작품에서도 앞의 두 작품처럼 세월은 그대와 나의 혼과 몸뚱이마저 느닷없이 뺏어가고야 말 불청객이며, 구원겁(久遠劫)으로, 즉 무한히 멀고 먼 과거로부터 누구에서나 무엇이나 앗아갈 것이면서도 그 모습을 사람의 눈에 드러내지 않아 정체를 알 수 없는 것으로 인식된다. 정체를 알 수 없기에 시간은 주체로 하여금 더욱 불안을 야기시킨다. 정체를 알 수 없다는 것은 시간의 본질에 대한 깨달음을 얻지 못했다는 뜻이다. 이밖에도 「가을」(1932.10)과 「만각(晩覺)」(1932.10)에서도 시간의 흐름에 대한 초조함이 표현되고 있다.

이처럼 출가 직전 발표한 시들에서 보이는 덧없이 흘러가는 시간과 세월에 대한 초조감과 주체의 불안은 일엽으로 하여금 더 나이를 먹기 전에 속세의 인연을 끊고 출가를 하도록 재촉하였음이 위에서 분석한 시들에서 확인된다 하겠다.

---

28) 김일엽, 『미래세가 다하고 남도록』(상), 74-76면.

4. 통합된 주체로 거듭나다

필자는 「김일엽 시의 주체와 욕망」라는 글에서 "일엽은 결핍된 주체와 충족할 수 없는 욕망으로부터 벗어나기 위한 불교적 진리의 깨달음을 갈구하며 1933년에 승려가 되었지만 그녀가 불완전성과 결핍을 넘어서서 통합된 주체로 거듭났는지의 여부는 이후의 선시들을 검토함으로써 확인할 수 있을 것이다"[29]라고 말한 바 있다. 따라서 출가 이후 쓴, 선적 깨달음을 표현한 선시들을 분석함으로써 과연 일엽이 주체의 불완전성과 결핍을 넘어서서 통합된 주체로 거듭났는지, 또 앞 장에서 말한 시간의 불안의식으로부터 벗어났는지를 살펴보고자 한다.

> 만유(萬有)가 나이어니
> 어느 것이 남일런가(나가 아닐까)
> 나라고 내세우니
> 남도 모두 나라구네
> 네오 내가 둘이 아니언만
> 물어(불러) 대답(對答) 있더라.
> - 「나」 전문[30]

「나」라는 시는 '나'라는 주체를 대상으로 하여 쓴 시이다. 이 시는 정확한 발표연도가 언제인지 밝혀지지 않았지만 출가 이후 성취한 깨달음에 대해서 쓴 작품으로 보인다. 제1행은 "만유가 나이어니"는 만유

29) 송명희, 「김일엽 시의 주체와 욕망」, 94-95면.
30) 김일엽, 『미래세가 다하고 남도록』(상), 87면.

일체, 즉 우주에 존재하는 모든 것이 평등하고 차별이 없어 둘이 아니고 하나라는 깨달음에 대해 진술하고 있다. 우주의 모든 것, 즉 세계(객체)와 자아가 분리되지 않고 통합되어 있다는 뜻이다. 제2, 3, 4, 5행에서는 남과 나, 자타(自他) 사이의 분별도 사라진다.[31] "나라고 내세우니/남도 모두 나라구네"라는 3, 4행에서 '나'라는 주체를 강조하면서도 결국은 나라는 주체를 해체한다. 왜냐하면 천상천하유아독존(天上天下唯我獨尊)이기 때문이다. 즉 만유와 내가 일체를 이루면서 천상천하의 모든 존재는 각자가 유일하고도 존귀한 존재들이기 때문이다. 이 시에서는 출가 이전의 시들에서 보이던 주체의 분열은 더 이상 찾아볼 수가 없다. 자타의 분리에 대한 질문도 더 이상 의미가 없다고 진술된다. 만유일체(萬有一體), 주객일체(主客一體), 범아일여(梵我一如)의 경지에 일엽이 도달했음을 보여준다. 개체로서의 주체는 자신을 둘러싸고 있는 세계(우주)와 별도로 존재하는 분리된 존재가 아니라 서로 긴밀히 연관된 존재라는 깨달음을 진술하고 있는 이 시에서 일엽이 출가 후 주체의 분열을 완전히 극복한 경지에 이르렀음을 알 수 있다.

> 내가 나를 버려두고
> 남만 따라 헤맸노라.
> 사람과 그 말소리.
> 서로 못 봄 같아서
> 뵐 모습 없사옵건만

---

31) 일엽은 스승 만공 유훈 5조를 가려 뽑아 금과옥조로 삼았는데, 그 가운데 네 번째가 '남이 곧 나인 줄을 알아야 할 것'이다.(경완, 「일엽(一葉) 선사의 만공 사상 재해석과 독립운동」, 226면.) 따라서 시 「나」는 스승 만공의 가르침대로 깨달은 바를 진술한 것이라고 할 수 있다.

기거자재(起擧自在)하여라

-「자성(自性)」 전문[32]

「자성」[33]은 깨달음을 통해서 얻은 자유를 표현한 오도송이다. "내가 나를 버려두고/남만 따라 헤맸노라"는 주체를 상실한 채 남(사람과 말소리)만 따라하며 방황해온 과거를 반성하는 자기반영적 주체가 설정되어 있다. 시의 제목은 자성(自性), 즉 본디부터 가지고 있는 변하지 않는 불성(佛性)을 의미하지만 여기에서 그치지 않고 자성(自省), 즉 자기 자신의 태도나 행동을 스스로 반성하는 주체로도 읽을 수 있다. 즉 주체는 자성(自省)을 통해 비로소 자성(自性)을 회복한 통합된 주체로 거듭났다. 따라서 주체는 본래의 불성을 회복하고 기거(起擧), 즉 일어나고 움직이는 모든 것이 자유자재한 존재, 자유로운 주체가 되었다. 즉 주체는 이미 불성을 확립하였으므로 모든 것이 속박이나 얽매임이 없이 자유로워졌다는 의미이다.

고인(古人)의 속임수에

헤매고 고뇌한 이

예로부터 그 얼마인가

큰 웃음 한소리에

설리(雪裏)에 도화(桃花)가 만발하여

---

32) 김일엽, 『미래세가 다하고 남도록』(상), 90면.

33) 이 시는 출가 후인 1947년에 쓴 작품이라고 한다.(경완, 「일엽(一葉) 선사의 만공 사상 재해석과 독립운동」, 220면.) 하지만 "참선 10년 되던 해"에 쓴 것이라 되어 있어 1943년 작이 아닌가 여겨지기도 한다.

산과 들이 붉었네 – 「오도송」(1968) 전문[34]

이 오도송도 고인(古人), 즉 옛사람의 가르침(속임수)에 속아 방황하던 자아를 청산한 기쁨을 "큰 웃음 한소리"의 청각적 이미지로 표현하고 있다. 제1연의 "고인(古人)의 속임수에/헤매고 고뇌한"은 시 「자성(自性)」에서 "남만 따라 헤맸노라"와 유사한 진술이다. 제2연에서 깨달음의 기쁨은 "설리(雪裏)에 도화(桃花)가 만발하여/산과 들이 붉었네"로 표현된다. 선적 오도송의 전형적 표현이다. 눈 속에 핀 봄꽃인 복사꽃의 만발로 산과 들이 온통 붉다는 것이다. '눈 속'이 깨달음을 이루기 전의 미자각의 상태라면 '도화(桃花)'는 깨달음을 획득한 자각의 상태로 대조된다. 설리(雪裏)는 깨달음을 얻지 못한 무명의 환유이며, 도화는 깨달음의 환유이다. 이 시는 깨달음을 구하기 위해 방황하던 자아를 청산하고, 통합을 이룬 주체를 눈 속의 도화라는 봄꽃을 통해 표현했다. 산과 들이 도화로 온통 붉은 상태라는 것은 깨달음의 열락이 산과 들을 뒤덮은 상태, 즉 천지가 깨달음의 기쁨으로 충만한 환희를 시각적 색채감각적 이미지를 통해 표현한 것이다. 겨울이 지나고 봄이 다가온다는 것은 자연의 이치이지만 그렇다고 절로 얻어지는 것도 아니다. 참선수행의 정진을 통해서 비로소 다다를 수 있는 경지이다. 또한 "봄과 겨울의 이미지는 대립적이다. 봄은 생명력이 넘치고 즐거운 계절인 반면 겨울은 엄혹한 시련을 안겨주는 고난과 죽음의 계절이다."[35] 겨울의 눈 속과 봄의 도화라는 대립적 이미지를 통해서 득도의 기쁨은 더 강렬히 표현되었다.

---

34) 김일엽, 『일엽 선문』, 44면.
35) 송명희, 「김일엽 시에 나타난 봄 이미지」, 『문예운동』2021년 봄호, 2021.03, 119면.

밝은 빛 몸이 되어
만상(萬象)에 나뒀어라
산 넘고 물 건너서
더 가지 못할 길에
어허허 웃음소리
천지(天地)를 불살랐네 -「웃음소리」부분[36]

「웃음소리」에서는 더 나아갈 길이 없는 백척간두에서 문득 깨달음,
만상 앞에 그 몸을 나타낸 진리를 얻은 기쁨을 표현하고 있다. "어허허
웃음소리/천지(天地)를 불살랐네"는 온 천지에 깨달음을 얻은 기쁨이
퍼져나간다는 뜻에서 웃음소리라는 청각적 이미지로 표현한 것이다.

때 본래 있지 않거늘
새해, 간 해 하는 걸까
생각이 스스로 지어서
오간다고 하는구나
다만 시공화(時空化)된 나뿐이라
궁글 자재(自在)하여라
-불침궁(不侵宮) 문밖에서 큰 걸음 누가 걷나?
-「송구영신」(1957) 전문[37]

이 시도 오도송이다. 시의 화자는 '송구영신'이라는 제목처럼 '새해'

---

36) 김일엽, 『일엽 선문』, 37면.
37) 위의 책, 46-47면.

'간해(지난해의 방언)'라고 하는 것이 단지 생각이 지어낸 분별일 뿐이라고 진술한다. 이 시는 시간의 구속과 제약으로부터도 벗어난 깨달음을 얻은 자의 자유를 표현하고 있다. 화자는 시간(때, 세월)이라는 것 자체가 존재하지 않으므로, 존재하지도 않는 시간을 두고 오간다고 하는 것은 분별심일 뿐이라는 것이다. 시공, 즉 시간과 공간 속의 유일한 존재(천상천하유아독존)인 나는 더 이상 시간에 종속되고 속박되고 억압받는 존재가 아니라 속이 텅 빈 듯 자재로운 존재이다. 즉 시간은 인간의 분별심에 의해 과거 현재 미래로 변화하는 것처럼 보일 뿐이라는 깨달음을 얻음으로써 나란 주체는 시간의 속박과 억압으로부터 벗어난 자유자재의 존재가 된다. 이 시는 출가 전에 쓴「시계추를 쳐다보며」와「시계 소리를 들으며」에서 보이던 시간에 대한 주체의 초조감과 불안의식으로부터 완전히 벗어나 있음을 보여준다.

불교에서 '시간'은 실체가 있어서 현상의 변화가 일어나는 게 아니라, 반대로 현상의 변화에 의지해서 가상적으로 시간이 나타난다고 보고 있다. 현상의 변화가 없다면 시간도 없다. 이때 현상의 변화란 불교에서 '행(行, saṃskāra)의 무상(無常)'을 의미한다. 시간은 행의 무상에 의해, 마치 있는 것처럼 나타나는 것일 뿐이다. 그리고 시간은 실재가 아니라 가상이기 때문에 그것으로부터 벗어날 수도 있다."[38] 일엽은 우주의 모든 사물은 늘 돌고 변하여 한 모양으로 머물러 있지 아니한다는 제행무상(諸行無常)의 이치를 깨달음으로써 인간의 분별심이 야기한 시간의 불안의식으로부터 완전히 벗어나 마침내 자유를 획득한 주체로 거듭나게 되었다.

---

38) 이은영, 앞의 논문, 195면.

一生不再來今日 일생에 다시 오지 않는 오늘이요
永劫難像得此身 영겁에 얻기 어려운 이 몸이라
生來險路到此山 태어나 험한 길 거쳐 이 산에 이르니
今日忘却昔年愁 오늘에야 문득 옛 근심 잊노라
—「일생에 다시 오지 않는 오늘(一生不再來今日)」(1970) 전문[39]

「일생에 다시 오지 않는 오늘(一生不再來今日)」은 일엽이 죽기 전 해에 쓴 시이다. 일종의 임종게(臨終揭)인 셈이다. 이 시는 오늘의 시간은 "일생에 오지 않는" 소중한 시간이며, 나란 존재가 가진 몸은 "영겁에 얻기 어려운" 소중한 존재임을 진술한다. 또한 오늘에 이르기까지 험한 길 거쳐 산(깨달음을 이룬 높은 경지를 산으로 표현하였다)에 이르러 그간 쌓였던 오래 된 근심을 비로소 잊게 되었다고 진술한다. 이 시는 오늘에 이르러 생로병사의 모든 고통에서 벗어나 완전한 자유와 열반의 경지에 도달했음을 진술하고 있다. 불교에서 진정한 열반은 온갖 '번뇌, 병, 늙음, 죽음, 근심, 걱정, 더러움이 없으며 후세에 다시 태어나지 않는 것'[40]이다. 이 시는 일엽이 생로병사의 모든 고통으로부터 완전히 해방되어 열반의 대자유를 성취했음을 보여준다.

벌 꿈이 내 꿈으로
명멸(明滅)이 곧 몽각(夢覺)이로다

내 본래 부질없이

---

39) 김일엽, 『일엽 선문』, 52면.
40) 이은영, 앞의 논문, 193면.

영겁(永劫)의 꿈 못 끊노라.

두어라 꾸고 깨고 내 일이니
시비(是非)할 줄 있으랴
-「별의 꿈」전문[41]

　이 시의 화자는 "별 꿈이 내 꿈으로/명멸(明滅)이 곧 몽각(夢覺)이로
다"라고 진술한다. 별의 꿈이 나의 꿈과 하나이고, 명멸(明滅), 즉 빛의
켜지고 꺼지는 것, 나타났다 사라지는 것도 하나이며, 몽(夢)과 각(覺)
이, 즉 꿈과 깸이 하나이다. 어찌 이뿐일까? 죽고(死) 삶(生)도 하나이
다. 그리고 유(有)와 무(無)도 하나라는 깨달음을 이루는 것이야말로 참
선수행을 통해서 얻고자 하는 불교적 진리의 요체라고 할 수 있을 것이
다. 화자는 3연에서 "두어라 꾸고 깨고 내 일이니/시비(是非)할 줄 있으
랴"라고 꿈과 깸의 분별과 시비에서 벗어나야 한다고 진술한다. 대승불
교의 보살도는 상구보리 하화중생(上求菩提 下化衆生)의 이상적 인간
상을 제시한다. 즉 자신의 깨달음을 추구하면서 동시에 중생을 고통으
로부터 해방시키는 역할을 해야 한다고 말한다. 그 역할을 하는 자가 보
살이다. 아직 꿈에서 깨어나지 못하고 있는 중생을 깨우치기 위해서 보
살은 중생의 꿈속으로 들어가는 수밖에 없다. 일엽은 그것을 '내 일'로
인식했다. 「별의 꿈」은 미처 깨닫지 못한 중생을 제도하는 보살도를 실
천해야 한다는 당위를 말한 것이다. 일엽이 출가하면서 절필했던 글을
1960년대에 이르러 다시 쓰며 세상으로 복귀한 것도 바로 「별의 꿈」과

---

41) 김일엽, 『미래세가 다하고 남도록』(상), 92면.

같은 보살도의 실천, 대승불교의 정신을 글을 통해 실천하기 위한 것이었다고 할 수 있다. "절대적인 신이 없는 불교에서도 악순환하는 쳇바퀴를 벗어나게 하는 계기로서의 구원의 손길이 필요하다. 그것이 대승불교에서는 중생의 삶과 시간 속으로 다시 돌아와 설법하고 행동하는 보살과 붓다의 존재로 설명이 된다."[42]

하지만 일엽의 출가 이후의 시들은 문학적 성취라는 관점에서는 그 이전의 시들에 비하여 다소 떨어진다는 점을 지적하지 않을 수 없다. 그것은 선시 특유의 장르적 특성 때문으로 이해되기도 하고, 출가 이후 오랫동안 절필했던 것이 원인처럼 보이기도 한다.

5. 나가며

이 글은 일엽의 출가 직전의 불교적 범주 안에서 읽을 수 있는 시로부터, 출가하여 깨달음을 표현한 선시까지를 대상으로 시간과 주체라는 관점에서 일엽의 불교시를 살펴보았다.

출가 직전인 1932년부터 1933년까지 쓴 시들은 불교에 귀의하게 된 것을 기뻐하면서도 깨달음의 어려움을 진술하고, 덧없이 흘러가는 시간(세월)에 대한 초조감과 불안의식을 표현한 시들이 다수를 차지했다. 이 시기의 시들은 일엽이 왜 속세의 연인을 끊고 출가하게 되었는가 하는 내적 동기를 밝혀주고 있다. 일엽은 깨달음을 얻지 못한 채 세월이 무의미하게 흘러가고 있는 데 대한 주체의 불안으로부터 벗어나기 위

---

42) 이은영, 앞의 논문, 212면.

한 '근본적인 힘'을 찾기 위해 출가한 것이다. 단지 시간에 대한 불안의 식만이 아니라 인간이 어디에서 와서 어디로 가는가라는 존재론적인 질문, 그리고 생로병사의 고통으로부터 벗어나야 한다는 절박한 화두를 갖고 출가했다는 것을 출가 직전의 시들은 말해준다.

출가 이후 깨달음을 표현한 오도송에서는 일엽이 주체의 분열을 극복하고 통합된 주체로 거듭난 자유를 보여주고 있다. 일엽은 시간을 과거 현재 미래로 변화하는 것처럼 느끼는 것은 인간의 분별심일 뿐이라는 깨달음을 얻음으로써 주체가 느끼는 시간의 속박과 억압으로부터 벗어나 자유자재의 존재가 된다. 임종을 앞둔 시기에 썼던 「일생에 다시 오지 않는 오늘(一生不再來今日)」이란 시에서 일엽은 생로병사의 모든 고통으로부터 해방되어 열반의 대자유를 성취했음을 보여준다. 「별의 꿈」과 같은 시에서는 아직 꿈에서 깨어나지 못하고 있는 중생을 깨우치기 위해서 보살은 중생의 꿈속으로 들어갈 수밖에 없다는 보살도를 실천하겠다는 결단을 보여준다. 출가 이후 절필했던 일엽이 1960년대에 왜 불교적 에세이를 연달아 발표하면서 세상으로 복귀했는가의 이유를 암시해주는 시라고 할 수 있다.

일엽의 불교시는 일엽의 출가의 동기를 밝혀줄 뿐만 아니라 출가하여 이룬 깨달음의 내용도 밝혀준다는 점에서 일엽의 불교적 성취를 이해하는 데 있어 매우 중요하다.

(『문예운동』 2021년 여름호(150호), 2021.05)

찾/아/보/기

ㄱ

가부장제 44

가부장주의 44, 134

가사노동 127, 147

가을 259

가출 128, 145

간통죄 폐지 32

강간 47

강경애 95

강제추행 47

강진철 47

객체 31

게르하르트 하우푸트만 169

게일 루빈(Gale Rubin) 26, 33

견성성불 187

결여 225

결핍 189

결핍된 주체 225

결혼제도 41

경희 159

계시 104

계절의 주기 205

고백(confession) 186

고통 57

구성주의(constitutivism) 32

구여성 13

구조주의 언어학 225

국기열 53

권력 25

권력구조 29

귀의(歸依) 248, 252

규원 145

규율 25

그대여 259

근대교육 13, 143

근래의 연애의 문제 39

급진주의 페미니스트 28

기의 211

기표 211

김경일 34, 227

김광식 246

김기진 44

김동인 22

김명순 17

김명순 · 김원주에 대한 공개장 44

김복순 163

김우영 238

김원주 93

김일엽 11

김일엽 선집 247

김태신 52

김학의 31

김현자 207

┌──────────── ㄴ ────────────┐

나 260

나는 사랑한다 43

나쁜 피 콤플렉스 172

나의 정조관 27

나혜석 17

남녀 양성(androgyny) 189, 224

남성이 쓴 여성학 47

남성중심성 126

낭만적 사랑 228

내포독자 18

노드롭 프라이(N. Frye) 205

님에게 241, 248

님의 손길 242, 248, 251

┌──────────── ㄷ ────────────┐

다무라 도시코 11

단장 104

담론 226

당신은 나에게 무엇이 되었삽기에 187,

237

대상a 236

대상화 50

대승불교 186, 267, 268

대자유 269

데이트강간 136

돈오 250

돈오점수 250

돌아다볼 때 159, 170

동경영화학교 52

동생의 죽음 104, 209

딜레마 66

┌──────────── ㄹ ────────────┐

라캉(Jacques Lacan) 189, 207

로망스 205

린다 맥도웰(Linda McDowell) 127

┌──────────── ㅁ ────────────┐

마단 사립 235

마르쿠제 69

마조히즘 70

만각(晚覺) 259

만공선사 186, 245

만공스님 53

메갈리안(megalian) 45, 51

메시지 109

모녀관계 165

모더니즘 127

모던걸 151

모된 감상기 99

모성신화 98

모성이데올로기 81

몸 138

무능감 108

무상살귀 256

무제(無題) 248, 253

물의 주기 205

물화 31

미래세가 다하고 남도록 247

미러링(mirroring) 45, 51

미셸 푸코(Michel Foucault) 25

미자각 15

미투(Me Too) 31

미투운동 31

반복강박 57

백성욱 53, 183

버닝썬 사건 31

별의 꿈 267

보살도 186, 267

본능이론 69

본질주의(essentialism) 32

봄은 왔다 그러나 이 강산에만 219

봄의 옴 215

봄 이미지 207

분노 50, 121

분열된 주체 189, 225

불교 53

불교시 247

불안의식 259

불이사상(不二思想) 187

불확실한 주체 225

비극 205

비주체적 14

비평의 해부 205

ㅂ

바슐라르 134

박산향 105

박선영 227

박용옥 153

박형민 108

ㅅ

사계절의 신화 205

사바세계 69

사이버 성폭력 31

상구보리 267

상상계 189

상상력 206

상실감 108

상징계 225

상징화 130

서간문 62

서간체 18, 185

서사장르 222

선승 187

선시(禪詩) 247

선종(禪宗) 187, 250

선혈(生血) 11

성관계 11

성기노출 47

성담론 27, 29

성적 본능 107

성적 욕망(desire) 19, 200

성적자기결정권 122, 138

성적 지향 157

성찰성 109, 110

성해방 245

성희롱 47

세이토 11

섹슈얼리티 11

섹스(sex) 33

소통적 자살 109, 110

소통행위 120

송구영신 264

송명희 79, 81, 207

송정란 207

수덕사 69

수동적 14

수신자 119

수치심 106, 121, 172

수치심 중독(toxicshame) 172

수행정진 67

숙명적 자살 106

순수한 관계 28

순애의 죽음 45, 104

순환 205

쉐러(K.R. Scherer) 86

시계소리를 들으면서 255

시계추를 쳐다보며 254

신교육 153

신남성 139

신비평 206

신생활에 들면서 37

신여성 13

신여자 11

신여자운동 34

신여자 창간사 34

신정조론 39, 42

신화비평 206

실비아 월비(Sylvia Walby) 44

실재계 235

실패놀이 57

심층심리구조 68

───────── ○ ─────────

아가페(agape) 217

아노미(anomie)적 자살 106

아리스토텔레스(Aristoteles) 87

아이러니 205, 206

안타고니스트 158

알거든 나서라 213

애욕 66

애욕을 피하여 54, 66, 104

앤서니 기든스(Anthony Giddens) 28

약한 자의 슬픔 22

양정연 105, 246

양처현모 152

어느 소녀의 사(死) 29, 104

어느 수도인의 회상 186

어린 봄 218

어머니와 딸 159

언어화 130

에드워드 렐프(Edward Relph) 126

에로스(eros) 58, 217

에밀 뒤르켐(Emile Durkheim) 106, 129

에토스(ethos) 83, 87

X씨에게 54

엘렌 케이(Ellen Karolina Sofia Key) 37

엘리트 158

여성중심 28

여성해방 227

여성해방주의 49

여자교육의 필요 34, 94, 154

여학생 131

연작소설 52

열반 269

열반원칙 70, 71, 74

염세주의 21

영원히 사는 길-B씨에게 제2신 185

오다 세이조 52

오도송 187, 263

외로운 사람들 169, 170

외상 56

외상성 신경증 56

외출 모티프 128

요구(demand) 225

욕구(need) 190, 199, 225

욕망(desire) 190

욕망이론 225

우남희 207

우리 신여자의 요구와 주장 34

우리의 이상 34, 39

우울감 50

웃어주소서 259

웃음소리 264

원한 145

원형 205, 206

월보트(H.G. Wallbott) 86

유서 47, 109

육체적 순결 45

윤심덕 28

윤지영 88

음란물 제조판매 47

음란행위 47

의미화 129

의심의 소녀 167

이기적 자살 106

이노익 41, 52

이데올로기 29

이미지 209

이별 모티프 58

이분법 128

이상경 156

이상적 부인 152

이상화(idealization) 127

이성천 81

이영아 103

이정선 152

이중규범 39

이타적 자살 106

인본주의 지리학 126

인신매매 47

인형의 집 128

일부다처제 134

일부다처주의 118, 135

일부일처제 29

일생에 다시 오지 않는 오늘 266

일엽 선문 247

임노월 52

임순실 140

임종게(臨終揭) 266

입센 38, 128

입체적 인물 30

ㅈ

자각 14, 159

자기보존본능 107

자기혐오 11

자살 102, 129

자살론 106

자살률 102, 103

자살 모티프 103

자서전 186

자성 262

자아 138

자유연애 86, 130

자유연애주의 36

자유연애혼 29

자유이혼 43

자유이혼론 38, 42

자유주의 90

자유주의 페미니즘 30, 94

자전적 소설 186

자탄(自歎) 233

장미경 81

장소 126

장소성 127

전경갑 226

전략의 구조 145

전지적 화자 61

전치 65, 74

접수 250

정신적 순결 45

정신적 정조 28

정영자 207

정절이데올로기 11

정조 28

정체성 138

제2부인 42, 178

제3세계 페미니즘 157

제임스 길리건(James Gilligan) 106

젠더(gender) 33, 93

젠더공간 126, 134

젠더 불평등 135

젠더지리학(gender geography) 126

조선일보 36

조혼 20, 29

좌절감 121

주디스 오클리(Judith Okely) 131

주이상스(jouissance) 192, 241

주체 224

주체성 14

주체적 14

죽음본능 58

증오 59

증오감 59

질리언 로즈(Gillian Rose) 126

질 발렌타인(Gill Valentine) 126

집 145

집단무의식 210

ㅊ

참선수행 66

참선정진 69

처녀 기질 36, 45

처녀성 36, 45

천정환 103

청상(靑孀) 11

청상의 생활 11

청춘을 불사르고 55, 186

청춘을 불사르고-B씨에게 제일언 56

초점화자 180

최현석 87

최혜실 17

춘(春)의 신(神) 216

치명적 폭력(lethal violence) 106

치욕감 50

친밀성 15

ㅋ

커뮤니케이션 135

쾌락 57

쾌락원칙 192

쾌락원칙을 넘어서 57

ㅌ

타나토스(thanatos) 58

타인전가적 평가 112

타자 138

타자지향성 109, 118

타자화 31

탄실이와 주영이 172

텍스트 156

토마스 조이너(Thomas Joiner) 108

통합된 주체 225

투명한 주체 225

트라우마 52

틈입자 236

ㅍ

파괴본능 58

파토스(pathos) 87

페미니스트 지리학(feminist geography)
　127

페미니즘 11, 128, 129, 228

페미니즘이론사전 33

폭력 127

폭력 치사 106

풍자 206

프라이(Northrop Frye) 186

프렉티스(practice) 29

프로이트(S. Freud) 56, 107, 225

프로젝트 110

프로타고니스트 158

프롤로그 190

ㅎ

하루의 주기 205

하윤실 53

하화중생 267

학지광 159

한운진 246

행로난(行路難) 240, 248

행복과 불행의 갈피에서 186

헤로인 104

혐오 121

혐오감 172

형법 47

혜원 45

호주제 폐지 32

혼외정사 29

환유 263

회피심리 61

휴지(休紙) 235

희극 205

희생 54, 59, 104

송명희(宋明姬)

부경대학교 명예교수, 〈문학예술치료학회〉 회장으로 있으며, 〈한국문학이론과비평학회〉 회장, 〈한국언어문학교육학회〉 회장, 〈부경대학교 인문사회과학연구소〉 소장, 〈해운대포럼〉 회장, 〈달맞이언덕축제〉 운영위원장, 〈사진단체 중강〉 회장을 역임했다.

1980년『현대문학』을 통해 문학평론가로 등단한 이래 50여 권이 넘는 저서를 발간했으며, 마르퀴즈 후즈후 세계인명사전(2010)에 등재되었다.

문화체육관광부 우수학술도서에『타자의 서사학』(푸른사상, 2004),『젠더와 권력 그리고 몸』(푸른사상, 2007),『페미니즘 비평』(한국문화사, 2012),『인문학자 노년을 성찰하다』(푸른사상, 2012), **대한민국학술원 우수학술도서**에『미주지역한인문학의 어제와 오늘』(한국문화사, 2010),『트랜스내셔널리즘과 재외한인문학』(지식과교양, 2017), **세종우수도서(학술부문)**에『다시 살아나라, 김명순』(지식과교양, 2019) 등이 선정되었다.

학술 저서에『여성해방과 문학』(지평, 1988),『문학과 성의 이데올로기』(새미, 1994),『이광수의 민족주의와 페미니즘』(국학자료원, 1997),『탈중심의 시학』(새미, 1998),『섹슈얼리티 · 젠더 · 페미니즘』(푸른사상, 2000), 『현대소설의 이론과 분석』(푸른사상, 2006),『디지털시대의 수필 쓰기와 읽기』(푸른사상, 2006),『시 읽기는 행복하다』(박문사, 2009),『소설서사와 영상서사』(푸른사상, 2010),『여성과 남성에 대해 생각한다』(푸른사상, 2010),『수필학의 이론과 비평』(푸른사상, 2014),『페미니스트 나혜석을 해부하다』(지식과교양, 2015),『에세이로 인문학을 읽다』(수필과비평, 2016)『캐나다한인문학연구』(지식과교양, 2016),『문학을 읽는 몇 가지 코드』(한국문화사, 2017),『치유 코드로 소설을 읽다』(지식과교양, 2019)가 있다.

편저에 『페미니즘 정전읽기1, 2』(푸른사상, 2002), 『이양하수필전집』(현대문학, 2009), 『김명순 작품집』(지만지, 2008), 『김명순 소설집 외로운 사람들』(한국문화사, 2011), 『김명순 단편집』(지만지, 2011)이 있다.

공저에 『여성의 눈으로 읽는 문화』(새미, 1997), 『페미니즘과 우리시대의 성담론』(새미, 1998), 『페미니스트, 남성을 말한다』(푸른사상, 2000), 『우리 이혼할까요』(푸른사상, 2003), 『한국현대문학사』(현대문학, 2002), 『한국현대문학사』(집문당, 2004), 『부산시민을 위한 근대인물사』(선인, 2004), 『나혜석 한국근대사를 거닐다』(푸른사상, 2011), 『박화성, 한국문학사를 관통하다』(푸른사상, 2013), 『배리어프리 화면해설 글쓰기』(지식과교양, 2017), 『여성과 문학』(월인, 2018), 『재외한인문학 예술과 치료』(지식과교양, 2018)가 있다.

시집에 『우리는 서로에게 가는 길을 잃어버렸다』(푸른사상, 2002), 『카프카를 읽는 아침』(푸른사상, 2020)

에세이집에 『여자의 가슴에 부는 바람』(일념, 1991), 『나는 이런 남자가 좋다』(푸른사상, 2002), 『인문학의 오솔길을 걷다』(푸른사상, 2014), 『트렌드를 읽으면 세상이 보인다』(푸른사상, 2021)가 있다.

수상에 〈한국비평문학상〉(1994), 〈봉생문화상〉(1998), 이주홍문학상(2002), 〈부경대학교 학술상〉(2002), 〈부경대학교 교수우수업적상〉(2008, 2010), 〈신곡문학상 대상〉(2013), 〈부경대학교 우수연구상〉(2013), 펜클럽한국본부의 〈펜문학상 평론부문〉(2019)을 수상했다.

김일엽의 문학과 사상

초 판   인 쇄 | 2022년 10월 5일
초 판   발 행 | 2022년 10월 5일

지 은 이   송명희

책 임 편 집   윤수경

발 행 처   도서출판 지식과교양
등 록 번 호   제2010-19호
주   소   서울시 강북구 우이동108-13 힐파크103호
전   화   (02) 900-4520 (대표) / 편집부 (02) 996-0041
팩   스   (02) 996-0043
전 자 우 편   kncbook@hanmail.net

ⓒ 송명희 2022 All rights reserved. Printed in KOREA

ISBN 978-89-6764-188-7   93810   정가 20,000원

저자와 협의하여 인지는 생략합니다. 잘못된 책은 바꾸어 드립니다.
이 책의 무단 전재나 복제 행위는 저작권법 제98조에 따라 처벌받게 됩니다.